林寶芬

2012.3.23

御手洗潔的舞蹈

島田莊司——著
王蘊潔——譯

【總導讀】

新本格推理小說之先驅功臣島田莊司（六次增補版）

推理評論家◎傅博

●《占星術殺人魔法》是新本格推理小說的先驅作品

說到日本之新本格推理小說的發軔時，誰都知道其原點是一九八七年，綾辻行人所發表的《殺人十角館》。但是少有人知道黎明前的那段暗夜的故事。凡是一個事件或是現象的發生，都有原因的，不是平空而來的。新本格推理小說的誕生也不例外，現在分為近、遠兩因來說。

一九五七年，松本清張發表《點與線》和《眼之壁》，確立社會派推理小說的創作路線，之後，新進作家都跟進。之前以橫溝正史為首的浪漫派（又稱為虛構派）推理小說（當時稱為偵探小說），隨之衰微，最後剩下鮎川哲也一人孤軍奮鬥。

但是稱為社會派推理作家的作品，大多是以寫實手法所撰寫之缺乏社會批評精神，甚至不少作品變質為風俗推理小說，到了一九六〇年代後半就開始式微，於是第一波反動勢力抬頭，就是幾家出版社之浪漫派推理小說的重估出版。

最初是一九六八年十二月，桃源社創刊「大浪漫之復活」叢書，收集了清張以前，被稱為偵探作家之國枝史郎、小栗虫太郎、海野十三、橫溝正史、久生十蘭、橘外男、蘭郁二郎、香山滋等代表作，獲得部分推理小說迷的支持。之後由幾家出版社分別出版了「江戶川亂步全集」、「夢野久作全集」、

「橫溝正史全集」、「木木高太郎全集」、「濱尾四郎全集」、「山田風太郎全集」、「大坪砂男全集」、「高木彬光長篇推理小說全集」等精裝版不下十種。

另外，於一九七一年四月由角川文庫開始出版的橫溝正史作品（實質上是文庫版全集，達一百卷），與角川電影公司的橫溝作品的電影化之相乘效果，引起橫溝正史大熱潮，合計銷售一千萬本。象徵了偵探小說的復興，但是沒有出現繼承撰寫偵探小說的新作家。此為遠因之一。

遠因之二是，一九七五年二月，稱為「偵探小說專門誌」以重估偵探小說、發掘偵探小說之新人作家、推動推理小說評論為三大編輯方針的《幻影城》創刊。

《幻影城》於一九七九年七月停刊，在不滿五年期間，以特輯方式，有系統地重估了偵探小說，確立了從前不被重視的推理小說評論方向，並舉辦「幻影城新人獎」，培養出一批具「新偵探小說觀」的新進作家，如泡坂妻夫、竹本健治、連城三紀彥、栗本薰、田中芳樹、筑波孔一郎、田中文雄、友成純一等。

《幻影城》停刊後，浪漫派推理小說復興運動也告一段落，只泡坂妻夫等幾位幻影城出身的作家，以及《野性時代》出身的笠井潔陸續發表偵探小說而已。代之而興起的，就是被歸類於推理小說的冒險小說。一九八〇年代，日本推理小說的第一主流就是冒險小說。

近因是帶著《占星術殺人魔法》登龍推理文壇的島田莊司的影響。《占星術殺人魔法》原來是於一九八〇年，以《占星術之魔法》應徵第二十六屆江戶川亂步獎的作品，雖然入圍，卻沒得獎。改稿後，於八一年十二月以《占星術殺人魔法》，由講談社出版。

占星術是把人體擬作宇宙，分為六部分，即頭部、胸部、腹部、腰部、大腿和小腿。各由不同行星守護。又每人依其誕生日分屬不同星座，特別由星座守護星祝福其所支配部位。

一九三六年幻想派畫家梅澤平吉，根據上述占星術思想，留下一篇瘋狂的手記，被殺害陳屍於密室。手記內容寫道，自己有六名未出嫁女兒，其守護星都不同，如果各取被守護部位，合為一個完美的處女的話，生命實質上已終結，其肉體被精練，昇華成具絕對美之永遠女神，變為「哲學者之后（阿索德）」，保佑日本，挽救神國日本之危機。

之後，六名女兒相繼被殺害分屍，屍體分散日本各地，好像有人具意識地在繼承梅澤的遺志。但是梅澤的手記沒人看過，何來有遺囑殺人呢？兇手的目的是什麼？四十年來血案未破，成為無頭公案。

四十三年後的春天，事件關係者寄來一包未公開過的證據資料給占星術師兼偵探的御手洗潔，請他解決這一連串的獵奇殺人事件。名探御手洗潔如何推理、解謎、破案之經過，請讀者直接閱讀本書，這裡不饒舌，只說本書是一部蒐集古典解謎推理小說的精華於一書的傑作。

故事記述者石岡和己是名探的親友，完全承襲柯南道爾的福爾摩斯探案；御手洗潔根據四十年前的資料做桌上推理，是沿襲奧希茲女男爵的安樂椅偵探；書中兩次插入作者向讀者的挑戰信，是踏襲艾勒里．昆恩的「國名系列」作品；炫耀占星術、分屍的獵奇殺人，是繼承約翰．狄克森．卡爾的浪漫性和怪奇趣味。

本書出版後毀譽褒貶參半，否定者認為這種古色古香的作品，不適合社會派（實際上是寫實派）的推理小說時代，卻不從作品的優劣作評價。肯定者即認為是一部罕見的本格推理傑作。這些肯定者大多是年輕讀者。

處女作是作家的原點，至今已具三十年作家資歷的島田莊司，其作品量驚人，已達七十部以上，非小說類之外，都是本格推理小說，而大多作品都具處女作的痕跡。

●島田莊司的推理小說觀

在日本，小說家寫小說，評論家寫評論，各守自己崗位，工作分得很清楚；不像台灣的作家，人人都是天才，詩、散文、小說、評論樣樣寫，產品卻都是垃圾一大堆，但是有例外。現在日本推理文壇，也有例外，二位作家——島田莊司和笠井潔，卻是雙方兼顧的作家。

笠井潔的評論著重於理論與作家論（有機會另詳說），島田莊司的評論大都是宣揚自己的「本格mystery」理念。

那麼島田莊司的本格推理小說觀是怎樣的呢？我們可從一九八九年十二月，島田莊司所發表的長篇論文〈本格ミステリー論〉（收錄於講談社版《本格ミステリー宣言》一書裡）可獲得解答。

島田莊司的推理小說觀很獨自，把八十多年來的日本推理小說，大概按時代分為三種類，以不同名稱稱呼，意欲表達其內容的不同：清張（一九五七年）以前的作品群稱為「探偵小說」，即偵探小說也。清張為首的社會派作品稱為推理小說。自己發表《占星術殺人魔法》以後之推理小說稱為「ミステリー」，即mystery的日文書寫。以下引用文，一律按其分類名稱書寫，筆者的文章原則上統一為「推理小說」。

島田莊司對「本格」的功用定義如下：

——「本格」並非為作品的優劣之基準而發明的日本語。同時也非要衡量作品的社會性價值的尺子，只是要說明作品風格，並與其他小說群做區別分類之方便性而登場的稱呼而已。

繼之說明本格的構造說：

——「本格」就是稱為推理小說這門特殊文學發生的原點。並且具有正確地繼承這種精神的作家，在歷史上各地區連綿不斷地生產本格作品，而且從這些本格作品所發散出來的精神，也不斷地引起本格以外之「應用性推理小說」的構造。

島田荘司認為推理小說的原點是「本格」，由本格派生出來的作品就是「應用性推理小說」，他故意不使用「變格」字樣，他說：

——在前文使用過的「應用性推理小說」，就是指具有愛倫・坡式的精神，屬於幻想小說系統以外之作家，運用自己獨特的方式撰寫的犯罪小說。

島田荘司一面承認二次大戰前，被稱為「本格探偵小說」的作品就是「本格」，而另一面卻認為部分作品是非本格作品，但是沒有具體舉出作品名說明。

而二次大戰後，部分人士所提倡的「推理小說」名稱，他認為是「本格探偵小說」的同義語，在「推理小說」上不必冠上「本格」兩字。至於清張以後的「推理小說」，是從「本格」派生的，屬於「應用性推理小說」，所以「推理小說」群裡沒有「本格」作品。

——現在因這些理由，「本格推理小說」這名稱，在出版界廣泛使用。可是，現在所使用的這語言，是否對上述的歷史，以及各種事項具正確的理解，然後才合理地使用，這就很難說了。

島田荘司認為清張以後的冒險小說、冷硬推理小說、風俗推理小說、社會派犯罪小說都是從「推理小說」派生出來的（前段引文的「這些理由」、「上述的歷史」、「各種事項」就是指推理小說的派生問題）。因此「推理小說」本身要與這些派生作品劃清界線，方便上稱為「本格推理小說」而已，實質上並不具「本格」涵義。由此，島田的結論是「本格推理小說」原來就不存在，名稱是誤用的。

——那麼，「本格」或是「本格ミステリー」是什麼？

——已經理解了吧。「本格 mystery」不是「應用性推理小說」，是指極少數的純粹作品。

從愛倫・坡的〈莫爾格街之殺人〉的創作精神誕生，而具同樣創作精神的mystery就是。

最後，島田莊司認為愛倫・坡執筆〈莫爾格街之殺人〉的理念是「幻想氣氛」與「論理性」。所以島田的結論是，「本格ミステリー」須具全「幻想氣氛」與「論理性」的條件。

島田莊司的這篇論文，饒舌難解，為了傳真，引文是直譯，不加補語。

●島田莊司的作品系列

話說回來，島田莊司，一九四八年十月十二日出生於廣島縣福山市，武藏野美術大學商業設計科畢業後，當過翻斗卡車司機，寫過插圖與雜文，做過占星術師。一九七六年製作自己作詞作曲的LP唱片〈LONELY MEN〉，一九七九年開始撰寫小說，處女作《占星術殺人魔法》就是根據自己的占星術學識撰寫的作品，出版時是三十三歲。一九九三年移居美國洛杉磯。

以《占星術殺人魔法》登龍文壇之後，島田莊司陸續發表本格推理小說已達七十部以上，非小說約二十部。以偵探分類，可分為三大系列，第一是「御手洗潔系列」，第二是「吉敷竹史系列」，第三是「犬坊里美系列」與一群非系列化作品。這是方便上的分類。島田所塑造的配角，如牛越佐武郎刑事、中村吉藏刑事，在各系列露面。現在依系列，簡介島田莊司的重要作品，書名下之括弧內的「傑作選X」為皇冠版島田莊司推理傑作選號碼。

一、御手洗潔系列

御手洗潔，這姓名很奇怪。「御手洗」在日本是實有的姓名，但是很少。當一般名詞使用時，是「廁所」之意。「御手洗潔」即具清潔廁所之意。作家往往把自己投影在作品的登場人物，不一定是主角，有時候是旁觀者。日本的「私小說」主角，大多是作者的分身。在島田作品裡，這種現象很明顯，不只是御手洗潔，記述者石岡和己也是島田莊司的分身。

據島田的回憶，小學生的時候被同學叫為「掃除大王」，甚至譏為「掃除廁所」，理由是「莊司」的日語發音 souji 與「掃除」同音。所以把少年時的綽號，做為名探的姓名。御手洗潔的本行是占星術師，島田曾經也是占星術師。石岡和己是御手洗潔的親友，並非作家，記述御手洗潔破案經過的《占星術殺人魔法》以後，改業做作家。島田也是發表《占星術殺人魔法》後成為作家的。

御手洗潔也是一九四八年出生。勇敢、大膽不認輸、具正義感、唯我獨尊、旁若無人的言動等性格，也是與島田莊司共有的。

01《占星術殺人魔法》（傑作選1）：

一九八一年二月初版、一九八五年二月出版第二次改稿版。「御手洗潔系列」第一集。長篇。初版時的偵探名為御手洗清志，記述者是石岡一美。不可能犯罪型本格小說的傑作。

02《斜屋犯罪》（傑作選15）：

一九八二年十一月初版。「御手洗潔系列」第二集。長篇。北海道宗谷岬有一座傾斜的房屋流冰館，連續發生密室殺人事件，辦案的是札幌警察局的牛越刑事，他不能破案，向東京救援，被派來的是御手洗潔。島田莊司的早期代表作，發表時也只獲得部分推理小說迷肯定而已，但是對之後的新本格派的創作具深大影響，就是「變型公館」的殺人。如綾辻行人之《殺人十角館》等「館系列」，歌野晶午之《長形房屋之殺人》等信濃讓二的房屋三部曲，我孫子武丸之《8之殺人》等速水三兄妹推理三部曲都是也。

03《御手洗潔的問候》（傑作選12）：

一九八七年十月初版。「御手洗潔系列」第三集，收錄密室殺人之〈數字鎖〉、具向讀者的挑戰信之〈狂奔的死人〉、寫一名上班族的奇妙工作之〈紫電改研究保存會〉、綁架事件、密碼為主題之〈希臘之犬〉等四短篇的第一短篇集。

04《異邦騎士》（傑作選2）：

一九八八年四月初版。一九九七年十月出版改訂版。「御手洗潔系列」第四集。長篇。以御手洗潔探案順序來說，是最初探案。一名失去記憶的「我」，尋找自己的故事。屬於懸疑推理小說。《占星術殺人魔法》之前的習作《良子的回憶》之改稿版。

05《御手洗潔的舞蹈》（傑作選31）：

一九九〇年七月初版。「御手洗潔系列」第五集。收錄三篇中篇：〈戴禮帽的伊卡洛斯〉寫掛在二十公尺高之電線上的男人屍體之謎、〈某位騎士的故事〉寫四名痴情的男士，為一名女人殺人及其方法之謎、〈舞蹈症〉寫每逢月夜，一名老人就扭腰起舞之謎。此三篇之外，另一篇〈近況報告〉，是以石岡和己的視點記述同居者御手洗潔的日常生活、個性、思想、行動，對御手洗的粉絲來說，是一篇至高的禮物。御手洗潔的中短篇探案不多，至今只出版三集，書名踏襲柯南道爾的福爾摩斯短篇探案集的命名法。即「御手洗潔的問候」、「御手洗潔的舞蹈」、「御手洗潔的旋律」。

06《黑暗坡的食人樹》（傑作選5）：

一九九〇年十月初版。「御手洗潔系列」第六集。長篇。江戶時代，橫濱黑暗坡是刑場，有很多陰慘的傳說。樹齡二千年的大樟樹是食人樹，至今仍然有悲慘事件發生，與黑暗坡的藤並一族的連續命案是否有關？本書最大的特色是全篇充滿怪奇趣味。四十萬字巨篇第一部。

07《水晶金字塔》（傑作選18）：

一九九一年九月初版。「御手洗潔系列」第七集。長篇。一九八四年在澳洲的沙漠，發現一具被燒死的屍體，從其駕照得知，他是美國軍火財團一族的保羅・艾力克森。他是美國紐奧良南端的埃及島上的巨大玻璃金字塔的建造者。建造這座金字塔的目的是什麼？與他之死有關係嗎？一九八六年來到這座金字塔拍外景的松崎玲王奈，首日看到狼頭人身的怪物，牠與傳說中之埃及的「冥府使者」很相似。之後不久，保羅之弟李察・艾力克森，陳屍在金字塔旁的高塔之密室內，死因是溺斃。兄弟之不尋常死亡意味什麼？四十萬字巨篇第二部。

08《眩暈》（傑作選9）：

一九九二年九月初版。「御手洗潔系列」第八集。長篇。故事架構與處女作有點類似，一名《占星術殺人魔法》的讀者，留下一篇描寫恐怖的世界末日之手記：古都鎌倉一夜之間變成廢墟，出現恐龍，死人遺骸都呈被核能燒死的現象，而由一對被切斷的男女屍體合成的置錯體復醒。「幻想氣氛」十足的四十萬字巨篇第三部。

09《異位》（傑作選19）：

一九九三年十月初版。「御手洗潔系列」第九集。長篇。在《黑暗坡的食人樹》與《水晶金字塔》登場過的好萊塢日籍女明星松崎玲王奈，於本書成為綁架、殺人嫌疑犯。玲王奈最近時常夢見自己的臉噴出血的惡夢。有一天有名的女明星失蹤，當局懷疑是玲王奈的作為。不久，被綁架的幼兒都被殺，全身的血液被抽盡，恰如傳說上的吸血鬼之作為。難道玲王奈是吸血鬼的後裔嗎？御手洗潔會如何推理，為玲王奈解圍呢？四十萬字巨篇第四部。

10《龍臥亭殺人事件》（傑作選10、11）：

一九九六年一月初版。「御手洗潔系列」第十集。長篇。御手洗潔一年前到歐洲遊學，岡山縣貝繁村之龍臥亭旅館發生連續殺人事件時，他不在日本，探案的主角是石岡和己。岡山縣在日本是比較保守的地區，橫溝正史之《獄門島》的連續殺人事件舞台，就是岡山縣的離島，一九三八年日本最大量（三十人）的殺人事件舞台也是岡山縣。本書是目前島田莊司的最長作品，他花了八十萬字欲證明其「多目的型本格 mystery」（多目的型是指在一個故事裡有複數的主題或作者的主張）。如在下冊插入四萬字以上的「都井睦雄之三十人殺人事件」，原來這事件與故事是沒關係的。「多目的型本格 mystery」的贊同者不多。

11《俄羅斯軍艦幽靈之謎》（傑作選23）：

二〇〇一年十月初版。「御手洗潔系列」第十四集。長篇。一九九三年八月，即御手洗潔赴歐洲一年前，他收到松崎玲王奈從美國轉來一封她首次到美國拍「花魁」電影時，影迷倉持百合寄給她的舊信，內容說，前個月九十二歲的祖父倉持平八的遺言，希望在美國的玲王奈向住在維吉尼亞州之安娜・安德森・馬納漢轉達：「他對不起她，在柏林，實在對不起。」但是他卻不透露對不起的理由。他又希望她能夠到箱根之富士屋飯店，看到掛在一樓魔術大廳暖爐上的那一張相片。

於是御手洗帶石岡來到富士屋。此相片攝於一九一九年，箱根蘆湖為背景，一夜之間湖上出現一艘俄羅斯軍艦時的幽靈相片。直接關係者都已死亡的歷史懸案，御手洗如何解決？

12《魔神的遊戲》（傑作選6）：

二〇〇二年八月初版。「御手洗潔系列」第十五集。長篇。五、六十歲的女人連續被殺分屍事件，在御手洗潔遊學英國蘇格蘭尼斯湖畔發生，掛在刺葉桂花樹上的「人頭狗身」的怪物意味些什麼？

13《螺絲人》（傑作選20）：

二〇〇三年一月初版。「御手洗潔系列」第十六集。長篇。本書採取橫排與直排交互排版的特殊方式，可說是作者之新嘗試，是否成功讓讀者判斷。故事發生於瑞典與菲律賓兩地，發生的時間相差也有一段距離。全書分四大章，第一、第三章橫排，是御手洗的手記，寫他在瑞典的醫學研究所接見一位年齡與自己差不多的失去部分記憶的中年人馬卡特的經過。

第二章直排，馬卡特撰寫的幻想童話〈重返橘子共和國〉全文，主角艾吉少年出遊，來到巨大橘子樹上的鄉村，博學、長壽的老村長，有翼精靈……第四章橫直排交互出現，御手洗根據這本童話，推理馬卡特失去部分記憶的原因，因此發現在菲律賓發生的事件。

14《龍臥亭幻想》（傑作選13、14）：

二〇〇四年十月初版。「御手洗潔系列」第二十集。長篇。龍臥亭事件八年後，當時的本事件關係者在龍臥亭集會。在眾人監視的神社內，業餘的年輕巫女突然消失，三個月後，從地震後的地裂出現其屍體。之後，發生分屍殺人事件。這樁連續殺人事件與明治時代的森孝魔王傳說有何關係？吉敷竹史在本書登場，與御手洗潔聯手解決事件。

15《摩天樓的怪人》（傑作選21）：

二〇〇五年十月初版。「御手洗潔系列」第二十一集。長篇。一九六九年御手洗潔在紐約哥倫比亞大學任教（助理教授）。住在曼哈頓摩天大樓三十四樓的舞台劇大明星，因患癌症，臨死前向他告白，於一九二一年紐約大停電時，她在一樓射殺了自己的老闆。這棟大樓曾經發生過複數的女明星在房間內自殺，劇團關係者被大時鐘塔的時針切斷頭，又某天突然吹起大風，整棟大樓的窗玻璃都破碎，本大樓的設計者死亡等事件，都與住在這棟大樓的「幽靈（怪人）」有關。她要御手洗推理，告白後即去世。幽靈的真相是什麼？

16《利比達寓言》（傑作選25）：

二〇〇七年十月初版。「御手洗潔系列」第二十三集。收錄兩篇十萬字長篇。表題作〈利比達寓言〉寫二〇〇六年四月，在波士尼亞赫塞哥維納共和國莫斯塔爾，四名男人同時被殺害，其中三名是塞爾維亞人，三人之中兩名的頭被切斷，另一名是波士尼亞人，頭同樣被切斷之外，胸腔至腹部被切開，心臟以外的內臟全部被拿走。此外四名的男性器都被切斷拿走。北大西洋條約機構（NATO）之犯罪搜查課之吉卜林少尉來電，要「我」（克羅地亞人。御手洗潔的朋友，本事件記錄者）聯絡在瑞典的御手洗潔，請他到莫斯塔爾來解決這次獵奇殺人事件。另一長篇是〈克羅埃西亞人的手〉，同樣是蘇聯崩壞後，獲得獨立的小獨國內的民族糾紛為題材的本格推理小說。

二、吉敷竹史系列

島田莊司發表第二長篇《斜屋犯罪》後，風評與處女作一樣，毀譽褒貶參半。島田認為「本格mystery」尚未能被一般推理小說讀者接受，須擬出一套戰略計畫，推擴「本格mystery」。島田的策略之一，就是撰寫擁有廣大讀者的旅情推理小說，先打響自己的知名度，然後再回來撰寫「本格mystery」；另一策略就是到全國各所大學的推理文學社團宣揚「本格mystery」。島田的兩個策略，算是都成功了。他在京都大學認識了綾辻行人、法月綸太郎、我孫子武丸等人，鼓勵他們寫作，並把他們的作品推薦給讀者，而確立了新本格推理小說。

另一方面，島田莊司從一九八三年開始，以短篇寫御手洗潔系列作品，長篇寫旅情推理小說，而塑造了離過婚的刑事吉敷竹史。其離婚妻加納通子偶爾會在「吉敷竹史系列作品」露面，是一位重要配角。他們離婚前的感情生活，作者跟著故事的進展，借吉敷的回憶，片段地告訴讀者。

所謂的「旅情推理小說」大多具有解謎要素，但是它與解謎要素並重的是，描述地方都市的人情、風光。故事架構有一定形式，住在東京的人，往往死在往地方都市的列車內或地方都市。辦案的大多是東京的刑事。

吉敷竹史是東京警視廳搜查一課殺人班刑事，一九四八年出生，與島田莊司、御手洗潔同年，只從年齡來說，就可看出吉敷竹史也是作者的分身，所以其造型與寫實派的平凡型刑事不同。

長髮、雙眼皮、大眼睛、高鼻梁、厚嘴唇、高身材，一見如混血的模特兒。這種素描就是島田莊司的自畫像。

01《寢台特急1／60秒障礙》（傑作選7）：

一九八四年十二月初版。「吉敷竹史系列」第一集。長篇。被殺害剝臉皮陳屍在浴缸裡的女人，在其推定的死亡時刻後，卻在從東京開往西鹿兒島的寢台特別快車隼號上被目擊。是一人扮二人？抑或是二人扮一人的詭計嗎？

02《出雲傳說7／8殺人》（傑作選8）：

一九八四年六月初版。「吉敷竹史系列」第二集。長篇。被分屍成八件肉塊的女性，其胴體、兩腕、兩大腿、兩小腿分別放在大阪車站與山陰地區的六個地方鐵路終站，找不到頭部而且其指紋全部被燒燬。兇手的目的是什麼？

03《北方夕鶴2／3殺人》（傑作選3）：

一九八五年一月初版。「吉敷竹史系列」第三集。長篇。事件是五年前的離婚妻加納通子打來的電話為開端，東京的刑事吉敷竹史，被捲入北海道的連續殺人事件。通子最初被誤認為從東京開往北海道的「夕鶴九號」列車殺人事件的被害者，其次成為釧路的公寓殺人事件的加害者。吉敷竹史在查案過程中，發現兩人結婚前之通子的重大秘密。吉敷獲得札幌警察署刑事牛越佐武郎的協助，終可破案。是一部社會派氣氛濃厚的旅情推理小說之傑作。

04《奇想、天慟》（傑作選17）：

一九八九年九月初版。「吉敷竹史系列」第八集。長篇。行川郁夫只為了十二圓的消費稅，刺殺了雜貨店女老闆，行川被捕後一直閉嘴不說出殺人的真正動機。吉敷竹史深入調查後，發現行川三十年前曾經出版過一本推理小說集《小丑之謎》，是寫一名矮瘦小丑，在北海道的夜行列車廁所開槍自殺，被發現後，廁所門再次被打開時，屍體消失無蹤……吉敷又由札幌警察局刑事牛越佐武郎告知，三十多年前北海道發生過類似事件，吉敷於是重新調查此事件。是一部本格推理融合社會派推理的傑作。

05《羽衣傳說的回憶》（傑作選26）：

一九九〇年二月初版。「吉敷竹史系列」第九集。長篇。吉敷竹史偶然在東京銀座的畫廊看到叫做「羽衣傳說」的雕金。他懷疑是離婚妻加納通子的作品。他回憶一九七二年，初次遇到她時的情景：她為了搶救一隻將被車撞死的小狗，反而自己受傷，吉敷把她帶到醫院治療，之後兩人開始交往，翌年結婚。結婚當天通子向吉敷說：「如果結婚的話，我將會死掉。」結婚後通子的行動漸漸不正常，七九年兩人離婚。吉敷至今一直不能忘記與通子相處的這六年。在「吉敷竹史系列」加納通子繼《北方夕鶴2／3殺人》登場的作品。

之後，吉敷到羽衣傳說之地，京都府宮津市辦案時，偶然遇到通子，吉敷又被捲入與通子母親有關的離奇死亡事件。

06《飛鳥的玻璃鞋》（傑作選28）：

一九九一年十二月初版。「吉敷竹史系列」第十一集。長篇。住在京都的電影明星大和田剛太失蹤第四天，被切斷的右手腕寄到他家裡。十個月後事件尚未解決，吉敷對這件管區外的事件發生興趣，向上司要求，讓自己去京都辦案，上司不允許，討價還價的結果，上司開出一個條件，限定一個星期的期間，要他解決事件，不然的話要辭職。

吉敷如何對付這事件？一篇具限時型懸疑小說的本格推理小說。日本的警察制度，不允許越境辦案，吉敷為何賭職辦案呢？這與離婚妻加納通子來電有關嗎？

07《淚流不止》（傑作選30）：

一九九九年六月初版。「吉敷竹史系列」第十五集。八十萬字大長篇。開頭兩個不相關的故事分別進行。最初是吉敷的離婚妻加納通子三次登場，這次與前兩次不同，這次完全是通子不幸的半生之紀錄。作者詳細記錄通子在盛岡之少女時期的性幻想，以及遭遇過多次的非尋常的死亡事件，通子決心接受精神治療，欲究明自己的過去之經過。

另一個故事是吉敷有一天，在公園內，看到一位老婦人向著噴水池，大聲獨白的光景，她說，三十九年前在盛岡發生的河合一家三人（夫妻與女兒）的慘殺事件的真兇，不是丈夫恩田幸吉，恩田是無辜的。吉敷聽完後，詳細質詢老婦人，然後決定單獨重新調查一家三人殺人事件。

書後附錄一篇編輯部之訪問記〈代後記——島田莊司談《淚流不止》〉。由本文可看出作者之寫作動機與作者之正義感。

三、犬坊里美系列

二〇〇六年島田莊司新創造之第三系列。主角犬坊里美對讀者並不陌生，在《龍臥亭殺人事件》首次登場後，當時她還是一名青春活潑的高中生。之後在御手洗探案中出現過，甚至御手洗出國時，在《御手洗諧模園地》裡，與石岡和己合作解決過事件，可見她稍早就具有推理眼。跟著時光的推移，里美高中畢業後，在橫濱之塞利托斯女子大學法學部學習法律，畢業後在光未來法律事務所上班，並準備司法考試，考試及格後到司法研修所受訓，研修後被派到岡山地方法院實修。

01《犬坊里美的冒險》（傑作選22）：

二〇〇六年十月初版。「犬坊里美系列」第一集。長篇。故事從二〇〇四年夏天，二十七歲的犬坊里美為司法修習，來到岡山地方法院報到寫起。被派到這裡的修習生有六位，實修第一階段是律師事務，於是她與五十一歲的芹澤良，被派到丘隣之倉敷市的山田法律事務所實習。他們兩人到山田法律事務所上班第一天，就碰到一個之前被殺、屍體消失，而前幾天腐爛屍體突然出現五分鐘，然後又消失的怪事件，而當局當場逮捕一名屍體出現時，在屍體旁邊的流浪漢藤井寅泰，他對殺人經過、動機一句不說，里美認為必有驚人的內幕，她開始調查。

四、非系列化作品

島田莊司的非系列化作品，占小說作品之三分之一以上，與其他本格派推理作家比較，其比率為高，作品領域也廣泛，有解謎推理、有社會派推理，也有諧模（戲作）作品。

01《死者喝的水》（傑作選29）：

一九八三年六月初版。第三長篇。非系列化作品第一集。前兩篇不可能犯罪型長篇，不能獲得廣大讀者支持，於是作者在本篇，改變創作路線——不在犯罪現場型推理。偵探是在第二長篇《斜屋犯罪》以配角身分登場的札幌警察局之牛越佐武郎刑事。他與社會派推理的刑警一樣，靠著兩隻腳搜查被害者，實業家赤渡雄造於旅行中被殺，其後被分屍，裝在兩只皮箱寄回家裡的獵奇事件。文中作者對「水」展現衒學。

02《被詛咒的木乃伊》（傑作選4）：

一九八四年九月初版。長篇。原書名是《漱石與倫敦木乃伊殺人事件》。明治大正時代的文豪夏目漱石為主角之福爾摩斯探案的諧模作品。夏目漱石留學英國時，每晚被幽靈聲音騷擾，他去找名探福爾摩斯，由此被捲入一樁木乃伊焦屍案。全書分別以福爾摩斯助理華生與夏目漱石兩人之不同視點交互記載事件經緯。夏目漱石眼中的英國首屈一指的名探是怪人。諧模推理小說的傑作。

03《火刑都市》：

一九八六年四月初版。長篇。連續縱火殺人事件為主題的社會派本格推理小說之傑作。中村吉藏刑事唯一為主角的作品。都市論——東京，與推理小說的「多目的型本格 mystery」。

04《高山殺人行1／2之女》（傑作選16）：

一九八五年三月初版。長篇。旅情推理小說第四長篇，但是與上述三作品不同的是非吉敷竹史系列作品。一般旅情推理小說不能或缺的是列車、飛機、船舶等交通工具與其時間表。日本特有之旅情推理能夠成立的最大因素是，這些交通工具之運行時間的正確性。但是本書並不使用這些工具與時間表。所使用的是島田平時喜愛的轎車。上班族齋藤真理與外資公司的上級幹部川北留次有染。

某天，川北從高山別墅來電說，殺死妻子初子，要她替他偽造不在犯罪現場證明，要她打扮成初子，駕車來高山，途中到處留下初子的印象。「兩人扮演一人」的詭計是否成功？故事意外展開，讓讀者意想不到的收場。

05《開膛手傑克的百年孤寂》（傑作選24）：

一九八八年八月初版，二〇〇六年十月出版改訂版。長篇。一八八八年，英國倫敦發生令人心寒的連續獵奇殺人事件。五名被害者都是娼妓，她們被殺後都被剖腹拿出內臟。事件發生至今已一百多年，倫敦警察當局尚未破案。島田莊司不但取材自這件世界十大犯罪事之一的「開膛手傑克事件」，並加以推理、解謎（紙上作業）。

開膛手傑克事件的百週年之一九八八年，東德首都東柏林也發生模仿開膛手傑克的連續娼妓獵奇殺人事件。名探克林．密斯特利（Clean Mystery，島田莊司迷不陌生吧！）如何解釋相隔百年的兩大獵奇事件呢！

06《伊甸的命題》（傑作選27）：

二〇〇五年十一月初版。收錄兩篇十萬字左右的長篇。表題作〈伊甸的命題〉所指的是：「由男性的細胞核所創造的複製人，是否能夠具備卵巢這種臟器」的疑問。由此可知本篇乃以懸疑小說形式討論複製人的小說。

另一篇〈Helter Skelter〉，是島田莊司於二〇〇一年發表論文〈二十一世紀本格宣言〉，重新宣揚自己的本格理念，然後請幾位作家撰寫符合其本格理念的推理小說，而本人也寫了一篇示範作品，分發給每位參與的作家做參考。這篇作品就是〈Helter Skelter〉，本文不提示其內容，讓讀者去欣賞島田莊司的二十一世紀推理小說。（其實二〇〇一年以後的島田作品，很多是這類小說。）

【導讀】

島田莊司的尋兇競賽

推理作家、評論家◎既晴

I

在御手洗潔系列探案的第一部短篇集《御手洗潔的問候》（一九八七年）發表之際，亦是綾辻行人以《殺人十角館》登上推理文壇的同一年。挾其「傳統本格復興」的口號，試圖扭轉當前日本推理文壇只重視社會寫實路線的現況，接著陸續有歌野晶午、法月綸太郎、我孫子武丸等後援火力加入，島田莊司也趁勢推出御手洗潔的第一部長篇《異邦騎士》（一九八八年），新本格浪潮的攻擊發起線大致底定。

這段期間，做為帶領新人、思考戰略的前輩，想設法使新本格派受到各界注目時，島田莊司自己則著手展開另一項個人的創作新計畫。首先，他以《本格Mystery宣言》（一九八九年）的創作理論為基礎，同時採用幻想謎團與社會控訴的兩極元素，將本格派與社會派合一的理想具體化，發表了吉敷竹史系列的《奇想、天慟》（一九八九年）。

其次，島田決定打破了御手洗潔與石岡和己長年窩居在橫濱馬車道的「福爾摩斯・華生」模式，納入國際化、巨篇化的概念，擴大了謎團的格局、強化了論述的深度、實踐了類型的鑲嵌，也就是一九九〇年代起開始的「新・御手洗」系列，包括《黑暗坡的食人樹》（一九九〇年）、《水晶金字塔》（一九九一年）、《眩暈》（一九九二年）與《異位》（一九九三年）四部作品。綜觀島田莊司三十年的作家生涯，這項創作實驗，島田莊司將出道初期的特徵、風格徹底發揮，奠定了他佈局浩瀚、文采雄健的大師地位，成為日後被年輕讀者認識的正字標記。

展開「新・御手洗」這個創作實驗之前，島田莊司也發表第二部短篇集《御手洗潔的舞蹈》（一九九〇年）。本作雖為傳統的解謎推理，似與《御手洗潔的問候》相差無幾，但詭計、佈局更為繁複，是以前作為基礎的進化版，若細查字裡行間的蛛絲馬跡，則不難發現這部短篇集與「新・御手洗」之間存在著繼承、接替的微妙關係，甚至能找到具體而微的構想源頭。因此，本作亦可視為前、後兩期的交界作。

至於第三部短篇集《御手洗潔的旋律》（一九九八年），則要等到島田完成了巨篇推理實驗及死刑議題的相關著作，才得以發表了。在短篇範疇裡，這是御手洗潔與石岡和己維持傳統「福爾摩斯・華生」關係的終點，其後，絕大多數都是以「世界的御手洗」為主的故事。

II

《御手洗潔的舞蹈》共收錄四篇作品，〈戴禮帽的伊卡洛斯〉、〈某位騎士的故事〉、〈舞蹈症〉及〈近況報告〉。其中前三篇是標準的解謎推理，最後一篇並非推理小說，而是御手洗潔與石岡和己的日常生活記錄。

〈戴禮帽的伊卡洛斯〉原發表雜誌《ＥＱ》一九八九年一月號，當時的篇名為〈鳥人事件〉。這篇作品描述了一名認為人類能夠飛翔的畫家，某日被發現死於天空，他的屍體被電線纏繞，吊掛在半空中，雙臂的姿勢舒張展開，彷彿振翅高飛。而其妻在案發後發瘋，極可能在當時目睹了恐怖的光景。

先談篇名。「伊卡洛斯」（Icarus）是希臘神話故事裡的人物，是建築師戴達羅斯（Daedalus）的兒子。戴達羅斯受克里特（Crete）國王米諾斯（Minos）的命令，建造迷宮（Labyrinth）囚禁他牛頭人身的兒子米諾陶洛斯（Minotaur）。在迷宮完工後，米諾斯為了隱藏迷宮的秘密，將戴達羅斯與伊卡洛斯關進高塔。戴達羅斯以鳥羽與蠟膠製造了飛行翼，準備逃離克里特。他告訴伊卡洛斯：「飛行高度如果太高，太接近太陽，飛行翼上的蠟膠就會融化。」結果，首次飛行所帶來的刺激感，使伊卡洛斯忘記了父親的話，愈飛愈高，因為太陽的高熱使蠟膠融化，伊卡洛斯墜海身亡。

這段神話，在現代引申有所謂「伊卡洛斯弔詭」（Icarus Paradox）一詞，形容企業發展初期因某項策略而成功，因此認定這項策略就是未來持續成功的方法，卻沒有意識到市場或產業的結構性變化，沒有盡早改變策略因應，最終走向失敗。

以神話或幻想為題材，如是處理在島田的作品裡屢見不鮮，如《眩暈》裡的少年，從世界各地的種種事件判斷末日將至；被害者的畫家身分，令人聯想起《占星術殺人魔法》（一九八一年）與《魔神的遊戲》（二〇〇二年）；屍體高舉雙臂的奇妙死亡姿勢，在《斜屋犯罪》（一九八二年）及《黑暗坡的食人樹》都出現過；最後，怪異的命案與鄰近的電車之間，存在著某種無法解釋的隱形接點，散發出都市傳說的詭異氣氛，在〈狂奔的死人〉（一九八五年）亦曾有相似的設計。本作在極短的篇幅內凝聚了上列各項元素，是很能完整體現島田精華的短篇傑作。

第二篇〈某位騎士的故事〉，原發表於《小說寶石》一九八九年七月號、九月號，是因應雜誌的猜兇手懸賞企劃而完成的作品。前篇是問題篇、後篇是解決篇。這篇作品曾收錄於《日本推理小說傑作選2》中，是島田尚未系統性譯介來台之前，早年能讀到的零星作品之一。二〇〇七年，由講談社與日本網路書店亞馬遜為了紀念島田莊司作家生涯二十五週年，特地舉辦了網路票選活動，選出島田的最佳短篇，前五名並與島田自選的最佳五個短篇，合輯為講談社 BOX 叢書《島田莊司 Very Best 10》。本作入選為第四名。

本作描述一群經營機車快遞公司的年輕男子的其中一人，為了守護心中所暗戀的女主角，於是在大雪紛飛、完全無法使用任何交通工具的深夜裡，設法在三十分鐘內前往十多公里的地點謀殺曾經拋棄女主角、害死女主角弟弟的男人，替女主角復仇雪恨。

猜兇手遊戲型的解謎推理，是日本推理創作的一項重要傳統。日本推理作家協會的前身——日本偵探作家俱樂部的第二屆得獎作、坂口安吾《不連續殺人事件》（一九四七年），就是一部宣稱無人能夠猜中兇手的解謎推理。發表當時，還向江戶川亂步等知名作家、及全國讀者下挑戰書。俱樂部定期聚會還有一項例行活動，由與會作家的其中一人在會前設計短篇推理故事，然後在聚會時朗讀故事，並由在場其他作家來猜兇手，俱樂部會提供獎品給猜中的人，若是無人猜中，那獎品就由創作故事的作家本人贏得。

這項活動所朗讀的謎題，其中大部分都潤筆寫成短篇推理發表，較知名的有高木彬光〈妖婦之宿〉（一九四九年）、渡邊劍次〈惡魔的映像〉（一九五六年）、鮎川哲也〈達也在竊笑〉（一九五六年）與樹下太郎〈下一位，請！〉（一九六一年）等。其中的鮎川哲也，長期堅持最正統、最純粹的本格推理創作，最重視解謎程序裡的公平性，所以他也創作出數量豐富的「猜兇手遊戲型」解謎推理，啟迪眾多新本格派後進。

島田莊司自己亦是撰寫這類作品的能手。《占星術殺人魔法》、《斜屋犯罪》與〈狂奔的死人〉都有「向讀者挑戰」的橋段。本書的第三篇〈舞蹈症〉，原發表於《ＥＱ》一九九〇年一月號、三月號，當時的篇名為〈塔之幻想〉，同樣也是分為謎團與解答。

故事開始是一個在經營餐館的老闆，接受鄰居的請託，讓他年邁的父親寄宿在餐館二樓，原本老闆不肯，但鄰居竟願意支付七十萬的月租，再加上重新裝修廁所的一百萬。他答應後，卻發現無意間深夜裡老人會獨自在房裡跳著瘋狂的舞蹈。他對這對父子的行為感到費解，便帶著謎團來請教御手洗潔。

故事舞台淺草，是島田特別鍾愛的地區。《奇想、天慟》即是發生在淺草的商店街，而〈戴禮帽的伊卡洛斯〉與本作亦是。除了洋溢著福爾摩斯探案〈紅髮聯盟〉（The Adventure of the Red-Headed League，1890）般的奇妙趣味外，更牽涉到大正時代的舊淺草史，觸及島田莊司在創作上非常重視的都市論。這種強調都市影響的寫作角度，日後則延展為《水晶金字塔》裡的文明論。

Ⅲ

最後一篇〈近況報告〉，是島田為這個短篇集的出版所寫的專文，以石岡和己為敘述者，談自己與御手洗潔的日常相處。石岡不但提到御手洗潔的各種怪癖，例如厭惡女人、喜愛小狗、熱中音樂，更重要的是，還引述了御手洗潔看待世界事物的特殊觀點。

這些充滿個性的辛辣論述，包括戰爭經濟對世界地圖的影響、毒品對腦部機能的影響、DNA對未來疾病的影響，當然也是島田當時極為關注的主題，我們可以發現，在後來的作品中，島田多少都採用到這篇文章的論點。

此外，文中也稍稍揭露御手洗潔的過去，曾在美國擔任教授。這不啻是為「新・御手洗」中御手洗潔無所不通、無所不識的廣博學問鋪路，御手洗後來離開日本、在瑞典研究腦科學，其來有自。

這種不涉及案件，單純描寫角色生活實態的故事，是御手洗潔同人誌風潮的起點。不需要利用案件，就能描繪出人物鮮明的形象，讓書迷在欣賞過角色丰采之後，也發揮想像力，依循原作的基本設定，跟著動筆補齊作者未處理的空白。接著，再更進一步，在故事裡加入新的謎團，展現人物更多魅力，這就是仿作（parody）。

一九九八年，原書房出版《御手洗與石岡向前走》、《石岡和己事件簿》、《快活的御手洗君》等同人誌漫畫。接著，島田莊司廣發英雄帖，集結眾多書迷、以及推理文壇新人作家松尾詩朗、小島正樹、柄刀一、冰川透、霧舍巧的仿作，在南雲堂推出仿作小說選《御手洗 Parosite 事件》（二〇〇〇年）與《Parosai 旅館》（二〇〇一年），兩部作品都分上下兩冊，可見反應相當熱烈；原書房也同時推出《御手洗潔攻略本》（二〇〇〇年）及《石岡和己攻略本》（二〇〇一年）。御手洗探案的同人化路線，就此正式確立。

其後，柄刀一還獨立發表了《御手洗潔對夏洛克．福爾摩斯》（二〇〇四年）的短篇推理連作集，是御手洗潔仿作的最高峰。這些仿作的誕生，追本溯源，最初的起點應該就是〈近況報告〉了。

戴禮帽的伊卡洛斯

楔子

我內心有一個畫面，背上有一對翅膀的人在濃霧中緩緩飛行。眼前飛過另一個鳥人，兩人在空中點頭打招呼後，擦身而過。飛天男子蓄著鬍子，身穿黑色燕尾服、戴著黑色禮帽。他緩緩拍動翅膀，在濃霧中穿梭，降落在都市叢林中，然後，貼在一棟大樓的外牆上。

不可思議的是，大樓的外牆竟然有一扇門，而且那扇門位在令人忍不住發抖的八樓，下面當然沒有逃生梯之類的東西，是飛人專用的出入口。

戴著禮帽的男子插入鑰匙，轉動門把打開它，消失在八樓。接著，門慢慢地關上了。

1

我的桌上放了一張畫的印刷品，那是某位畫家遺作展的簡介。

這是一幅奇特的畫。人物頭頂的黑色圓頂禮帽好像剛出爐的麵包，他身穿燕尾服、手持拐杖，張開了雙手，在白雲點綴的藍天中飛翔。

編輯一如往常地向我催稿，要求我在這個月內至少要寫一篇御手洗辦案的內容。當然，編輯也是被讀者催促著；而讀者則是被自己內在，想要瞭解御手洗的好奇心所催促吧？這或許是世界上無限輪迴的宿命，但我經常被御手洗抱怨，叫我不要隨便寫辦案的事。夾在編輯和御手洗之間，我實在左右為難，所以懇請那些經常寫信給我，責怪我疏於介紹御手洗的各位女性讀者們能夠諒解。我很樂意提筆介紹這位奇妙的朋友，想要和大家分享的離奇事件，也在資料夾裡越積越多，但一想到事後御手洗的冷嘲熱諷，就遲遲不願提筆。

除此之外，還必須顧慮到不能對事件當事者造成任何傷害，加上編輯要求事件越離奇越好，此時腦海中只有一起事件既能夠滿足所有條件，又能趕在截稿日之前迅速完成。所以，我從一九八二年的資料夾裡拿出了這幅畫。

這幅畫的作者叫赤松稻平，是一位與眾不同的畫家，專畫空中飛人。畫中的飛人是女性時，會穿著各式各樣的服飾飄在空中；若是男性，則必定留著鬍子、戴著黑色禮帽、身穿黑色燕尾服。赤松稻平平時就是這身打扮，所以他畫中的飛天男子，就是自己。

只要喝醉酒，赤松就會聲稱人類具有在空中飛翔的能力。他嚴重酗酒，身上隨時都可以聞到酒味。經常喝得酩酊大醉的他，每次都用激動的語氣主張，人類是可以在天空中飛翔的生物。像是日本和中國古代有很多「飛仙圖」，仙人經過艱苦的修行達到某個境界後，就能飛天。西洋也有很多天使在空中飛翔的畫作，難道這些都出自畫家的幻想嗎？不，絕對不是，這是曾經發生的事實。人類只有在對人生的絕望達到極限時，才能夠飛天。當絕望充滿全身、深入骨髓時，人類的身體和靈魂就會變輕。

由於他是這樣的人，因此被認為是瘋子，經常出入精神病院，無法躋身主流畫壇。畫作也沒有銷路，雖然偶爾有奇特的時尚品牌會把他的畫用於海報和簡介，但都是看他夫人的面子。他就像晚年的梵谷，是一個孤獨而貧窮的瘋狂畫家。

不過他的生活並不至於陷入困苦。他在淺草隅田公園附近有一個專用的畫室，至少還能維持最低限度的生活——對他來說，就是每天一瓶威士忌。因為和他分居的妻子是「克麗斯汀．歐琪德」這個著名時尚品牌的董事長。

根據赤松稻平的說法，他太太也有飛天能力，而且他親眼目睹過。這代表這對夫妻的生活無憂無慮。名叫冰室志乃的女董事長兼具美貌和才華，她的時尚品味深受個性十足的藝人和女明星喜愛，品牌形象不斷提升，更何況她還有飛天的能力。至於她的先生，雖然和太太正在分居中，的確有點不幸。但每天都有一瓶酒，還可以在餘生盡情地畫畫，換一個角度來看，這不是令人稱羨的理想生活嗎？

沒想到居然會遇到那樣的悲劇。我介入他人的悲劇已經多年，除了橫濱黑暗坡事件以外，不記得遇過這麼令人毛骨悚然而又匪夷所思的悲劇。事實上，這的確是一起離奇、可怕而又不可思議的事件。回想當時，至今仍然餘悸猶存，這種極度的不安令我忍不住縮起脖子、渾身緊繃。為什麼會發生那麼不可思議的事？事件發生至今已經六年，曾經轟動一時，也許各位讀者仍然記得。

赤松稻平這位主張可以飛天的畫家，懸在離地面幾十公尺的上空斷了氣。死亡地點位在淺草的大樓之間，他就掛在橫跨大樓間的電線中央。

死狀就像他筆下的畫。雙手張開、微微彎向後背，雖然沒有戴帽子，但一身黑色西裝，宛如舒服地在空中飛翔。

雖說是在巷弄內的上空，但赤松懸在半空中的位置離兩側的大樓都有十公尺，正常人不可能憑自己的力量飛躍到那麼高、那麼遠的位置。

而且，他的樣子並不像是因為電線的關係而張開雙手，似乎完全是憑自己的意志打開的。胸部和雙腳架在電線上，臉部朝下地懸在半空中，雙手沒有碰到電線。

一大清早發現了這個離奇的物體，地面上立刻亂成一團。警方先行到達，消防署的雲梯車也隨即趕到了現場，一番功夫後，終於讓飛天男子回到了地面。

正當這裡陷入一片混亂之際，有人發現一位衣著高雅的女人神智不清地在附近的隅田公園徘徊。她正是赤松稻平的妻子，克麗斯汀．歐琪德的董事長兼設計師冰室志乃。

事件還沒有結束。前一天晚上，東武伊勢崎線往竹之塚方向的末班車離奇地拖了一根繩子，繩子的另一端，則綁著一隻人的右手。

事件的詳細報告之後再談，總之，我將按事件的先後順序詳細描述清楚。這起事件發生在一九八二年五月九日星期天，那天春光明媚、風和日麗，御手洗和我在橫濱散步半天後，終於在傍晚時回到位在馬車道的公寓。雖然他現在小有名氣，但在當時還沒沒無聞、很少有人主動上門，我們經常閒著無事。即使有人上門，幾乎都是來占卜的客人，偶有委託，也都是根本稱不上是事件的芝麻小事。古往今來，所有名留青史的名偵探在起步階段，是否都曾經有過和當時的御手洗同樣不得志的時期？我想十之八九應該都是如此吧。不過老是混在一起的我們，在日常生活中，有很多不像是名偵探會發生的喜劇橋段。

那天回家後，我們像往常一樣，為誰要做晚餐爭執起來。我們在散步回家途中順便買了菜，然後慣例地為誰要穿上圍裙下廚而爭吵。就在此時門鈴響了，我打開門，一個二十多歲、看起來像學生的年輕男子站在門口。

「請問這裡是御手洗先生的事務所嗎？」

年輕人以純真而柔和的語氣開口。我回答，沒錯。

「您就是御手洗先生嗎？」

他問我。御手洗在房間角落大聲回答：

「我才是御手洗，他是廚師，要準備做晚餐了。你進來吧，不要影響他做事。」

年輕人順從地聽取了御手洗的指示，我則被趕到屏風後的廚房，在煮晚餐前還要先要幫他們泡茶。

年輕人坐在古典樣式的皮沙發上和御手洗面對面，好奇地打量著御手洗。

「呃，我看了《占星術殺人魔法》。」

他戰戰兢兢地說。當時，那本書才剛出版不久。

「很有趣，太出人意料、太令人佩服了。」

「是嗎？」

御手洗冷冷地說。全世界應該沒有任何一個作家像我這麼受到冷落，這種稱讚不是應該對我這個作者說嗎？怎麼都被御手洗全盤接收了？

「所以呢？你今天來有什麼事？」

「我想請您在我的書上簽名。」

年輕人拿出了《占星術殺人魔法》。

「你為這件事上門？」

御手洗很快簽完名後問道。

「不，不光是這件事，還有一件離奇的事……呃，不知道該從哪裡說起。」

「如果你不介意，請你先簡單介紹一下姓名、住址和職業，然後再說你要委託的事。」

御手洗說。以前都讓來訪者自由表達，但有些人反而不知道從何說起，所以我們乾脆指定客戶的介紹順序。

「喔，是嗎！我叫湯淺真。湯匙的湯，深淺的淺，真實的真。住在台東區花川戶的淺草言問橋附近的廉價舊公寓，我是印刷工人，在向島的印刷工廠上班。每天早上都經過言問橋去上班，通常要走二十分鐘左右。這樣自我介紹可以嗎？」

「已經足夠了，那就請你說明一下委託的案子。」

「呃，因為我覺得即使是離奇的案子，您應該也願意接，所以登門造訪。即使是再微不足道，只要不同尋常，您應該都有興趣……」

「應該吧，請問是什麼事？」

我送上紅茶放在茶几上，在御手洗旁邊坐了下來。

「御手洗先生，您知道大樓的外牆上經常有向空中敞開的門嗎？」

「向空中敞開的門？」

年輕人說的東西太奇妙了。

「不，我不知道。」

御手洗回答。湯淺又看著我的臉，我也搖了搖頭。

「是嗎？」年輕人慢條斯理地回應，但語氣充滿遺憾，「我的興趣是在東京街頭尋找稀奇古怪的東西，剛才說的這種門就是其中之一。」

「怎樣的門？」

「看起來很平常的門。通常都在大樓外牆的高處，有時候在四樓或是五樓的位置，有時候也在八樓，我還曾經看過二樓、三樓和四樓都分別有一扇。門上有門把，門把亮晶晶的，好像經常在使用。

「門的下方當然沒有梯子，也沒有逃生梯，在斷崖絕壁般的大樓外牆的數十公尺上方開了一道門。那到底是什麼？」

「真的有這種東西嗎？」

「有啊，我還拍了照片。」

年輕人說著，把好幾張照片放在茶几上。他說的沒錯，在看起來很普通的大樓外牆高處，出現了一道門，有的大樓從二樓到四樓還各有一道門，排成一行。

「這裡是神田，這張是澀谷，這個是豐島區，這一張是銀座。東京都內很多地方都有。」

「是喔，原來有這麼多。」

「御手洗先生，您認為這些門是怎麼回事？」

長相白淨的年輕人瞪著一雙大眼睛，一臉認真地發問。

「你今天來這裡，就是想問我關於這些門的看法嗎？」

御手洗面帶笑容地回答。

「對，這是我的目的之一。」

「會不會是彼得．潘從東京鐵塔出發後，飛進這些門？」

御手洗開玩笑地回答，年輕人卻雙眼發亮。

「您也這麼認為嗎？我也這麼覺得。我一直在思考這些門的用途，最近終於恍然大悟，原來這個世界上有人會飛！因為這些人平時若無其事地生活，所以我們不知道他們的存在，但和我們一起生活的日本人中，顯然有人可以在空中飛翔，否則，東京怎麼可能會有這麼多向空中敞開的門呢？」

年輕人越說越起勁，我卻漸漸感到害怕，這個年輕人的精神似乎不太正常。但瘋子和瘋子一拍即合，御手洗一臉嚴肅地聽得入神。

「你認為這些是空中飛人進出的門，是不是有什麼理由？」

「沒錯！」

年輕人激動地回答後，喝了一口紅茶，他的圓眼瞪得更大了。

「我每天去附近的神谷酒吧，都會遇到一個愛喝酒的男人，因為他戴著一頂奇怪的黑色禮帽，經常一個人喝得爛醉，我便開始注意到他。有一天，他問我關於印刷的事，並說他是畫家，所以我們就漸漸混熟了。我原本以為畫家都戴貝雷帽，原來也有人戴禮帽。」

說著，他突然大聲笑了起來。

「所以呢？」

御手洗催促道。

「之後，我們在神谷酒吧遇到時，都會坐在一起聊天。那位先生叫做赤松稻平，年紀比我大很多，差不多可以當我父親了，但我們談得很投機。赤松先生沒有其他朋友，我也習慣獨來獨往，我們自然成為忘年之交。幾乎每天晚上都會在神谷酒吧見面喝上一杯，只要晚上七點左右去到那，他通常都在。」

「這樣持續了多久？」

「已經超過兩年，但記不清正確的時間了。」

「瞭解了，之後呢？赤松先生飛走了嗎？」

「沒錯！原來您知道！御手洗先生果然與眾不同，之前從來沒有人相信我。」

「是嗎？這個世界有太多人拘泥於常識。請你按照先後順序說下去。」

「好。我們在一起喝酒聊天了好幾次後，有一天晚上，赤松先生突然說了很奇怪的事，他說自己晚上睡著後，好像一個人在東京的天空中飛來飛去。」

「哦？」

「第一次從他口中聽說這件事至今已經有四、五個月了，那時候，我去過他的畫室兼住家好幾次，知道他一個人住在那裡。

「那是大樓倉庫改建的房子，十坪大的房間鋪著木板。房間很大，只有床、畫架和繪畫工具，沒有任何擺設。裡頭有廁所，卻沒有浴室，他和我去同一個澡堂洗澡，這也成為我們共同的話題。他每天在畫室作畫，雖然隅田川和淺草的雷門就在附近，但他幾乎很少外出散步，他的作品主題也都是人在天上飛行。

「聽赤松先生說，夏天晚上，當他在房間角落的床上進入夢鄉後，身體就會浮起來，從其中一扇窗戶飛向淺草的夜空。他張開雙手，在東京的上空飛來飛去。

「我問他是不是在作夢？赤松先生很嚴肅地回答我，並不是，因為不可能每天晚上都作同樣的夢。他即使在醒來之後，仍然清楚地記得在夜空中快速飛行時，風吹在耳邊的呼呼聲，以及頭髮被風撩起、拍打在額頭上的感覺。那絕對不是夢。他清楚記得飛在東京的上空，經過隅田川時聞到水的味道，以及東京灣的味道，還有郊區森林的味道。他一再重申，那絕對不是夢。」

「啊啊！看來他是十足的怪胎。」

御手洗顯得很開心。

「他說自己向來有這種特異功能，以前就常常發生這種事。小時候，當他早上起床時，經常發現睡覺前關著的窗戶打開了。」

「他是從那個窗戶飛到空中嗎？」

「對。」

「他目前住的畫室有幾個窗戶？」

「有很多窗戶，靠外側的牆上幾乎都是窗戶。」

「是幾樓？」

「四樓，那棟房子是五層樓。」

「十坪大的房間全都鋪木地板，那裡的房租不便宜吧？赤松先生賣畫的收入可以維持生計嗎？」

「應該不行吧？赤松先生說，他的畫從來沒有賣出去，只是偶爾用在海報或是簡介上。」

「那他靠什麼生活？」

我問。

「他有一位分居中的妻子，他太太很有錢，是克麗斯汀·歐琪德這個服裝品牌的設計師兼董事長，每個月都會寄錢給他。」

「是嗎？克麗斯汀·歐琪德是很大的品牌嗎？」

「並不是很大，但最近很受矚目。」

「在原宿或是青山嗎？」

我問。

「不，聽說在銀座。聽赤松先生說，公司位在外堀大道上，在索尼大樓往東京車站的方向再過去一點的地方。」

「你記得真清楚呢！」

「對，因為那棟大樓就在八樓有一扇向空中敞開的門，所以我記得特別清楚。」

「是喔。」

「而且，赤松稻平夫人開的那家公司就在八樓。」

「聽赤松先生說，他曾經看到他太太打開那道門，飛到外面的天空中。」

「原來是這樣。」

「千真萬確嗎？」

「對，他說得很明確。」

御手洗抱著雙臂，右手的中指頻頻摸著下巴。

「湯淺先生，赤松先生的性格怎麼樣？他是不是很愛吹牛糊弄別人？」

「不，他絕對不是那種人。」

湯淺立刻斷言。

「他個性的確有點古怪，也經常酗酒，但絕對不是那種輕率的人。相反的，他很寡言，不擅長和別人打交道，總是很嚴肅地小聲說話，我覺得他很真誠。因為不懂得處世之道，所以現在很落魄，其實他真的很優秀，我很欣賞他。我知道他很古怪，但若他因為這個原因而被人討厭，我絕對無法原諒。」

年輕人突然聲音發抖，眼中泛著淚光。御手洗瞪大了眼睛，我們快速地互看一眼。這個年輕人的精神狀態和常人不太一樣。

「所以，他很認真地主張，自己能夠在空中飛嗎？他是在上床後起飛，他的太太則是在公司打開半空中的門飛出去嗎？」

「對，沒錯。聽赤松先生說，在人類中，某些優秀的人可以飛行，他們的住家或是辦公室，都有像這些照片中一樣朝空中敞開的門。否則，沒辦法解釋東京為什麼有這麼多設在半空中的門。」

「赤松先生是在睡著後才能飛，但他太太在清醒的時候也可以飛，對嗎？」

「沒錯，他總是說，目前他只能在睡著後飛行，但有朝一日，一定可以在醒著的時候也自由自在地飛翔，他相信一定會成功。為此還做了精神訓練，應該很快就能掌握怎麼飛。他說，他整天畫飛天人，也是為了祈禱有朝一日能夠飛天。」

「只要請他太太教他怎麼飛不就好了嗎？」

御手洗語帶調侃地說。

「不，他們感情不和已經很久了。他告訴我，夫妻間幾乎都不見面。」

「那他怎麼會看到太太在飛行？」

「赤松先生有時候會去見他太太，但太太通常不會見他。」

「他看到他太太飛的時候也喝醉了吧？」

「好像是。他去了公司卻被當場趕了出來，本打算回淺草，卻又在附近買了便宜的酒喝下肚，似乎想趁著醉意，在深夜的時候再度去辦公室找她。」

「結果見到面了嗎？」

「聽說在走廊上相遇了，站著聊了幾句，他太太就叫警衛把他趕了出去。當時，他被兩名警衛拖著走，然後看到她打開空中的門飛了出去。」

「所以，警衛也看到了嗎？」

「不，警衛背對著他太太。赤松先生像這樣被兩名警衛夾在中間拖著走，所以他面對的方向和警衛相反，才會看見他太太打開門飛出去。」

湯淺站了起來，示範了兩名警衛和赤松稻平當時的情況。

「但是，赤松先生已經喝醉了。」

「赤松先生即使喝醉了，也不會看錯，因為他是畫家。而且喝酒對他來說，根本是家常便飯。」

「再加上他很正直誠實……」

「沒錯，他很專一。一旦認定某一件事，就會專心投入。」

「所以，他不可能說謊。」

「對。」

「這樣說來，他太太應該真的飛上天了。」

「對。」

「你對此深信不疑。」

「我當然相信。不管是他太太會飛還是他會飛的事，我都相信。」

「太令人好奇了，我真想見見那位赤松先生。」

「您見不到他了。他兩天前就失蹤了，目前下落不明。」

「下落不明？」

「對。他終於飛走了。」

「是喔……他飛去哪裡了？」

「這我就不知道了。」

「沒回家嗎？」

「沒有，他家裡一直都沒人。目前已經請房東裝了新鎖，慎重地把門鎖好，防止小偷進入。」

「新鎖？」

「對，之前的鎖被我弄壞了。」

「你弄壞的？」

「對，因為要闖進去。」

「為什麼要闖進去？不，算了，可不可以請你把事情按照先後順序告訴我們？」

「好，那是前天五月七日的事。我像往常一樣去了神谷酒吧，發現赤松先生比平時更消沉，

我坐在他身旁時，他也很少說話。我正納悶他發生什麼事了？他突然告訴我，今天晚上應該能夠

飛。

「赤松先生說過，當全身充滿無盡的絕望時，就可以飛天。據說是強烈的絕望感可以讓人類的靈魂變輕。他對我說，他對這個世界絕望透頂，所以一定可以飛起來。」

「他為什麼感到絕望？」

「我也問了這個問題，赤松先生不太想回答，但在喝酒之後慢慢吐露了心聲。他太太打算和他離婚，一旦離了婚，每個月就不會再給他生活費，在生活上會有很多不便。」

「真可憐。」

「那天晚上他喝得很醉，我沒辦法陪他喝，他就一個人搖搖晃晃地回家了。我獨自留在店裡喝酒，和其他熟人聊天，突然發現他居然忘了把禮帽帶回家，我覺得必須把帽子送去他家，因為完全無法想像赤松先生不戴帽子的樣子。他居然忘了把帽子帶回家，簡直就像他忘了自己的臉。」

湯淺說完，無力地笑了笑，似乎陶醉在自己說的笑話中。他的眼神變得空洞，陷入一陣沉默。

「我剛才說到哪裡了？」

「你說到打算把帽子送去他家。」

御手洗卻露出十分嚴肅的表情，我有他要開始動腦的預感。

「我戴著帽子走出神谷酒吧，搖搖晃晃地走進隅田公園散步，想讓自己清醒一點。沒想到從黑漆漆的樹叢後方突然衝出來一個像遊民的男人，從背後抱住了我。我嚇了一跳，大聲叫了起來，男人似乎覺得很有趣，在我臉上親了一下，然後逃走了。」

「當時，你是不是戴著赤松先生的帽子？」

御手洗奇妙地以強烈的語氣尋問。

「對，沒錯。因為一直拿在手上很累，我乾脆戴在頭上。為什麼這麼問？」

「因為日本很早之前就有偏愛戴帽子男人的變態同性戀。」

「喔……」

湯淺似乎無法釋懷，我也忍不住看了御手洗一眼，這種事還是第一次聽說。但他看起來很高興，似乎為了壓抑住興奮般，以手按著自己的身體說：

「太棒了！之後呢？」

「之後，我醉得有點不太舒服，就走上階梯，坐在可以俯視河面的長椅上讓自己冷靜下來。坐了十分鐘後心情漸漸平靜，便起身去赤松稻平先生家。那時候是晚上十一點。

「我去了他家，敲了敲他的門，聽到赤松先生在裡面大叫。」

「真的是赤松先生的聲音嗎？」

「對，因為我們經常聊天，絕對不可能聽錯。」

「他大叫什麼？」

「不是什麼具體的話，只是『喂』或是『喔』這種像是在呼叫的聲音。」

「嗯、嗯嗯，然後呢？」

「我不知道發生了什麼事，便更用力地敲門。」

「嗯，之後呢？」

「赤松先生繼續在屋內發出『啊』或是『嗚』的呼叫聲音，我越聽越覺得害怕，就對著屋內大聲叫：『赤松先生，您怎麼了？我是湯淺，幫您把帽子送回來了。』」

「嗯嗯，結果呢？」

「我聽到嘎啦嘎啦打開窗戶的聲音後，說話聲就消失了，只隱約聽見屋內有衣服摩擦的聲響，我猜想是赤松先生飛去窗外的聲音，所以就轉動門把，但門從裡面鎖住了。

「我又試著敲門、轉動門把，當然沒辦法打開。沒辦法只好用身體撞門，好萊塢電影裡不是很常見嗎？所以就想模仿一下。我撞了一次又一次，終於把門鎖撞開，衝進屋內。」

「你進去了嗎？太好了！」

御手洗投入地將身體向前傾。

「結果呢？裡面有什麼？」

「什麼都沒有。屋內空空的，沒有半個人影，只有天花板上的日光燈亮著，畫架放在房間內，上面有一幅畫到一半的畫，但我找不到赤松先生。左側有一扇窗戶敞開著。」

「那幅畫沒有畫完嗎？」

「對。」

「畫筆上有顏料嗎？」

「我不記得了。總之，我衝到窗邊，抬頭看著夜空，想看看赤松先生有沒有在天空中飛。」

「嗯嗯嗯，結果呢？」

「沒有人，看不到任何東西。於是，我想赤松先生終於飛出去了，就把他的帽子放在床上回家了。」

「原來如此，原來如此啊！」

御手洗用左手的食指和大拇指來回按著額頭，咂了一聲後這麼說。湯淺很在意他的態度。

「呃，有什麼不妥嗎？」

「不是不是，沒有特別的問題。你深信赤松先生飛上了天空嗎？」

「對……」

「那麼在走廊上聽到赤松先生的聲音，確定是從屋內傳出來的嗎？」

「非常確定，因為除了叫聲以外，我還聽到地板上有動靜。」

「赤松先生會不會躲在房間的某個地方？」

「為什麼要這麼做？他的性格不會作弄別人，也不會糊弄別人，更沒有理由要對我這麼做……」

「也許只是想嚇唬你。」

「不可能！御手洗先生，如果您見過赤松先生就知道了，他不是這種人，他很老實，從來不開玩笑。而且，他的房間裡根本沒有地方可以躲藏。」

「廁所和壁櫥呢？」

「廁所的門剛好開著，可以看到裡面的情況。廁所裡沒有人，而且房間沒有壁櫥。赤松先生住的地方就像一個十坪大的巨大箱子，根本沒有地方可以躲藏。」

「但是沒有衣櫃的話，沒地方放換洗衣服不是很傷腦筋嗎？」

「他每天都穿同樣的衣服，襯衫和內衣褲都丟在房間角落的紙箱裡，分成穿過的和洗乾淨的兩箱。」

「沒想到和我們差不多，石岡，對吧？可不可以請你畫一下赤松先生房間的簡單示意圖？」

御手洗從桌子裡拿出便條紙和原子筆，放在茶几上。湯淺對著紙筆想了一下，然後拿起筆畫了起來，還沒等他畫完，御手洗就性急地探頭張望。

「原來站在門口時，床在左側、顏料和畫架在右側。只有左側的一扇窗戶打開嗎？」

「對，沒錯。」

湯淺邊畫邊回答。

「靠走廊的那扇門在哪一個位置？」

「在房間的正中央，我馬上就畫到那裡了。」

湯淺有點不耐煩。

「這張床呢？被子有沒有摺好，床單是否凌亂？還有……」

「喂，御手洗，你等一下嘛，他正在畫。」

我忍不住制止，但御手洗完全無視我的勸阻。

「湯淺先生，情況怎麼樣？枕頭也放好了嗎？」

「不，床上很亂，亂成一團。不光是床，他的房間總是一團凌亂，如果不是凌亂的狀態，他好像就會心神不寧，我去幫他整理，還會被他罵一頓。」

沒想到御手洗聽了異常開心，左手掌包住右拳頭，好像酒保在搖酒似地在自己面前搖了起來。

「藝術家都這樣！我太瞭解這種心情了，這樣才對嘛！石岡，這可不是一件蹺著腳就能輕鬆解決的事件。湯淺先生，示意圖這樣就夠了，不愧是在印刷廠工作，畫得真好。對了，前天晚上之後，你有沒有再去他家？」

「有，我去了。昨天晚上和剛才來這裡的途中，我都去過。」

「情況怎麼樣？」

「門鎖住了，我看不到裡面的情況。」

「鎖住了？房東把門修好了嗎？」

「雖說修好了，只是像這樣用螺絲固定，從外側鎖上的簡易鎖，但打不開，因為房東就是鎖匠。」

「再把它弄壞就好了啊？」

「開什麼玩笑，房東也住在四樓。」

「那就沒辦法了。」

「所以，我站在大馬路上，抬頭觀察窗戶，但完全看不到屋內的情況。房間內靜悄悄的。」

「赤松先生看起來不在房間內嗎？」

「房間內完全沒有動靜，不像有人在裡面。」

「我知道了，這起事件太有意思了，最好立刻行動。不過湯淺先生，在此之前，我想先請教你兩、三個問題，請問你有財產嗎？」

「我嗎？沒有。我很窮，只有微薄的薪水。」

「那你家裡是不是很有錢？或是你父親是那種位高權重的人？」

「我老家在秋田的山裡，老爸是農民，家裡很窮。不要說車子，連腳踏車都沒有。」

「最近有沒有拿到什麼奇怪的東西？」

「我老爸嗎？還是我？」

「你。」

「不，沒有。」

「恕我冒昧，請問你是單身嗎？」

「對，沒錯。」

「有沒有女朋友？」

「沒有。」

「石岡，我們要開始行動了。湯淺先生，你在和赤松先生的關係上，還有一件重大的事項沒有告訴我。」

「啊？」湯淺露出訝異的表情，「我不懂您的意思。」

「我是說興奮的感覺。除了酒以外，這個世界上還有另一樣東西可以讓人情緒高漲對吧？」

湯淺呆然地陷入沉默。

「我不是警察。不光是這樣，我和警方關係交惡，所以你不必隱瞞，統統說出來吧。即使有什麼違法行為，只要不太嚴重，我會睜一隻眼閉一隻眼。如果非要隱瞞，我就不得不揭穿你了。」

眼前這個年輕人發自內心地感到詫異。

「我太驚訝了。但是，您怎麼會知道？難道從我外表就看得出很奇怪嗎？」

「如果是這方面的醫生，只要你說話一分鐘，應該就可以看穿了。你上癮很久了嗎？」

「差不多快一年了。」

「每天嗎？」

「怎麼可能！每週一次，週六或是週日，是赤松先生推薦的。」

「你們在說什麼？」

我終於忍不住插嘴問道。

「毒品。你用的是哪一種？」

「很多種，古柯鹼、大麻、ＬＳＤ，赤松先生每次到手之後，就會和我分享。」

「沒有用興奮劑和強力膠嗎？」

「當然沒有！我沒有用這些。」

「赤松先生有沒有告訴你，他是從哪裡拿到這些毒品的？」

「他說是太太給的，其他的我就不知道了。」

「這樣我就大致瞭解狀況了。我們走吧，湯淺先生是搭電車來的嗎？」

「不，我借了工廠的廂型車……」

「太好了，那我們三個人一起去淺草兜風吧。」

御手洗迅速地站了起來。

2

湯淺開著廂型車沿著高速公路向東京行駛，太陽漸漸西斜。車子從上野下了首都高速公路，在上野車站前右轉開了一會兒，淺草雷門前的大燈籠就出現在左側，最後，車子停在隅田公園旁的樹叢旁。我們一走下車，就聞到公園內飄來的花香。

「這一帶就是花川戶。」

湯淺告訴我們。附近擠滿了幾乎沒有考慮到美觀的灰色大樓，和看起來髒兮兮的樓房。一樓外側放滿了種在簡陋保麗龍盒內的植物，雖然是鋼筋水泥大樓，但二樓的窗戶卻是日式的，頗有淺草風情。

我們跟著湯淺的引導走在建築物間的巷弄內，不一會兒，前方就能看到高架橋，電車從上面經過。

「那是什麼？」

御手洗問。

「是東武伊勢崎線的高架鐵路，松屋百貨就在這裡，是電車的起點站。」

湯淺回答。四周漸漸起霧了，我們走過高架橋下方。

赤松稻平畫室所在的大樓，和東武伊勢崎線的高架橋之間隔了一棟大樓。松屋百貨隔著高架橋，位在赤松稻平畫室的右前方。那棟大樓的一樓是鎖匙行，畫了鑰匙圖案的鐵門已經拉了下來，店主應該就是這棟公寓的房東。入口的大門敞開著。

「搞不好赤松先生已經回家了。」

湯淺說完，走進鎖匙行旁寫著「稻荷屋大樓」的入口，率先走上看起來不怎麼乾淨的老舊水泥樓梯。

來到四樓後，他叩叩地走在油毯地板上，在走廊中間的一扇門前停下腳步。四樓有兩扇門，他敲了敲前面那扇門。

「赤松先生。」

他呼喚。整棟大樓都很安靜，沒有任何回應。他握著門把轉動了幾次。

「沒辦法呢，他還沒回來，門也上了鎖。」

湯淺說道，低頭一看，夾板的門上有一把嶄新的銀色鎖。

「如果要看屋內的情況，就要去向房東拿鑰匙。御手洗先生，您要看裡面嗎？」

湯淺問。

「非常想看。我認為這很可能是一起重大事件。」

「我和房東打過照面，去拜託他看看吧。他現在應該還在樓下，不過房東脾氣時好時壞，不知道會不會答應。」

「那我們一起去吧。」

御手洗說。

我們三個人一起來到一樓，湯淺按了大門旁的對講機。連續按了兩、三次後，門終於開了，一個上了年紀，看起來大約六十歲的禿頭男子探出了頭。

「呃，我們可不可以去赤松先生的房間看一下？」

湯淺戰戰兢兢地問。

「喔，這次又有什麼事？」

房東問，湯淺答不上來。

「因為赤松先生失蹤了。」

剛才站在路邊仰頭看著四樓，嘀咕著「窗戶旁邊就是落水管」的御手洗，很有精神地插嘴回答。

「我受赤松太太的委託，正在尋找他的下落。這是我的名片。」

御手洗從懷裡拿出唬人的偵探社名片。

「可不可以讓我們看一下赤松先生的房間？只要五分鐘就好，不會佔用您太多時間。」

「你不是警察吧？」

「不是，但我有很多警察朋友，全國各地都有。」

「只能站在門口看一下，這樣可以嗎？」

「如果您堅持的話，這樣也可以。」

我們四個人一起站在四樓赤松先生的房間門口。房東拿出鑰匙開了鎖，把門打開，又按了門旁的日光燈開關。

「請你們就在這裡看一下，赤松先生很神經質，不喜歡別人動他的東西。」

湯淺說得沒錯，十坪大的房間內空空蕩蕩，右側的畫架上放了一幅未完成的畫，左側有一張床，床腳附有輪子。床上很凌亂，床單垂到地上，黑色禮帽放在床上。

這就是屋內僅有的家具，除此以外，沒有電視、沒有收音機、也沒有音響，不難想像這位畫家平時的孤獨生活。

「天花板上有很多管線。」

「這裡以前是倉庫。」

房東說。

「這把新鎖是什麼時候換的？」

「昨天早上。」

「所以，就是你聽到赤松先生飛出去的隔天早上。」

御手洗對湯淺說。

「飛出去？」

房東瞪大眼睛。

「不是不是，我們在開玩笑。所以，赤松先生失蹤後，立刻換了這把鎖嗎？」

「對。因為這一帶有很多遊民，萬一他們跑進來睡在這裡就傷腦筋了。下面的大門沒有上鎖，所以他們老是隨便到屋頂上，我一直想解決這個問題。」

「你換鎖的時候，有沒有仔細檢查房間內每個角落？」

「檢查什麼？我才不會做這種事。」

房東一臉「你在胡說什麼？」的表情。

「我想也是。」

御手洗說著，再度環視房間內。

房間內有三個窗戶，都是推拉式的玻璃窗戶，最左側的那扇窗戶打開著。

「那扇打開的窗戶上有一根繩子。」

御手洗輕聲嘀咕。他的視力特別好，有時候會淡然地說出和當時狀況無關的話。

「是不是該把那扇窗戶關起來？如果你不介意，我……」

「喔，不行，不能進去。如果有需要，我晚一點會去關。」

房東立刻制止了御手洗。

「說得也是，已經是春天了，即使晚上開著窗戶也沒關係。」

「可以了嗎？那我要關門囉？」

房東說完關上了門，又鎖好了。

「您可知道赤松先生去了哪裡嗎？」

御手洗問房東。

「完全沒有頭緒。」

房東回答。

「他以前也常這樣嗎？」

「也曾經發生過這種事，悶不吭聲地突然跑去旅行。我搞不懂這些藝術家在做些什麼。」

告別房東，走出那棟大樓，濃霧籠罩著四周，將淺草漆黑的夜晚變成了灰色。我飢腸轆轆，湯淺在我們正準備晚餐時上門，突然就展開了這場冒險。

「喂，御手洗，我肚子餓了，找一個地方……」

「噓！」

御手洗舉起右手制止了我。我還以為發生了什麼事，沒想到只是電車靜靜地駛過高架橋，緩緩出現在對面那棟大樓後方。

「御手洗，你沒看過電車嗎？」

我問。

「我只是覺得電車開得很慢，剛才那班電車也開得很慢。」

「以前赤松先生曾經告訴我，這一帶有很多大樓，深夜的噪音是很大的問題。所以，在經過隅田川之前，電車會開得很慢很慢。」

湯淺向我們解釋。

「原來是這樣，赤松先生住的地方應該也可以聽到電車的聲音，如果開太快，真的會吵死人。對了，赤松先生畫室對面的這棟大樓也像是公寓，喔，原來叫大黑公寓。從這裡繞過來……」

御手洗說完，快步繞過大黑公寓前面，來到高架橋下。

「看吧，這棟大樓的背面剛好貼著東武伊勢崎線的軌道，五樓的窗戶一打開，就看到電車了。電車的電線都快碰到屋頂曬的衣服了，只要在屋頂一伸手，就可以碰到電車。住在這棟大樓的居民一定覺得電車的聲音很吵。像石岡你這麼神經質的人，應該會睡不著吧。」

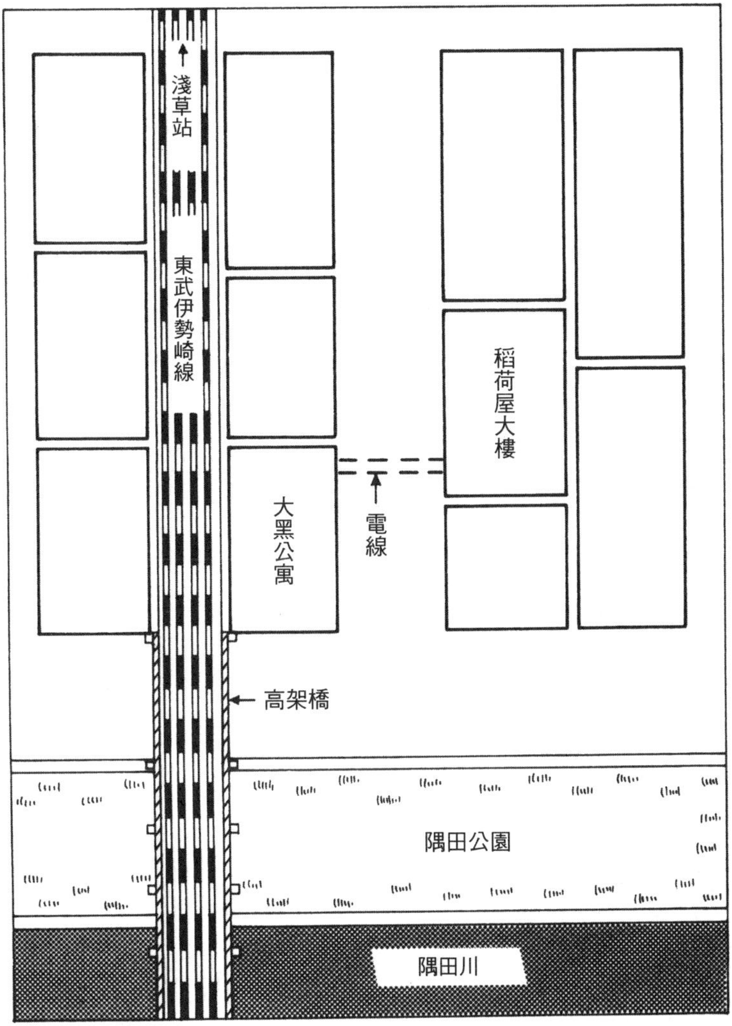
淺草站
東武伊勢崎線
稻荷屋大樓
大黑公寓
電線
高架橋
隅田公園
隅田川

「那也未必，和你當了一年的室友，我覺得現在幾乎沒有忍受不了的事。御手洗，難道你這個人都不會肚子餓嗎？要不要在附近找一家……」

「肚子餓？現在哪有時間管肚子。在這個城市，無論是深夜或黎明，到處能夠找到地方填飽肚子，但是人就不一樣了，兩、三個小時後，大家都呼呼大睡了。湯淺，不好意思，你說銀座的克麗斯汀．歐琪德大樓有鳥人專用門，可不可以帶我們去看一下？如果可以見到赤松太太的話，我想見見她。」

聽到御手洗這麼說，我只好餓著肚子嘆了一口氣。

3

我們搭乘湯淺的車抵達克麗斯汀．歐琪德所在的大樓時，已經快晚上十點了。外堀大道一帶都籠罩著濃霧，就連不遠處的索尼大樓也在濃霧中隱身了。

我們站在大樓下方的柏油路上，湯淺指著八樓說：

「你們看，那裡不是有一扇開在半空中的門？」

他說得沒錯，眼前的景象實在太詭異了。在濃霧籠罩的八樓，的確有一扇門。這道奇特的門就裝在宛如斷崖絕壁的大樓外牆上，門上還有門把，可以在半空中敞開。仰著頭看那扇門，會產生一種幻覺，好像會有一個背上長著翅膀的人打開這扇門，輕盈地在夜晚的濃霧中飛翔。我似乎也受到了湯淺的影響。

「今天雖然是星期天，但時尚品牌應該沒有休假吧。赤松稻平的太太叫什麼？冰室志乃？沒錯，八樓還亮著燈，不知道她還在不在。」

御手洗說。但現在已經快十點了，這種時間上門未免太失禮了。聽到我的提醒，御手洗不耐煩地揮了揮手。

「現在哪管得了這麼多。」

然後，他按了大樓鐵門旁一扇小門上的對講機按鈕。金屬小門也關起來鎖住了。

「請問是哪一位？」

對講機裡傳來回應。

「請問這個對講機是連線到哪裡？」

御手洗問。

「這裡是警衛室。請問？」

一個男人回答。他就是之前把赤松稻平趕出去的警衛嗎？

「我想找八樓克麗斯汀・歐琪德的冰室董事長，要怎麼進去？」

「董事長知道您要來嗎？」

「我朋友應該已經通知她了。」

「我幫你接八樓，你直接和冰室女士通話，請她幫你開門。」

「不，這有點傷腦筋……」

御手洗用手指按著額頭，我也在他身後不知所措。即使和她直接通話，對方也不會幫我們開門。我們根本素不相識，更何況已經這麼晚了。

「其實是這樣的，您知道冰室女士的生日嗎？」

御手洗突然問了奇怪的問題。對講機的另一端陷入了沉默，警衛怎麼可能知道她的生日。

「今天剛好是她生日，所以，我帶了蛋糕還有很多朋友送的禮物，想給她一個驚喜。」

對講機的另一端依然沉默，對方應該在考慮。

「好，那我幫您開門，請往後退一點，讓攝影機照到你。」

「那我去車上把蛋糕拿下來。」

御手洗煞有介事地說，然後把臉湊到我身邊咬耳朵說：

「趕快去車子後面搬一個紙箱下來，即使是舊箱子也沒關係，反正他看不出來。」

我慌忙跑回湯淺的車子。因為是公司的車子，後面的置物空間堆放了很多東西。我隨手搬了一個紙箱，沒想到沉甸甸的，裡面不知道裝了什麼。但現在沒時間細細挑選，我只好搬著箱子搖搖晃晃地走回他們身邊。

金屬門打開了，站在門內的御手洗向我招手，催促我動作快一點。

我們三個人走在深夜的走廊上。現在雖然才五月，我卻滿頭大汗，原本就快餓昏了，還要搬這麼重的東西。

「石岡先生，你偏偏選到最重的箱子，這裡面裝滿了字模。」

湯淺說著，幫我一起搬箱子。

「喂，御手洗，先把箱子放在這裡沒問題吧？」

我喘著氣問。

「不行，監視攝影機可能會拍到。」

御手洗冷冷地回答，我覺得自己好像衝進銀行的搶匪。

「石岡，你要面帶笑容，這裡面可是生日蛋糕啊。笑一個，笑一個。」

御手洗邊說邊按了電梯的按鈕。

走進電梯，關上門後，我才終於喘了一口氣。

「為什麼我非得做這種事不可啊？」

「因為偶爾運動一下有益健康嘛！」

電梯停在八樓，御手洗精神抖擻地走了出去，我們兩個人搬著沉重的字模紙箱，搖搖晃晃地跟在他身後，雙手都快發麻了。走廊上鋪著灰色地毯，灰色的牆上有好幾道黑色的門，整個樓層都很時髦，展現出時尚品牌的高品味。

一出電梯就是走廊，左側則是牆壁。右側的盡頭雖也是牆壁，但還有一扇門，門外應該就是外堀大道的上空吧。我們把字模的箱子放在電梯前的走廊上。

「那就是鳥人的門吧？」

御手洗說。

走廊呈Ｔ字形。出了電梯往右走幾步後再往右轉，也就是Ｔ字豎畫的盡頭，還有另一扇門，那裡似乎是廁所。

御手洗在走廊上大搖大擺地走著，敲了敲在Ｔ字路左側的一扇門。

「沒有人回答。」

他話還沒有說完，就用力一拉打開了門。我被他嚇了一跳。

「沒有上鎖。原來這裡是試衣間，所有的牆上都是鏡子耶，好像鬼屋。你們看，就連門背面也都是鏡子，裡面有很多沒有五官的假人，是做好衣服時就讓他們試穿嗎？」

御手洗開心地說道，他最喜歡這種孩子氣的玄機。

「赤松先生有提過他是否常來太太的公司嗎？」

御手洗問湯淺。

「沒有，他說很少來，通常有事都是電話聯絡……」

「原來是這樣，那我瞭解了。」

御手洗不知道察覺了什麼，皺著眉點了點頭。

「你們在這裡幹什麼？」

突然傳來女人歇斯底里的聲音。

回頭一看，走廊上其中一道門被打開，一個高個子女人走了出來。一襲黑色洋裝，搭著黑色絲襪，右肩下方別了一朵黑玫瑰。她的肩膀很挺，嘴唇大而豐滿，整體感覺很有個性。身後跟著一個穿著高級西裝的高個子年輕男人，踩著地毯大步走了過來。

「你們是誰？這麼晚了在這裡幹什麼？員工都已經回家了。」

「原來您在這裡。」

御手洗淡然地說完，關上試衣間的門。

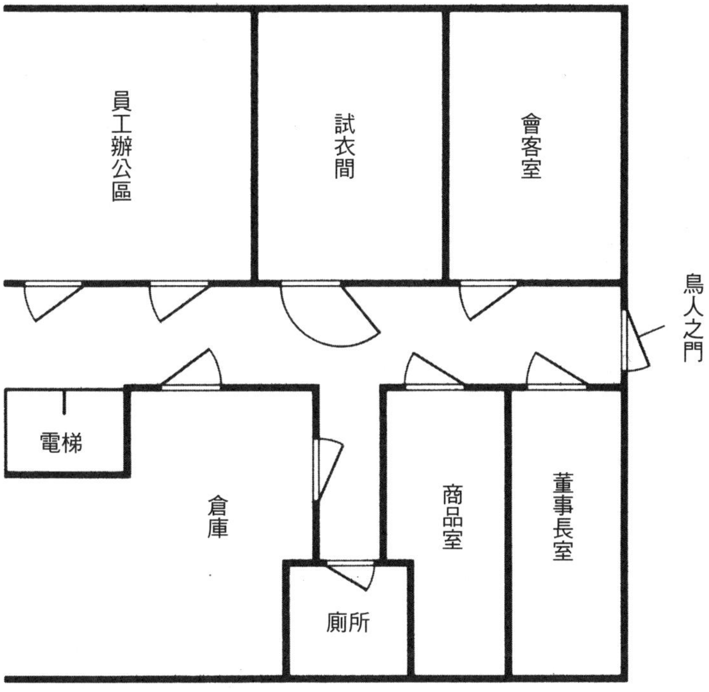
員工辦公區
試衣間
會客室
鳥人之門
電梯
倉庫
商品室
董事長室
廁所

「你是誰?怎麼進來這裡的?」

女董事長尖聲叫著。

「很簡單,我從天而降,從那扇門進來的。」

御手洗指著那扇鳥人之門,一本正經地回答。女董事長嚇了一跳。

「你究竟是誰?我要報警囉。」

「報警太花時間了,找警衛來就好。您是冰室董事長吧?也是赤松稻平先生的夫人。」

女人立刻露出謹慎的表情,既不承認、也不否認。

「你到底想幹什麼?」

女人身後那個衣冠楚楚的男人厲聲問道。他濃眉大眼,看起來超過三十五歲。

「夫人應該知道赤松稻平先生失蹤了吧?」

御手洗開了口,但赤松太太完全沒有任何反應。

「他老家的人委託我調查他的下落,這是我的名片。」

御手洗又拿出那張唬人的名片。他說謊竟然完全不需要打草稿。

「我在趕時間,沒空理你。」

她沒有接名片就準備離開。

「我沒打算和您聊一整晚,只想問幾個簡單的問題。您心中是否對赤松先生的行蹤有底?還有,他最近有沒有和您聯絡?就這兩個問題。」

女董事長和那個男人不發一語地走向電梯。我們就像是追著藝人跑的狗仔一樣跟了上去。

「您現在要去哪裡？」

御手洗把名片放回口袋。

「有必要告訴你嗎？上門找人也要看一下時間。」

那個看起來像秘書的男人嚴詞說道。電梯上樓了，門打開，兩個人走進電梯。我們正打算一起走進電梯，卻被那個男人制止了。

「這麼晚了還能去哪裡？當然是回家啊。」

女董事長回答。

「走回家嗎？原來不是從天上飛回家啊！」

聽到御手洗的話，那個男人問他：「你腦筋是不是有問題？」這句話御手洗這輩子不知道聽過多少遍了。

「甚至有人說您的先生已經死了，難道您不擔心嗎？」

御手洗又信口開河，緊追不放。

「不，我先生還活著，因為他今天還打電話給我。」

女董事長說完這句話，電梯的門就關上了。

「石岡，你去那個電梯按下樓鍵，然後看這輛電梯停在幾樓……啊，果然沒有停在一樓，直接去了地下停車場，我們恐怕追不上了。我們的電梯也來了，石岡，趕快把這個裝了生日蛋糕的紙箱搬進來吧。」

御手洗對我說。

霧越來越濃了，站在馬路上，根本看不到冰室董事長的座車去了哪裡。

「御手洗，我把這個箱子放回車上。」

「不，等一下，你再拿著站一會兒。」

「為、為什麼？」

「開玩笑的，趕快放回車上吧。湯淺先生，赤松先生有沒有告訴你，董事長家住在哪裡？」

「我聽說是在南青山，但詳細情況就不清楚了。」

「喔，是嗎？那今天晚上就只能到此為止了。雖然我還想繼續調查，但石岡年紀大了，好像快累癱了，我們去找地方吃飯吧。」

我腰腿無力，手臂已經麻木了。

在附近找到一家營業到天亮的中國餐廳，終於吃到飯了。我右手發抖，筷子都有點拿不住。湯淺開車送我們到橫濱，御手洗和我都累癱了，洗完澡就上床睡覺。深夜之後，下了一陣雨。

4

晚上十一點十七分，充滿濃霧的夜空中，赤松稻平的身體輕飄飄地浮起，自稻荷屋四樓的工作室飄出了窗外。

一開始雖像在飛行，但下一刻看來又像是在滑行。可能是還不太會飛，他的身體就這樣直直地撞上對面的大黑公寓外牆。不過，似乎又馬上調整姿勢，緩緩地沿著公寓外牆，向上空移動。

冰室志乃站在大黑公寓的頂樓，目不轉睛地盯著他看。

5

沒想到翌日早晨，等待我們的是一起重大事件。我走出臥室隨手打開電視，發現畫面上的景象很熟悉。我直楞楞地看著電視，隨著腦袋慢慢清醒，驚訝地發現那是昨晚去的隅田公園附近。坐在沙發上，盯著電視畫面瞧。

隨著鏡頭移動，大黑公寓和赤松居住的稻荷屋大樓一樓的鎖匙行出現在畫面上，最後停在記者的上半身。記者對著鏡頭報導：

「這到底是怎麼回事？簡直就是鳥人。只要看我的後方就可以發現，赤松稻平先生就懸在這棟大黑公寓和這棟稻荷屋大樓之間，離地二十公尺的半空中。」

我目瞪口呆。他說什麼？我探出身體。

「剛才已經為各位觀眾介紹過，赤松稻平先生是一位畫家，目前已經死亡。這兩棟大樓之間有好幾根電線，他就像這樣趴在電線上斷了氣。」

這時，電視中又傳出來自攝影棚的聲音。

「大川先生，看起來好像是赤松先生在空中飛、在空中散步嗎？」

「沒錯，赤松先生的住家兼畫室就位在發現屍體位置的北側下方。」

「嗯，真是一起不可思議的事件。」

我驚訝不已。赤松稻平居然懸在鎖匙行那棟大樓和大黑公寓之間的電線上死了。難道他在東京的夜空中散步，打算從窗戶回家時，被卡在電線上了嗎？深夜時的確看不清楚黑色的電線，更何況昨晚的霧特別大。

我慌忙走去門口拿了報紙翻開，但報紙上沒有刊登任何赤松稻平的相關新聞，卻大幅報導了昨晚小田急線電車和小客車相撞的事故。

我抬起頭，發現畫面上出現了紅色的消防車，好像是雲梯車。他們出動了雲梯車，把赤松的屍體搬到地面。

我繼續看報紙。小田急線昨晚零點十分，在成城二丁目的平交道發生了事故。這則新聞似乎勉強趕上了早報的截稿時間，所以尚不知駕駛的姓名。電視中傳來記者的聲音。

「赤松先生張開雙手，好像舒服地在天空中飛翔，嘴角露出柔和的笑容。」

我把報紙放在地上。

第一個發現赤松屍體的送報員出現在畫面上。是一名中年男子，說話帶著東北腔，他回答記者的提問，描述了發現屍體當時的情況。

「今天早上到這已經差不多快七點了，因為霧很濃，看不到遠處。我到這裡時，不經意地抬起頭，看到濃霧中有一個身穿黑衣服的人影，一開始還以為是廣告氣球又在做什麼宣傳。

「但看來看去，還是很像是人，去這棟大黑公寓五樓送完報紙後，就順便去了屋頂，走到欄杆旁探出身體，發現真的是一個人，就對著他叫：『喂，喂，你在那裡幹什麼？』但他沒有回答，我想他可能死了，馬上報了警。」

「大黑公寓是……」

「就是這裡。」

男人指了指身後的公寓。

「什麼？這棟公寓的屋頂可以上去嗎？」

「誰都可以上去。」

「你一定嚇了一大跳吧？」

「當然啊！才不是嚇一大跳而已，腿都發軟了。」

「你認識他嗎？」

「認識誰？」

「就是掛在電線上，懸在半空的人。」

「不，我不認識。」

然後畫面又回到記者的上半身特寫。

「這真的是春夜怪事。剛才已經為各位觀眾報導，掛在離地面二十公尺電線上的是名叫赤松稻平的畫家，目前已經查明，他是這棟稻荷屋大樓內的住戶。

「稻荷屋大樓就是我身後的這棟大樓，對面就是剛才提到的大黑公寓。稻荷屋大樓和大黑公寓都是五層樓的建築，兩棟差不多高。在這兩棟房間五樓的窗戶上方，也就是差不多和屋頂同高的位置之間，橫掛了好幾條電線。赤松先生就趴在這幾條電線中間的位置斷了氣。

「赤松先生住在這棟稻荷屋大樓的四樓，也就是死在住家的窗外，到底為什麼會發生這種事？淺草警署的偵查員也百思不得其解，詳細死因必須等待進一步調查。然而赤松先生穿著黑色西裝、黑色長褲和白襯衫，戴著黑色領結，簡直就像是為踏上死亡之旅而特意做的打扮。

「這就是今天早上發生的離奇事件。但並不是只有這件事而已，在赤松稻平的屍體發現地點不離處，也就是這裡……」

記者走去另外的地方，攝影機也跟著移動，畫面上出現了我們去過的那個公園。

「這裡是隅田公園，今天早上，有一名衣著非常體面的婦人好像喝醉酒似的在這個公園走來走去，警方趕到後，已經將她帶往警局。

「至於為何把她帶去警局，似乎是因為她在精神上受到很大的打擊，完全想不起自己的姓名。她年約四十歲，身高一百六十公分，身材偏瘦，穿著黑色洋裝和黑色絲襪，右肩下方別了一朵黑玫瑰。」

是冰室志乃！我不禁愕然。

「請認識這名女性的觀眾，撥打畫面上顯示的電話號碼與警方聯絡。」

畫面下方出現了電話號碼，我立刻記在手邊的紙上，緊張得坐立難安。我知道那個女人是誰，但是該打電話嗎？這時，電話響了，是湯淺打來的。拿起電話時手臂一陣痠痛，看來是昨晚做重活累壞了。

「您有沒有看電視？」

他在電話中問我，我回答正在看。他接著說，沒想到事情鬧這麼大，那個女人就是冰室志乃，我們是不是該打電話？御手洗先生認為我們該怎麼做？我告訴他，偵探大人還在呼呼大睡。就在此時，偵探大人起床了。

「石岡你吵死了，在吵什麼啊？把電視關小聲一點啊！我根本沒辦法睡。」

他一邊說著，一邊抓著一頭亂髮。

「那我和御手洗商量後，馬上會打電話給你。」

說完後掛了電話，我轉身面對御手洗。他的眼睛就像剛出生的小貓，還迷迷濛濛地睜不開眼。

「御手洗，你打算睡到什麼時候？可知道那事件變成什麼情況了嗎？」

「事件？」

御手洗只要睡一晚，就會把昨天的事忘得精光。

「什麼事件？」

「赤松稻平死了，而且是在空中發現他的屍體。」

如同預料，御手洗立刻瞪大了眼睛。

「什麼?!」

「冰室志乃被人發現在附近的隅田公園發瘋了。」

御手洗說不出話。

「你、你說什麼？這是怎麼回事？怎麼可能！完全出乎我的意料。」

他抱著頭，事件的發展的確出乎他的意料。

「太令人驚訝了，到底是哪裡出了問題？會變成這樣的結果？」

他還沒清醒，用沙啞的聲音問道。電視上的記者繼續報導事件內容。

「這名神秘女子看到赤松稻平先生的照片時說：『這個人會飛呢！』，她還反覆說：『我看過他不只飛了一次。』」

「這到底是怎麼回事？我先去洗把臉，你可以把事情從頭到尾告訴我嗎？」

我一邊看電視，一邊等御手洗。接著電視畫面上方出現了新聞跑馬燈，說明因為平交道事故停駛的小田急線已經全面恢復通車。這時，御手洗走了出來，我開始向他說明情況。

當我把所知的情況向他說明完畢後，他雙手抱胸，發出苦惱的聲音。

「這到底是怎麼回事！我從來沒有聽過這麼瘋狂的事件。」

我也有同感。

「整天畫人類在天上飛的畫家死了，而且屍體居然掛在比畫室高一個樓層的電線上。他的太太又發了瘋，在附近的公園徘徊，簡直太匪夷所思了。赤松稻平果然是不同尋常的空中飛人。」

他像往常一樣在房間內踱步。

「我們已經掌握了充分的資訊。雖然沒有見到赤松稻平，但見到了他的太太，也瞭解了他們的為人，更去看了淺草花川戶的現場。只要把已經掌握的這些線索拼湊起來，一定可以解開謎團。一定有什麼我們認為無足輕重而忽略的重大事實，到底是什麼？這個線索雖然看似很平常，但其實不然，在這起事件中，是非常特殊的條件，否則，不可能以這麼非比尋常的方式呈現出來。」

我不發一語。一旦在這種時候打斷他，他會變得歇斯底里。

「搞不懂，這個條件到底是什麼？死者是畫家這一點嗎？還是他太太是時尚品牌的董事長？或者是命案現場在淺草？」

我不瞭解御手洗到底想說什麼，開始思考造成赤松稻平的夫人冰室志乃精神異常的原因。我們昨晚見到她時還很正常，沒想到隔了一夜，就精神異常了，是受到什麼重大的打擊嗎？若真如此，應該是她昨晚看到了什麼異於尋常的事吧？異於尋常的事——該不會是因為看到了赤松稻平飛天吧？

「喂，御手洗，我們知道一件警方不知道的事。」

我小心翼翼地說，他立刻不耐煩地打斷了我。

「一件事？才不只一件事！」

我沉默片刻，思考他這句話的意思，但還是難以理解，所以就繼續說：

「無論如何，我們知道這個發瘋的女人是克麗斯汀．歐琪德這個品牌的董事長冰室志乃，但警方不知道這件事。我們是否應該打電話通知警方？湯淺也很在意，剛才打電話來問我。」

「這種事不需要我們去做，自然會有人打電話。」

御手洗不假思索地回答。

「但不能這麼說……」

「噓！」

御手洗舉起右手打斷了我。電視又在播報新聞。

「剛才接到最新消息，今天早晨到底怎麼了？這是……」

記者在電視中說不出話。

「又是令人難以置信的新聞。昨天晚上，東武伊勢崎線往竹之塚方向的末班車在進入竹之塚車站時，車頂的排氣扇附近套了一根繩子，一直拖在電車後方，而繩子上竟然綁了一隻似乎是男人的右手臂。」

我看了御手洗一眼，他一動也不動地看著電視。

「也就是說，這輛電車昨晚不知道從哪裡開始，一直拖著男人的右手臂行駛，最後到達了終點竹之塚。

「那隻右手臂自肩膀斷裂，在竹之塚站被發現時，傷口還很新鮮。

「警方立刻展開搜索，試圖沿線尋找手臂主人被輾死的屍體，但並沒有發現相關的屍體、人物以及事件，因此，這個手臂的主人至今仍然成謎。

「至於為什麼都經過一個晚上了，我們還向各位報告這件事，是因為東武伊勢崎線往竹之塚的電車，離記者目前所在的現場只有咫尺之差，松屋百貨的二樓，就是起點的淺草車站，因此，也許和這起事件有某種關聯。這起事件實在太離奇古怪，令人毛骨悚然。」

御手洗瞪大眼睛，嘴巴微微張開，好像靈魂出竅。這是他即將有重大發現時特有的表情。

「嗯，是東武伊勢崎線……飛天的畫家、淺草花川戶的畫室、發瘋的女董事長、拖著右手臂的電車、張開雙手死去的燕尾服男人……啊！我知道了！雖然現在還沒有完全搞清楚，但一定可以破解這個案子！這起事件太妙了！石岡，你可以打電話！不管打去警局也好，電視台也沒有問題，說你不但知道發瘋的女人叫什麼名字，還知道這起事件是怎麼回事、背後有什麼玄機。但是，對方必須提供我們想要知道的事，這個世界上所有的事都是交易。」

御手洗一口氣說完，又抱著雙臂在房間內來回踱步。他走了一會兒，砰地一聲關上了臥室的門，一個人關在裡面。

御手洗這個人在動腦筋時經常會茫然自失，做出一些奇怪的舉止。時而倒立，時而站在桌子上，時而叩叩叩地敲打茶壺，或者是打破杯子。所以此時我反而慶幸他乖乖地走去自己的房間，但是高興得太早了，從他的臥室傳來燈泡破裂的聲音。

他完全破解了那麼複雜的謎團嗎？即使沒有完全破解，至少已經掌握了線索嗎？我難以置信，決定打電話給警方時，先不提這件事。

6

我拿起電話撥了剛才顯示在電視上的那個號碼，接電話的是淺草警署。我在電話中說，那個精神出現異常的女子叫冰室志乃，是時尚品牌克麗斯汀·歐琪德的董事長，那家公司在銀座。

接電話的女警態度異常冷靜，我有點洩氣，他們似乎還沒有瞭解相關的狀況。

然後，女警問了我的住址和電話號碼，於是，我把我們會涉入這起事件的來龍去脈告訴了她，並透露，我的朋友在某種程度上瞭解這起事件的玄機，如果有需要，可以由他來告訴警方。對方請我等一下，然後用手捂住了話筒。不一會兒，她請我先掛斷電話，警方會和我聯絡。我便乖乖掛上了電話。

電話鈴聲很快就響了，我以為是警方打來的，沒想到是湯淺。他問情況怎麼樣，我告訴他剛才打電話去淺草警署，並要求如果應警方的要求去說明昨晚的經緯時，請他和我們同行。

「啊……」

他陷入了猶豫。我感到納悶，最後發現他似乎擔心吸毒的事。

別擔心，御手洗不會提起這種事。聽到我這麼告訴他，他才答應一同前去，還說他今天一整天都在工廠。

這時，御手洗匆匆忙忙地從臥室探出頭。

「石岡。」

「御手洗，我已經打電話去淺草警署了，他們可能會找我們去說明案情，這起事件的謎團你已經完全破解了嗎？」

雖然我不相信，但還是向他確認，果然不出所料，御手洗回答說：

「現在還沒有。」

我很慶幸沒有對警方說，我朋友已經破解了事件的謎團。沒想到御手洗用輕鬆的語氣繼續說：

「但馬上就可以破解了。」

我打量著御手洗的臉。

「真的嗎？你真的可以破解那起離奇事件的謎團嗎？你是不是搞錯了？小心在警方面前丟臉丟到家。」

「別擔心，我就是在說赤松稻平的事件。」

「你已經知道赤松稻平死在半空中的理由了嗎？」

「對啊，當然知道。」

「那你告訴我，他為什麼死在半空中？」

「因為他飛回家，想從窗戶飛回去，在急速降落時卡到了電線。」

「…………」

我沉默片刻。

「你打算這麼告訴警方嗎？」

「那要看對象。你能不能按我的指示辦理以下這些事？首先打電話去銀座的克麗斯汀・歐琪德，打聽董事長的秘書叫什麼名字？以及他的住址和電話。再問董事長的座車有沒有停在公司的地下停車場？董事長秘書到公司了嗎？你可以自稱是淺草警署。」

「但萬一淺草警署已經打過電話怎麼辦？」

「別擔心，警方不是才剛得知發瘋的女人是冰室志乃嗎？不可能知道她昨天晚上和秘書在一起，所以不會這麼快去調查秘書的事。」

我打了電話，得知秘書名叫古川精治，今天還沒有去上班。他目前住在世田谷區成城四丁目十六番八號的三〇一室。董事長的專用座車是賓士三〇〇E，平時都由秘書古川負責開車，目前這輛車還沒有開回公司。接電話的員工說，董事長和秘書從昨晚之後就下落不明，大家都很擔心。看來公司的人還不知道這起事件。雖然有點內疚，但最後還是忍著沒有告訴他們，就掛上了電話。我還向對方打聽了古川的特徵，應該就是昨晚看到的男人。

「那麼，你再打電話去古川的家，確認他是否回家了。確認之後，再問問公寓的管理員，如果找不到管理員，就打電話給他的鄰居，打聽古川昨晚有沒有回過家，以及那輛賓士三〇〇E有沒有停在停車場。如果古川有太太，就問他太太。你打電話的時候，我要看報紙，借我一下。啊，電視不要關。」

古川家沒有人接電話。我打電話給管理員，問了古川鄰居的名字，用查號台查到了鄰居的電話。打電話給古川的鄰居後，得知他昨晚沒有回家，停車場內也沒有賓士。

「好，我已經大致掌握了，報紙上也沒有值得一看的新聞。那接下來……」

御手洗話說到一半，電話就響了。接起電話，發現是淺草警署打的，說想詳細瞭解事件的情況，如果時間方便，希望我們去淺草一趟。我看向御手洗，他點了點頭，我便回答馬上出門，然後掛上了電話。

我和御手洗在新橋轉搭地鐵銀座線，來到了淺草。走上地鐵的階梯，雷門的大燈籠就出現在眼前，我們和湯淺約在燈籠前見面。御手洗沿途都陷入思考，嘴裡嘀咕不停，卻沒有對我說一句話。我還以為，這起事件應該真的很棘手吧？到了淺草後問他有沒有理出一個頭緒，他居然告訴我，剛才在思考鋼琴的發明對西洋音樂史的影響。

前往位在四丁目角落的淺草警署之前，我們決定先去察看花川戶的命案現場。

走進松屋百貨和隅田公園之間的窄巷，發現那裡擠滿了人。湯淺說，簡直和淺草一年一度的酸漿花果市❶不相上下。除了警車以外，還停了很多媒體轉播車。我們撥開人群，試著走到鎖匙行附近，但無法繼續靠近，只能轉身離開了。

來到淺草警署，告訴入口的警員我是石岡後，他請我們去二樓的搜查總部。於是，我們三個人一起上了樓。

昏暗的走廊盡頭，有一個房間門口寫著「赤松稻平命案特別搜查總部」。我探頭張望，自報姓名說：

「呃，我叫石岡。」

有幾張桌子在房間中央排成一排，三個看起來很直率的男人坐在其中一張桌子前，看到我們後站了起來。

「啊，辛苦了，請進。」

其中一人圓臉、小眼睛，感覺很客氣。另一個人有張大圓臉、戴著眼鏡，嘴巴很大，而且撇著嘴。他身材肥胖，看起來很不好惹。第三個人看起來脾氣很好，但他走了出去。

「謝謝你們，隨便坐吧。」

感覺很客氣的刑警開口，我們就坐成一排。

「我叫後龜山，後面的後，烏龜的龜，山上的山。這位是田崎，你們三位是朋友嗎？」

「對。」

我回答說。

❶每年七月九日、十日（又稱四萬六千日）在淺草寺舉辦的觀音參拜日，傳說在此時參拜可聚集最多的功德；此時會舉辦酸漿花果市，聚集許多攤販和人潮。

「自從我當刑警後，第一次遇到這麼棘手的案子，實在太離奇了。第一次看到屍體時，我還以為人在天空中飛呢。」

「關於這件事……」

湯淺開了口。

「我認識赤松先生很長一段時間，他整天在畫飛天的男人，也經常告訴我，他可以飛上天。」

湯淺把之前告訴我們的事都一五一十地告訴了兩名刑警。刑警似乎也很感興趣，默默地聽得出了神。

「原來是這樣，所以，他太太也曾經飛上天空嗎？」

當湯淺告一段落後，後龜山問。田崎撇著厚唇，一臉笑嘻嘻的。

「對，他是這麼告訴我的。」

「他太太就是精神受到打擊的那名女子嗎？」

「他太太目前人在哪裡？」

御手洗問，兩名刑警立刻轉頭看著御手洗。

「已經把她送去警察醫院，辦理了住院手續。」

「她的情況怎麼樣？很糟糕嗎？」

「很糟糕，她連自己是誰、叫什麼名字都不記得了。」

「是警方最先發現她的嗎？」

「對。」

「怎麼會發現她精神異常？」

「因為她流著口水，眼神渙散。」

「很特殊的案例，以前很少遇到這種情況吧？」

「完全沒有遇過，至少我從來沒遇到過。請問您是？」

「敝姓御手洗，專門研究離奇的事件。他叫石岡，專門把我經手的這些事件寫成文字後出版。這位湯淺先生看了這些書，來橫濱找我們，希望借助我們的綿薄之力查出真相。所以，我們昨晚去了克麗斯汀·歐琪德，見到了冰室女士和她的秘書古川先生。」

聽到御手洗的說明，田崎嘴角垂得更低了，原本看起來很溫和的後龜山也有點不以為然。業餘偵探和專業警官似乎水火不相容，或者該說是天敵。

「所以，這是在案發之前囉？」

後龜山問。

「對，在這起重大事件發生之前，還發生了一起小小的事件。」

「什麼事件？」

「就是湯淺先生剛才提到的，在門外聽到了赤松先生飛出去的聲音。」

聽到御手洗提到這件事，後龜山想起湯淺剛才的說明，點了點頭。他似乎並沒有很認真對待湯淺說的事情。

「在您研究的前例中，有沒有和這次事件類似的案子呢？」

田崎第一次開口，語帶諷刺地問。

「的確，」御手洗嚴肅地回答，「的確有前例可以歸入同一種項目，只是呈現的方式迥然不同。」

「喔，你說話的方式很有意思，簡直就像名偵探。」

田崎似乎對御手洗很反感，忍不住嗆他，但御手洗早就習慣了日本警察對他是這種態度。

「刑警先生，這位御手洗先生真的是名偵探，請問您知道昭和五十四年（一九七九年）發生的梅澤家事件嗎？」

湯淺插嘴說。

「沒聽說過。」

田崎回答。

「他就是解決那起大事件的人。」

「所以，你應該也能夠解決這次的事件囉？我不知道梅澤家事件有多棘手，但應該不像這次的事件那麼離奇古怪吧？」

「不，那起事件更加棘手。」

「所以，你已經破解這次的謎團了嗎？」

「當然，謎團就是為了讓人破解而存在的。」

「那我們就洗耳恭聽了。」

田崎語帶挑釁地說完，調整坐姿後坐直。

「但某些細節還無法完全找到合理解釋，在此之前，我有幾個問題想要請教。」

「看吧看吧，馬上就開始閃躲了。要每一個細節都有合理解釋，才能稱為破解謎團。」

御手洗吃吃地笑了起來。

「有什麼好笑的？」

「因為你們連謎團是什麼都搞不清楚。」

「什、什麼意思？」

田崎刑警面帶慍色。

「因為你們目前只知道赤松稻平死在半空的電線上，和他太太精神失常這兩件事，不是嗎？」

兩名刑警答不上來，閉口不語。

「這兩個謎團我早就破解了，我是在為另一個謎團傷腦筋，但也只差一步了。因為你們找我們來這裡，我才暫時放下，馬上趕來這裡。」

「另一個謎團是什麼？」

「就是昨天晚上，除了赤松稻平和他的妻子冰室志乃以外，還有第三個男人在現場。」

「第三個男人？這句話好像很耳熟，那第三個男人是誰？」

「秘書啊，冰室的秘書，名叫古川精治的男人。」

「我們也認為現場可能還有另一個人，這為什麼會成為謎團？況且，你為什麼斷言那個男人在現場？」

「因為東武電車拖了一個男人的右手臂。」

「啊……」

後龜山不自覺地發出了聲音。

「你認為那起事件也和赤松命案有關聯？」

「當然有關聯，因為有一個人為這件事發了瘋。」

「右手臂的謎團嗎？我們也早就發現了。」

田崎回答。

「不，東武電車拖進終點站的男人手臂和這起事件有關。第三個人，秘書古川在現場，所以那隻右手臂是他的，但古川到底去了哪裡？斷了右臂可是重傷，不是應該引起很大的注意嗎？但現在既沒有發現屍體，也沒有任何一家醫院有斷了一隻手的男人就醫，這不是很奇怪嗎？」

御手洗說完，大夥沉默了半晌。他說得沒錯，在他提起這件事之前，我也完全沒有注意到。

「電車拖著男人的手臂進站，警方當然調查了東武線的沿線，也逐一清查了附近的醫院，如果找到有哪一家醫院收了這樣的病人，消息一定會傳出來，媒體也會大肆報導，畢竟這個新聞太令人震撼了，但目前完全沒有相關消息，代表還沒有發現這個男人。那麼，他留下了手臂，到底去哪裡了？」

田崎皺起眉頭，沒有說話。

「所以，請你們逐一回答我接下來提出的問題。若無法回答，也就是還沒有展開調查，那就請立刻進行調查、找出答案。如果警方願意配合，我也能順利地進行推理，好解開剩下的謎團。若是認為有需要，我也可以說明赤松稻平死在半空、和他太太發瘋的原因。你們覺得如何呢？」

兩名刑警有好一會兒沒有說話，他們一定從各方面檢討御手洗提出的要求。在這種情況下，警方唯一在意的，就是面子問題。他們認為一旦由警方以外的人更早破案，對方就會看不起警察。我認為這是權力的附屬品，驕傲自大的人覺得自己絕不能輸，因為權力往往很脆弱。

「你想知道什麼？」

後龜山終於打破沉默。

「首先是電車的時間。那輛拖著右手臂進入竹之塚車站的東武電車，離開淺草車站時是幾點幾分？」

「晚上十一點十五分。」

「晚上十一點十五分……接下來是車子，昨天晚上，冰室志乃和古川精治應該不會搭計程車去現場，而是搭董事長的專用車賓士三〇〇Ｅ。你們有沒有接到回報，今天早上在花川戶現場附近的路上，發現不知車主是誰的賓士三〇〇Ｅ或是同款車輛遭拖吊的消息？」

「這就……」

後龜山和田崎互看了一眼，田崎沒有說話。

「我們沒有接到類似的報告。」

後龜山回答。

「目前這輛賓士車下落不明，既沒有開回銀座公司的停車場，古川在成城的住家停車場內也沒有這輛車。那花川戶附近的計時停車場或其他停車場有沒有車主逾時沒有開走的賓士車？」

「沒有聽說。」

「嗯，那時候已經很晚了，應該不會停去計時停車場，而且，收費停車場應該也沒有營業。如果衝進隅田川，就會是引起矚目的重大事故，我們不可能沒有聽到任何消息。還有一個可能，就是停在董事長位於南青山的家，冰室董事長可能在她住家附近也租用了停車場，或是和克麗斯汀．歐琪德有生意來往的公司，有可以停放車輛的地方，請你們立刻去向克麗斯汀．歐琪德調查一下。只要找到車，自然就可以找到古川精治的下落。另外，還要清查東京所有的醫院，瞭解有沒有斷了手臂的男性傷患，或是以計程車送去的類似病人，只要發揮警方的機動力，很快就可以查到，可否請你們馬上進行呢？」

御手洗說完，兩名刑警互看著，田崎很不甘願地站了起來，走了出去。

「還有其他的嗎？」

「當然有。」

田崎很快轉回來。

「東武伊勢崎線拖行的右手臂是什麼血型？」

「B型，Q式血型分類法中的Q。」

走回來的田崎回答。

「那我再確認一下，和大黑公寓屋頂的血跡血型一致嗎？」

「大黑公寓？」

「屋頂？」

兩名刑警同時驚叫起來。

「所以，還沒有調查嗎？」

御手洗驚訝地問。田崎他們露出為難的表情。

「因為昨晚下了雨，血跡之類的都被沖走了。」

「不，不光是屋頂，大黑公寓內的走廊上、樓梯上也應該可以找到不少古川留下的血跡。如果順著血跡找人，也許可以查到停車的地方。不過，昨晚下了那場雨，再加上那些圍觀人潮，恐怕早就被破壞了。」

「大黑公寓很老舊，裡面也很暗，整棟房子都灰濛濛的，問題是血跡……之前沒有察覺。你真的認為那棟房子裡會有古川的血跡……」

「我可以斷言，理論上必須如此。如果在穿著衣服的狀態下，手臂意外斷落，也有可能發生以襯衫的布片紮緊傷口止血的情況。之前曾經發生過有人喝得酩酊大醉後開車，把右手臂伸出窗外，結果被大貨車撞斷，當事人完全沒有發現，繼續開了二十公里。但在這起事件情況不太一樣。總之，請你們立刻去調查大黑公寓的屋頂和走廊，採集古川的血液，確認血型是否和東武電車拖行的那隻右手臂吻合。」

御手洗說完後，田崎又很不甘願地站了起來。御手洗伸出右手制止了他，指著旁邊的電話。

「你用電話指示鑑識人員去查一下就可以了。」

田崎拿起電話，故意在我們面前用傲慢的態度發出指示。我很擔心對方聽了會感覺不舒服。

「還有其他事嗎？」

後龜山問。

「接下來就坐著等消息吧。」

御手洗回答後，仰身靠在椅背上。

女警官為我們倒了粗茶，我們喝著茶，等了將近一個小時。

不一會兒，陸續接到了電話，都是回報調查結果。

首先是來自克麗斯汀・歐琪德的報告，董事長冰室志乃在南青山的公寓並沒有停車場，因為她沒有駕照，平時都由秘書古川精治負責開那輛賓士。

另外，警方也調查了和克麗斯汀・歐琪德有生意來往的所有公司，所有的停車場都沒有發現那輛賓士三〇〇Ｅ。他們再度去了古川的公寓確認，古川和賓士都沒有回去。

交通課也回報，從昨晚到目前為止，都沒有接到任何賓士三〇〇Ｅ違規停車的消息，計程車行也表示，昨晚沒有司機載斷了手臂的男人去醫院。賓士和古川精治像煙霧般消失了，只留下一條手臂。

「賓士車會不會還留在花川戶的現場附近？」

後龜山問。

「不可能，我剛才叫他們調查過了。」

「御手洗先生，賓士車和秘書都不見蹤影，你認為到底去了哪裡？」

後龜山問。

「真是太不可思議了。」

御手洗從容不迫地說著。這時電話又響了，後龜山接了電話，說了一陣子後才掛斷。

「難以理解啊！剛才接到消息，從昨晚到現在，東京二十三個區，以及近郊的所有醫院，都沒有任何斷了右手臂的外科傷患上門求診，太不可思議了。他身負重傷，到底去了哪裡？況且，他自己開那輛賓士車嗎？右手臂斷了，而賓士車的方向盤在左側，排檔在右側吧？」

「不，賓士是自排車，只要用左手拉到Ｄ檔，靠方向盤、油門和煞車就可以開了。」

田崎回答。

「御手洗先生，可不可以把你的想法告訴我們？」

「等一下，目前還沒有排除其他可能性。大黑公寓的血跡可能和東武電車拖行的右手臂不是相同的血型，那個右手臂或許有百分之一的可能不是古川的。在確定這件事之前，我還不能妄下結論。」

「大黑公寓找到血跡了嗎？」

田崎向後龜山咬著耳朵，後龜山微微點頭。田崎輕輕咂了一聲後不再說話。

電話又響了。田崎沒有伸手接電話，向他的同事使了一個眼色。後龜山接起電話，頻頻點頭聊了一會兒。

「御手洗先生，剛才接到鑑識報告，從大黑公寓走廊和樓梯採集到的血液，和東武電車的右手臂血型完全吻合。」

御手洗猛然從椅子上跳了起來，雙手在額頭前交握，好像在調酒的酒保般用力搖晃著。從他上揚的嘴角，我知道他已經知道所有的答案，也完成了所有細節的推理。

他在搜查總部內來回踱步後，走到窗邊。我們和兩名刑警都默默看著他。

後龜山開了口。

「古川怎麼可能消失不見了呢？古川和賓士一旦消失，就傷腦筋了。即使這輛車子發生了車禍，一定會引起轟動，因為他沒有右手臂，那不是小傷而已。既然他沒有右手臂，就代表他的手臂在某個地方，所以，應該不是發生了車禍。

「難道他去了其他縣市？即使他去了其他縣市，只要去過醫院，我們一定會接獲線報。況且他右手臂斷了，受了重傷，為什麼不在東京就醫，非要跑去其他縣市？」

御手洗在窗邊轉過頭。

「也許他的好朋友剛好開了醫院，他也要求醫生不要透露消息呢？」

「不可能。」

後龜山回答。

「如果是大型綜合醫院，有很多醫生和護士，很難封口。但他也可能找了小診所，我們也想到了這個問題，所以針對小診所展開了地毯式作戰，逐一清查，並調查了哪個停車場或是診所附近停了賓士三〇〇E，目前沒有接獲任何報告。既然現在沒有任何消息，恐怕以後也不會有了。」

「所以，可能死在沒有人知道的地方……」

「哪裡呢？」

「比方說，自己家裡。」

「不可能。刑警已經去了古川位在成城的公寓，他並沒有回家。」

「看來只剩下唯一的可能了。」

御手洗故弄玄虛地說。

「是什麼？」

後龜山問，兩名刑警和我們都屏息看著御手洗。

「古川精治也飛走了。」

御手洗露出了目中無人的表情，我忍不住有點惱火。刑警拋開面子請教御手洗這個業餘偵探的意見，他的態度應該認真一點。

「各位，我理解你們的心情，但請你們稍安勿躁。尤其是石岡，即使你不用說出來，我也知道你在想什麼。」

御手洗在房間內走來走去時，舉起雙手，制止了所有人。他現在掌握了淺草警署搜查總部的主導權，午後的陽光照入搜查總部的房間內。

「我並不是在開玩笑，剛才這句話中包含了某些真相，或者說是這起事件謎團的核心。」

田崎不發一語地聽著，從他不悅的表情可以看出內心的惱怒。

「關鍵就在於赤松稻平。這位湯淺先生在赤松先生失蹤後來找我，當時，赤松先生已經失蹤兩天了，今天早上，他終於在花川戶的半空中現身。問題是在赤松稻平現身之前的三個晚上，他到底去了哪裡？」

我們一動也不動，誰都沒有說話。

「眼前的情況也一樣，古川精治消失了。如果認為赤松稻平飛走了，那也可以認為古川精治正在不知道哪裡的雲端上。」

「這兩個人在同一個地方嗎？」

湯淺問。

「不，應該不是這樣。你的意思是，古川躲在之前赤松先生藏身的地方嗎？」

「對，從某種角度來說，的確是相同的地方。他們都躲在名為『盲點』的地方。」

「那是哪裡？可不可以請你告訴我們？」

後龜山問。田崎沒有吭氣，他絕對不可能向御手洗低頭。

「啊，肚子餓了。」

御手洗突然說了這句毫無關係的話。

「我們從早上到現在就沒吃任何東西，不過，還是先告訴你們古川的下落吧。」

「我是這麼想的。首先，古川精治到底是生是死呢？如果他還活著，照理說，應該會有關於他行蹤的消息。受了如此重傷，不可能不去醫院。一旦去醫院就醫，即使外科醫生是他的好朋友，消息還是會走漏。」

「但如果他死了，就沒有消息可以走漏了。所以，我認為他已經死了。以蓋然性而言，他不在人世的假設更合理。」

「但是，即使他死了，消息還是會傳開。如果他把車子停在東京的某個地方，死在車裡，不是很明顯嗎？路過的行人……」

「不，古川不會這樣做吧。他沒有理由不去看醫生，一個人在車子裡等死。」

「那他到底怎麼了？」

「我認為他因為車禍身亡是比較合理的解釋。」

「但如果發生車禍，也很引人注目啊。因為只有一隻手的男人在開車。」

「你說的是車子和車子相撞的情況。」

「你是說，古川走路嗎？那輛賓士去了哪裡？」

「不，不是這個意思，他確實開著那輛賓士車。後龜山先生，在發生車禍時，如果除了他的右手臂以外，身體沒有受傷，別人才會發現駕駛人只有一隻手。如果是在東京都內的道路上發生車禍，無論駕駛人是死是活，身體都不會有太大的損傷，沒有右手臂這件事也會立刻被人發現。但如果是以下的情況呢？當然，這只是理論上的推理。如果發生了重大車禍，駕駛人雙手、雙腳都斷了，而且車子也完全變形、毀損，完全看不出原來的樣子，甚至被壓扁了，鑑識人員根本無法探頭進入車內時，恐怕就無法知道駕駛人在車禍前已經失去了右手臂。」

御手洗停頓了一下，其他人都沒有說話。

「若車禍後還著火，就更加萬無一失了。如果不是對車子特別有研究的人，很有可能根本無法分辨發生車禍的是什麼車子。既然之前已經否定了所有的可能性，即使這個推理再難以置信，這也是唯一的可能性。」

所有人還是不發一語。

「這麼嚴重的車禍……」

「不，如果是車子和車子相撞，車體很少會嚴重變形或是著火燒起來。」

「不是車子和車子相撞……所以是？」

「是和電車相撞。電車速度很快，而且和汽車不同，在設計時根本沒有考慮到相撞的問題。這是目前能夠考慮的唯一可能。

「古川昨晚在淺草時，因為某種意外失去了右手臂。他當然立刻想到要去醫院，但他對淺草不熟，一下子想不起附近哪裡有醫院，只想到自己住家附近的醫院，於是他打算去那裡就醫。雖然有點遠，但情況緊急，他沒有時間猶豫，也沒有時間慢慢尋找。從淺草走高速公路去成城，可以從上野交流道上去，在用賀交流道下。由於已經是深夜，首都高速公路沒什麼車子，與其在那裡猶豫，還不如立刻衝上高速公路比較快。所以，他也這麼做了。

「他住在成城四丁目，附近有一家醫院，但成城四丁目和首都高速公路出口之間的連結道路，途中必須經過小田急線的平交道，就是世田谷區成城二丁目的平交道。」

「啊……」

兩名刑警露出茫然的表情。

「絕對錯不了。昨天晚上，古川的賓士就是在那個平交道和小田急線的電車相撞，然後燒了起來。時間也符合。往竹之塚的那輛電車是在晚上十一點十五分離開淺草車站，從那裡開賓士車火速回到成城二丁目的平交道，差不多要將近一個小時，剛好是小田急線末班車的時間。」

「有道理，該不會是那個！」

兩名刑警大聲叫了起來。

「發生了類似的車禍嗎？」

「有，的確發生了！那個平交道的車禍……那輛車子的確燒了起來，駕駛人身分不明。原來是這樣，我們怎麼沒有想到這兩件事有關聯！」

「我們太忙了。」

田崎說。

「那就請你們趕快去調查，確認駕駛人是不是克麗斯汀．歐琪德的古川精治。我們現在去對面的西餐廳吃午餐，到時候請你們通知結果好嗎？如果想知道赤松稻平飛行事件的推理，也儘管開口。我們肚子餓壞了。先這樣吧。」

御手洗站了起來。

7

「古川是不是因為傷口太痛而神智不清，沒看到平交道的柵欄放下來，不顧一切地衝了過去？」

吃飯的時候，我問御手洗。

「不，我想不是這樣。根據我的推測，古川因為意外失去右手臂時，為了消除疼痛和震驚，所以使用了毒品。他原本就有毒癮，除了興奮劑以外，應該沾過所有毒品。之後去他位在成城的住家搜索，應該會找到各種毒品。他在開車的同時使用了某一種毒品，如果是口服，可能是ＬＳＤ。有毒癮的人只要用了毒品，即使斷了一隻手，也可以進入恍惚的狀態。至少他期待可以發揮這樣的效果。最後或許讓他克服了疼痛和震驚，但也因此沒有看到柵欄。」

「原來如此。」

我同意他的分析。

「所以，冰室董事長的毒品是秘書給她的嗎？」

「可能是秘書給她的，也可能是她主動要求的，這個問題就不得而知了。她又把毒品分給了她的丈夫赤松，結果，三個人統統染上了毒癮。

「因為我無意在警方面前提這件事，所以就在這裡告訴你們。赤松和冰室夫妻間有這種共犯意識，所以赤松有時候會用勒索的方式向冰室董事長索取生活費。因為這個原因，冰室和古川兩個人漸漸覺得分居的丈夫赤松稻平很礙眼。我認為這是整起事件的伏筆。」

「但赤松不願意失去成為搖錢樹的妻子冰室董事長。」

「沒錯，因為那是他的經濟來源。你們要記住，通常遇到這種情況時，都會發生悲劇。啊喲，後龜山先生來了，應該已經查明成城平交道車禍的駕駛人就是古川精治。」

後龜山推開了入口的玻璃門，矮小的他匆匆走了進來。

「各位吃完了嗎？」

「還沒有。」

御手洗回答。

「那我也喝杯咖啡，在這裡打擾一下。啊，我要一杯咖啡。御手洗先生，成城平交道事件中被燒死的屍體的確少了一隻手，血型和東武電車拖行的那隻手臂，還有和大黑公寓採集到的血跡完全吻合。」

「是嗎？」

御手洗吃著飯，胸有成竹地應了一聲。

「所以，接下來您不知道有什麼打算？」

「如果你們沒有其他的事，我打算在淺草逛一逛，然後就回橫濱。」

「您趕回橫濱有什麼事嗎？」

「不，沒事。」

後龜山露出有點尷尬的表情說：

「如果御手洗先生和其他兩位有時間，可不可以繼續留下來協助我們？」

「當然沒問題，但要協助什麼？」

御手洗促狹地問。於是，我為後龜山解了圍。

「御手洗，你還沒有說明赤松稻平的事件吧？除了古川的部分，赤松的部分也解說一下嘛。」

後龜山由衷地鬆了一口氣。

「如果您願意幫這個忙，我們會感恩不盡。」

「現在嗎？現場有很多圍觀的人和攝影機。」

御手洗問。

「呃，我也要回公司一下。」

湯淺說。

「後龜山先生，」

御手洗看著圓臉的刑警，露出不懷好意的表情。

「你真的希望我分析赤松稻平的事件嗎？」

「當然，請務必……」

「這是淺草警署搜查總部所有人的意見嗎？」

「不，是不是所有人的意見這個問題，還必須請示主任的看法，所以很複雜……」

御手洗依舊笑得不懷好意。

「因為委請外人解決，是前所未有、打破慣例的行為。」

「對，您說得對。」

「但是，畫空中飛人的畫家死在半空中，也是前所未有、打破慣例的事件。總之，我也有工作要忙，但如果剛才那位田崎刑警也有相同的要求，我願意進行說明。」

「他也這麼希望。」

「那裡不是有粉紅色的公用電話嗎？能不能請您打電話給他，我想聽他親口說明。」

御手洗說完，便開始吃剩下的午餐。後龜山驚愕地看著他，終於無奈地站起來，拿起電話、投了十圓硬幣。

對方似乎接了電話，後龜山低聲說了一陣子，然後把聽筒交給御手洗。御手洗慢條斯理吃完了午餐，起身接了電話。

「你好，我是御手洗。喔，我以為是誰呢，原來是剛才的田崎先生。找我有事嗎？如果沒事的話，我打算直接回橫濱。嗯？喔，什麼？電話有雜音，聽不清楚。喔、喔，你說赤松先生的事件嗎？如果您強烈要求，我當然很願意說明。是、是，您很強烈地要求嗎？我知道了，沒問題。我會和後龜山先生在這裡討論要怎麼進行，那就待會兒見。」

御手洗如同往常般目中無人地掛上電話。我內心對他異常強烈的自尊心吃驚不已。

「後龜山先生，那就這麼辦吧。今天晚上八點，吃完晚餐後在鎖匙店門口集合，到時候我就會向您們解釋。湯淺先生，那時候就沒問題了吧？很好。後龜山先生，那就請您也在這個時間集合。因為天黑以後比較容易說明。

「另外在此之前，有幾件事想麻煩一下。首先，請您去銀座的克麗斯汀．歐琪德借一個和真人一樣高的假人模特兒，要布做的、裡面塞了海綿，像布偶一樣那種，他們公司的試衣室裡就有。然後再準備一條三十公尺左右的繩子。假人模特兒和繩子都是實驗要用的，所以務必要準備。如果沒有這兩樣東西，說明時就會不得要領。

「對了、對了，差一點忘記。還要一個塑膠假人的右手臂，手肘以下的部分就好。請您務必要準備好以上的東西，那就先這樣，八點見。」

說完，御手洗站了起來。

8

御手洗以前就很喜歡淺草。和後龜山、湯淺道別後，我們一起去參觀了淺草寺、仲見世街和雷門，也去淺草六區周圍和花屋敷遊樂園逛了一下。

別看御手洗這副樣子，他很喜歡淺草、京都和奈良這些具有悠久歷史的事物，所以也對這方面知之甚詳。他沿途熱心地向我解說，從前這裡有座十二層樓的建築，還有一個葫蘆池，似乎是以前因為工作需要而詳細調查過淺草的歷史。此時，他似乎完全把赤松稻平的事件拋到腦後了。

我跟著御手洗四處參觀，甚至去看了田原町大樓屋頂上的仁丹塔❷，最後去神谷酒吧提早吃晚餐。昨天幾乎餓昏了，今天卻完全沒有食慾，但御手洗還是執意要我吃。和他一起生活，飲食生活的步調完全亂了套。

我原本以為神谷酒吧是那種只有一個吧檯的老式酒吧，沒想到名不副實，其實是一家餐廳，但的確古色古香，很有情調。我走了一個下午，已經筋疲力竭，很擔心御手洗在最具戲劇性的破案重頭戲時，能不能保持最佳狀態。沒想到他精神抖擻，那無窮無盡的熱情似乎源自普通人難以理解的地方。

吃完飯、喝完飯後的紅茶，牆上的時鐘指向七點五十五分。神谷酒吧離命案現場很近，散步過去剛剛好。

我們沿著隅田公園走到現場，原本擠滿整條馬路的圍觀民眾不見了，媒體的轉播車也離開了，大黑公寓和稻荷屋大樓鎖匙店之間的巷弄靜悄悄的。

月光冷冷地灑在空蕩蕩的巷弄內，幾名警官聚在那裡等我們，月光在他們身旁拉出淡淡的陰影。身穿白襯衫的湯淺也在其中。

「各位久等了，田崎先生、後龜山先生。馬上來為各位說明。請問假人模特兒準備好了嗎？很好，請拿去那裡，假人的手臂呢？請拿來這裡。

「我們現在要上去四樓，但頑固的房東把赤松先生的房間鎖起來了，無論怎麼拜託，都不願意讓我進去看一下。現在回想起來，正因為房東有強烈的使命感，才會發生這起離奇的事件。如果進不了房間，就什麼都沒辦法做，能否請你們向房東借鑰匙？我們在這裡等。」

後龜山按了房東家的對講機，向他說明了情況。房東探出頭時，出示了警察證，才終於拿到鑰匙。房東仍然露出滿臉不安，打算跟我們上樓，但最後還是作罷。這個房東似乎很不信任他人。

御手洗率先走上樓梯，其他人也跟在他身後上樓。終於來到四樓的走廊，一行人沿著走廊來到那扇門前。除了我和御手洗、湯淺以外，還有後龜山、田崎，以及另外兩個不認識的刑警。

「後龜山先生，請開門。」

刑警彎下腰解開門鎖，打開了門。御手洗率先走進空蕩蕩的房間，我和幾名刑警也跟了進去。房間內和上次看到時一樣，右側有一個畫架，上面有一幅未完成的畫，左側是凌亂的床，禮帽仍然放在床上。我覺得床的位置好像稍微移動過。

「各位，這裡就是畫家赤松稻平的畫室，房東就住在隔壁的小房間。赤松先生每天都在這裡畫飛天的男人，因為他想要飛上天空。啊，你們都進來，把門關上吧。」

御手洗習慣性地在身後交握著雙手，在房間內走來走去，開始向大家解釋。他把塑膠假人的右手放在懷裡。

「他之所以能夠把工作當興趣，是因為他的妻子是公司老闆，手頭寬裕，每個月都寄生活費

❷口服藥仁丹的廣告塔，現已拆除。

給他。但隨著夫妻關係漸漸不和，再加上女董事長為了給秘書一個交代，想要和分居中的丈夫結束關係。關於這對夫妻不和的詳情，你們可以在之後仔細調查一下。除了金錢問題以外，應該還有很複雜的隱情。總之，身為丈夫的赤松不同意離婚，於是，董事長和秘書打算殺了他，並偽裝成上吊自殺。

「所以前幾天，正確時間是五月七日星期五晚上十一點左右，兩人準備了一條兩、三公尺長的繩子來到這裡，並從屋內鎖上房門，伺機下手。應該是由冰室志乃吸引赤松的注意力，趁他不備時，秘書古川精治再突然以繩子從背後勒住他的脖子置他於死。他們就用這種方式殺了赤松。

「當時，他們的計畫並沒有很細膩周到，只打算把他勒死之後，偽裝成上吊自殺而已。你們也看到了，這個房間的天花板有很多管線，只要把繩子掛在其中一根管子上，再把床拖到管子下方，就可以偽裝成赤松上吊自殺。有一件事可以證明他們的計畫很粗糙，他們犯案前，看到湯淺先生走在隅田公園時，誤以為是赤松，想要勒死他，但立刻察覺到自己認錯人了，所以故意裝瘋賣傻地親了湯淺先生的臉頰。湯淺先生，我沒說錯吧？

「由於只是臨時起意的粗糙計畫，所以發生了意想不到的情況。當他們勒住赤松，就在赤松快要斷氣時，有人敲了門。他們兩個人嚇壞了，因為赤松稻平是一個性情古怪的畫家，沒想到深夜還會有朋友來找他。

「上門的正是這位湯淺先生，因為赤松喝醉酒，把帽子忘在神谷酒吧，他是來送帽子的。但是，就算湯淺先生叫著赤松的名字，用力轉動門把，卻仍然打不開門，就是因為董事長和秘書鎖上了。

「因此，在屋內的兩名兇手有時間處理屍體。他們立刻思考了逃離現場的方法，驚慌中唯一可行的，就是把赤松的屍體藏在床下。他們當然知道這種方法不可能掩飾太久，但或許可以暫時躲過眼前這一關。然後，他們就從這個窗戶逃了出去。」

「從窗戶？」

我問。

「難道他們用飛的？」

「不、不，人類很悲哀，沒辦法用這麼輕鬆的方法。他們是沿著窗外左側的落水管逃向屋頂。」

「喔。」

「如果房間內沒有屍體，也沒有其他人，即使那個敲門的朋友闖進來，也可能看一眼就回家了。不過，若按照常識思考，這種可能性並不存在，那只能算是奇蹟。因為這位朋友在門外聽到了赤松臨死前的慘叫聲，但看到赤松不在房間內，竟然真的掉頭回家了。只有相信赤松從窗戶飛出去的人才會這麼做，而湯淺先生正是這種人。

「兩個殺人兇手沿著落水管逃去屋頂，完成了搏命大冒險。但這個冒險很值得，因為湯淺先生破壞門鎖闖了進來。不過，他闖入後並沒有發現任何異狀。

「他走到窗邊看著夜空，天空中既沒有赤松，也沒有任何東西。湯淺先生，其實你當時忽略了兩件近在眼前，而且是很重要的事。

「其一，就是赤松的屍體，他就在你的腳下，在這張床的下方。其二，就是一對男女緊緊抱著落水管。你只要一轉頭，就可以看到冰室董事長和她的秘書古川，但你沒有發現，把赤松的帽子放在床上後就轉身回家了。

「其實，還有另一個絕對不能錯過、具有特徵的要素。至於是什麼，我馬上示意給在場的各位看，請把假人和繩子拿過來。」

御手洗把繩子繞在假人的脖子上。

「他們用的繩子更短。先用繩子勒死赤松後，像這樣迅速藏到了床下，再把床單拉下來，讓人站在門口的位置也看不到床下……」

御手洗移動了床，把假人塞到床下，再把床推回原位，就完全看不到假人了。

「他們從這個窗戶向外伸出手，抓住了落水管。這時，必須注意一個關鍵，就是被藏在床下的赤松屍體脖子上，還綁著那根繩子。他們來不及把繩子拆下。

「而且，他們從窗戶逃出去時，繩子的一端放在窗框上，窗戶也沒有關起來。可見他們當時多麼慌張。這一點正是這起離奇事件的最大關鍵。綁在赤松脖子上的繩子露在敞開的窗戶外，面向大黑公寓，垂在窗戶下方。更不可思議的是，湯淺先生和房東都沒有把繩子拿進來，把窗戶關好，恢復原狀。這正是整起事件中最大的關鍵。」

御手洗說到這裡，停頓了一下，然後低頭看著地板，再度來回踱步。

「那兩個兇手也嚇了一跳。好不容易逃出房間，馬上有人破門而入。即使赤松的屍體因為僥倖而沒有被人發現，日後鎖匠房東來修理門鎖時，照理也會發現屍體。雖然他們已經做好了心理準備，但屍體沒有被人發現，當然也沒有警方和媒體出動，淺草花川戶一帶安靜得有點可怕。

「於是，那對男女戰戰兢兢地上門偵察情況，也就是大家常說的『兇手重返案發現場』。

「沒想到門已經換上新鎖，他們無法進入屋內。但不難想像，如果不趕快把屍體搬走，埋在深山或是沉入大海中，屍體就會腐爛發出惡臭，進而被人發現、引起騷動，他們也會首當其衝地遭到懷疑。

「深夜時分，他們站在窗下，意外發現窗戶開著，繞在赤松脖子上的繩子就垂在窗外。

「離開現場後，他們仔細研擬了計畫。走廊的入口裝了牢固的新鎖，而且房東也住在四樓，不可能撬開門上的鎖，把屍體搬出去。所以，只能從窗戶搬屍體。

「怎麼搬？方法很簡單。先去屋頂，用繩子沿著外牆爬到窗口，把窗戶開大，再把爬下來時用的繩子和垂在窗戶上的繩子綁在一起，再站在屋頂上，把屍體拉上去。雖然這個方法很異想天開，但或許是唯一的方法。於是，他們決定執行這個計畫。

「但並不是隨時都可以執行，還必須具備某些條件。白天當然不行，必須是別人都上床睡覺的時間，深夜當然最好，如果是濃霧天就更加理想了。而昨晚正是萬事俱備的時機。

「他們沒有錯過這個天賜良機，打算開著賓士三〇〇E來到這裡。更巧的是，我們在他們離開公司，準備來這裡時見到了他們。

「他們把車子停在隅田公園旁，來到這棟大樓的屋頂。古川把繩子綁在屋頂的欄杆上，用繩子沿著外牆爬到窗戶旁，再把繩子和垂在窗戶上的那條繩子綁在一起。或許他還稍微移動床的位置，以方便從床下拉出屍體，最後再回到了屋頂。就像這樣，當時窗戶也像這樣打開著。

「但是，床的位置移動太多，或是窗戶開太大都會引起注意，必須和之前看起來差不多。反正事已至此，古川當時應該乾脆進入屋內，再度把赤松的屍體牢牢地綁好才是，但他太擔心被別人發現，而疏忽了這件事。再加上必須在天亮之前處理屍體，並沒有太多的時間。之後的情況，我要去屋頂上說明，各位請跟我去屋頂。啊，後龜山先生請先留在這裡。」

說完，御手洗走向門口，除了後龜山以外，其他人也都跟著他走了出去。

沿著樓梯來到屋頂，五月的風還帶著寒意，吹亂了我們的頭髮。御手洗用肚子頂著欄杆，把身體探出去。

「後龜山先生，請你把繩子丟上來，用力丟。太準了！謝謝。請您上來吧。」

御手洗握著後龜山丟給他的繩子，轉向我們。當後龜山衝上樓梯，來到屋頂時，御手洗開始繼續說明。他開始拉繩子，但中途停了下來。

「他們站在這裡把繩子拉上來，但因為古川準備工作沒有做好，赤松的屍體被卡住了，無法繼續往上拉。這時陷入了煩惱，快沒有時間了，難道要再順著外牆爬下去嗎？古川很不願意這麼做。這時，他想到了一個妙計，真的是異想天開，令人難以置信的妙計。」

所有人都屏息等待下文。

「接下來，我們要去對面的大黑公寓。後龜山先生，不好意思，請您留在這裡，等一下把繩子丟到對面的屋頂上。各位辛苦一下，我們要去對面了。」

御手洗再度走在最前面。

站在大黑公寓的屋頂上，風聲在耳邊呼嘯。御手洗大聲叫道：

「後龜山先生，請您丟過來！」

這次也一次就成功了。

「他真厲害，丟得剛剛好呢。」

御手洗說。田崎說後龜山是淺草警署軟式棒球隊的王牌，王牌不負名聲地很快就衝上了大黑公寓的樓梯，來到了屋頂。

「難道他們覺得從這裡換個角度拉，可以順利把屍體拉出來嗎？不，他們另有盤算。」

御手洗走到遠離稻荷屋的另一側屋頂，身體靠在欄杆時，就會發現東武伊勢崎線的鐵軌近在眼前，一低頭就可以看到。而且，東武電車剛從淺草車站出發，正以異常緩慢的速度開來。

「他把繩子前端綁成像這樣的套繩，穿過欄杆縱向的間隔，想在電車經過時，套住電車車頂上的排氣扇。」

說著，御手洗在繩子前端綁了一個圈，正當幾名刑警叫著「啊，啊」，伸手想要制止時，他已經把套繩丟在電車的車頂上。雖然有一點距離，但因為電車速度很慢，所以並不困難。繩圈剛好套住車頂的排氣扇。

由於繩子纏繞著欄杆，所以沒有跟著電車向行駛方向移動，而是隨著電車的前進，不斷拉緊。

「各位，請看這裡。」

御手洗匆匆走向靠赤松住家的那一側，繩子在他的腳下不斷被拉緊。

我們都瞪大了眼睛。一具詭異的白色假人正從赤松房間的窗戶露出頭，不一會兒就向空中移動，飛了起來。

假人懸在空中，接著碰到了大黑公寓的牆壁，沿著大黑公寓的外牆上升。這時，背後傳來御手洗的聲音。

「然而此時這裡發生了大事，根本無暇理會赤松的屍體。因為古川的右手被繩子纏住了，就像這樣！」

繩子纏在御手洗的右手腕上。

「眼看右手被電車拉走，他慌忙地拿出刀想要割斷繩子，但是他太過慌張，怎麼割也割不斷！」

御手洗的身體在屋頂上慢慢移動。我看著他的背影，忍不住擔心起來，幾名刑警也臉色大變。

「最後，他的身體被這裡的柵欄卡住了，他大叫著：『救命！我的手快被拉斷了！』救命啊，石岡！」

御手洗發出慘叫，他的右手被扯了下來，掉在鐵軌上方的黑暗中。

「哇啊！」

我大叫一聲，害怕得連頭髮都豎了起來。

「這是假人的手臂，石岡。你嚇到了嗎？」

在鬆了一口氣的同時，我更感到怒不可遏。為什麼他在這種時候都不忘作弄人？我用力揍了他的背，心臟仍然嚇得噗通噗通跳。

「悲劇就這樣發生了，古川精治的右手臂被電車扯了下來，冰室志乃嚇得發了瘋。至於赤松的屍體……」

我終於想起這件事，急忙跑去屋頂的另一側，發現剛才還卡在欄杆前、綁在假人身上的繩子正好脫落。但假人沒有掉到地上，剛好臉朝下趴在電線上，慢慢滑向兩棟大樓的中央，最後停了下來。

「鳥人的屍體就是這樣出現在半空中。屍體長時間臉朝下地放在床下，逐漸僵硬，所以兩隻手左右張開。其他的應該就不用我解釋了吧？古川的右手臂被一路拖到竹之塚、冰室志乃發了瘋。古川在慌忙開著賓士趕去成城的醫院途中，撞向了小田急線。說起來，他的運氣實在太差了，連續被電車殺了兩次。這就是整起事件的來龍去脈。」

御手洗解說完畢，向我們深深鞠了一躬。所有聽眾都不發一語，耳邊只聽到隅田川吹來的風。

不一會兒，身旁響起啪、啪的掌聲，四名刑警為他鼓掌。

「至今為止，我聽過不少案情分析，從來沒有像今天這麼精采。我終於知道，這個世界上真的有所謂的名偵探。」

說這句話，並向御手洗伸出手的不是別人，正是田崎。

「謝謝。」

御手洗握住了他的手。

「我也有同感。御手洗先生，今後再遇到離奇的案子，我會毫不猶豫打電話給您。」

後龜山也稱讚著，我在一旁也忍不住為他感到驕傲。

淺草警察署派車送我們回橫濱，那天晚上睡得特別沉。道別時，後龜山對御手洗說，很希望有機會向你好好道謝。御手洗對他說，那就用更古怪離奇的事件來回報吧。

翌日上午，我在喝茶時問御手洗。

「所以，在這起事件中，沒有人真的飛上天囉？」

他笑了起來。

「當然啊，如果有人背上長了翅膀，我倒想見識一下。」

「你能夠很有自信地說這句話嗎？」

「當然。」

「為什麼？」

「因為就連我也從來沒有飛過。」

很像是狂妄自大的他會說的話。

「全都是毒蟲的妄想。」

「那件事呢？赤松稻平說看到冰室志乃打開空中的門，從八樓走出去也是他的妄想嗎？是因為吸毒的幻覺嗎？」

「而且，他當時已經酩酊大醉。不過，那次的情況不是這樣，他的確看到他太太打開了鳥人的門走了出去。」

「什麼？什麼意思？」

「試衣室的門是玄機。那扇門的背面也貼了鏡子，而且門面向T字路，當那扇門打開一百三十五度時，赤松臉朝後方地被拖向電梯，他看到的剛好是廁所的門。他以為廁所的門是走廊盡頭那扇通往半空的門。」（請看示意圖）

「什麼？所以，他看到的不是向半空敞開的門，而是廁所的門？」

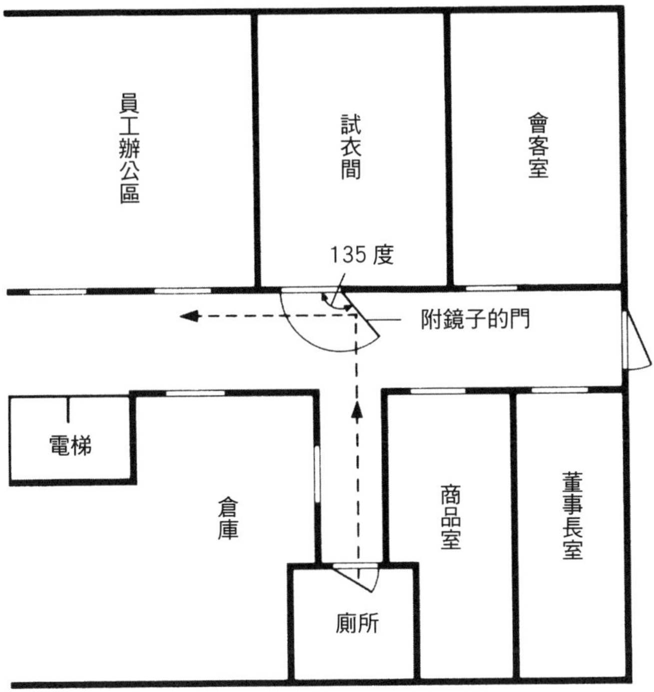
員工辦公區
試衣間
會客室
135 度
附鏡子的門
電梯
倉庫
商品室
董事長室
廁所

「對啊，冰室志乃並沒有走在有樂町的上空，只是走進廁所而已。」
「搞什麼嘛！」
「上次闖進他們公司時，我就察覺到這件事了。那家公司的內部構造，巧妙地變了魔術。」
御手洗自信滿滿地說，我忍不住嘆了一口氣。
「那扇門到底有什麼用處？」
「應該是逃生門吧，當大樓發生火災時，可以從那裡滑下逃生滑梯。」
「喔，原來是這樣。」
他的回答很有現實味，夢想也隨之破滅。我雙臂抱胸陷入了沉思。雖然世界很大，但原本以為這是一起不曾聽過，也不曾看過、前所未聞的離奇事件，沒想到經過他的分析，發現都是可以用邏輯加以說明的要素集合而成。在豁然開朗的同時，又覺得他破壞了人類可以飛上天，如童話般的夢想，不禁有點怨恨。不過，這就是現實。
御手洗說：
「我在這起事件中所扮演的角色，就好像連續劇中的解說員。雖然在製作節目時，需要一個博識的人當解說員，但他的解說並不會對故事產生影響。故事已經上演，而且早就結束了。罪孽深重的人在暗中搞鬼，導致有人喪命，但兇手都受到了嚴重的懲罰，根本不需要名偵探登場。」
御手洗說得或許有道理。
「湯淺的毒癮怎麼辦？」
「不用管他。赤松和古川死了之後，他沒辦法再拿到毒品，也不能繼續犯罪了。」

「你是毒品擁護者？」

我問，御手洗回答說：

「你言重了。我只是比警方更瞭解毒品的本質，但我很贊成全力取締大麻的呢。不過，在此之前也要取締二手煙才是，那種東西大肆破壞了創造性的純粹思考。」

不久之後，我們收到一封厚實的信，是淺草警察署的後龜山寫的，告訴我們之後的辦案情況。基本上都符合御手洗的推理，也就沒必要在此贅言。冰室和古川婚外情多年，也完全在意料之中。有幾本週刊雜誌以專題報導的方式，介紹了事件的詳細推理，但一如往常沒有提到御手洗潔的名字。因此，我認為有必要在這裡報導事件的真相。

一個星期後，接到了湯淺的電話。我以為他突然打電話來有什麼事，沒想到他問我，是不是需要向御手洗道謝？我把電話交給御手洗，他回答說：

「金錢嗎？那根本是紙張而已。我沒興趣，所以不需要。」

掛上電話後，御手洗笑著對我說：

「他的毒品後遺症似乎不輕，希望他不會打電話去警署。他說要送我三顆ＬＳＤ表達謝意。」

但是之後沒有聽說湯淺遭到警方逮捕的消息，相信他應該順利擺脫了毒癮。

一個月後，銀座的一家百貨公司舉行了赤松稻平的遺作展，作品展出後很受好評。我和御手洗都去參觀了展覽。由於之前的命案太有名了，大部分畫都貼上了「已售出」的標籤。赤松稻平和梵谷、莫札特一樣，在死後反而出了名，也終於有人買他的畫。

由於他沒有任何親人，所以賣畫所得如數用於住進精神病院治療的妻子身上，他們在戶籍上還是夫妻。

這樣的結局實在太諷刺。如果冰室志乃順利離婚，就無法用到赤松稻平的這些錢。赤松稻平在死後，終於開始償還他欠妻子的債。

某位騎士的故事

1

在對昭和天皇的葬禮「大葬之禮」還記憶猶新，二月底的某個寒夜，馬車道上傳來雨聲，我和御手洗彎著腰縮成一團，坐在煤油暖爐前的椅子上。御手洗將一雙長腿伸在暖爐前，腳趾被映照得通紅。

那是一個不可思議的故事。雖然在御手洗的眼中無足輕重，至少對我來說，實在太匪夷所思了。如今，我右手拿著筆，準備寫下這個故事時，仍然覺得很不真實，如同發生在遙遠異國般。然而，這件事真真實實地發生在東京郊區。雖然忘了那天晚上和御手洗開始聊天的細節，但我猜想定是御手洗又說一些狂妄自大的話，引起了我的反彈，兩人爭辯起來。

也可能是我提起全國民眾為天皇去世哀悼的話題，御手洗不以為然地笑笑說，日本國民出賣自己的悲慘，才會發生這種把不同層次的問題混為一談的情況。我一如往常，聽不懂他在說什麼。

「無論如何，你難道不在意別人的眼光和意見嗎？」

我說。

「我從來不去想這種事！」

他不假思索地回答。

「對我來說，別人的指責就像吹動行道樹的微風所發出的呢喃，誰有空去理會那些雞鴨貓狗為了填飽肚子發出的鬼吼鬼叫？牠們只是在叫肚子餓而已。」

我立刻感到很不舒服。

「難道這個世界上，沒有讓你不解的事物嗎？」

我的語氣有點粗暴。

「如果有什麼世紀不解之謎，歡迎來找我，我還求之不得呢！但『芝諾悖論』之類的可不行，我反而覺得那種事居然可以成為千年之謎，才是最大的不解之謎。這和哀悼一樣，是在用語言表達真理的過程中混為一談了。要知道，即使把油和水放在一起攪拌一千年，兩者也不可能混合在一起。」

「你的意思是，不受其他人想法的影響……」

「日本人向來卯足全力迎合多數人的想法。」

「那你呢？」

「我隨時注視著好像電車上的吊環一樣垂在眼前的宇宙真理，右手抓著吊環站得穩穩的，無論擠滿人的電車再怎麼左右搖晃，我都毫不在意。吊環明明就在眼前，但你們永遠都看不到。這也是缺乏邏輯觀和感情觀，機能不全的悲哀……反正，我說這些你也聽不懂，當你露出這種表情時，通常內心又有什麼疑問了。你一向沉不住氣，趕快說出來吧，我就姑且隨便聽一聽。」

被他一語道中，我心情變得很差。我這個人似乎很容易把內心的想法寫在臉上。

那天晚上，我去參加一個朋友的婚宴剛回到家不久。這位名叫秋元靜香的朋友很漂亮，我十年前做平面設計時，她曾經很照顧我。

她是我大學的學姊，今年已經四十歲。但這是她第一次結婚，很多曾經受她照顧的人都來參加婚禮，男性朋友似乎比較多。目前經營精品店的她很能幹，絲毫不輸給男人，而且也很會照顧別人。她以前也曾經欣賞我，在工作上給了我很多機會。

我在她的婚禮上見到了很多人，也結交了很多朋友，有在當設計師時代打過照面的人，也有初次見面的人。從以前就經常聽到有關秋元靜香的風言風語，想必是因為她很有魅力，很容易成為別人談論的話題，因此對她的過去略有所知。在婚禮上還結識了由四個男人組成的「四人幫」，加入了他們的談話，之後秋元靜香也加入了我們，我也因而得知了曾經發生在他們之間的一起驚人事件。

那是發生在一九七四年二月的事，所以，已經是十五年前的往事。這個數字有特殊的意義，我猜想他們也是因為這個原因才肯告訴我。

「不瞞你說，這是今天去參加一個朋友的婚禮時，聽到的事。」

我這樣起了頭。

「這位朋友叫秋元靜香，以前曾經很照顧我，是一位四十歲的美女，目前在青山和橫濱經營精品店。她嫁給橫濱一個大地主的兒子，對方今年三十六歲。

「她是一個很神秘的女人，今天婚禮之後，我和她的四個舊識聊天，第一次知道了她的過去。而且，還得知其中牽涉了一起匪夷所思的殺人案。」

「殺人案？」

「對，我認為是殺人案，只是不知道能不能稱之為殺人。因為死者是遭到近距離射殺，所以應該算殺人。雖然也有可能是自殺，但驗屍結果顯示，是在三、四公尺的近距離開的槍。」

御手洗不發一語地聽我說這件事，雙眼微微發亮。窗外傳來雨聲，幾乎沒有車聲。

「雖然有像是兇手的人，但那個人之後是因為其他的案子遭到逮捕，似乎和這起殺人案無關。所以，秋元靜香小姐說，這是神明犯下的罪。而且她真的相信是這麼一回事，因為她說她曾經跪在雪地裡向神明祈禱，請神明殺了那個可怕而又可恨的藤堂次郎。她誓言要咒死他。」

「結果，那個男人真的死了嗎？」

「沒錯，在十幾公里外。」

「另外四個男人呢？」

「和秋元小姐在一起。」

「是嗎？那代表兇手另有其人。」

「是這樣沒錯啦。但是，當時和藤堂有直接利害關係的只有這四個人和秋元小姐，有嫌疑的人都是清白的。」

話雖如此，但如果真的是這樣，只能說這起事件是超自然現象。

2

以下就是這天晚上，我告訴御手洗的內容。基本上都是那天晚上在婚宴上聽到的事，再結合若干以前就知道的資料。

橋本淳、瀧口治、村上宏和依田三郎四個人，以藤堂次郎為中心，成立了一家名為「快速服務」的快遞公司，有點像當今宅配的雛形，他們以機車迅速地為客戶送貨到家。

在一九六〇年代末期，東京的道路開始變得壅塞，所以「快速服務」的業務發展相當順利。他們四個人都是騎車好手，公司的主要業務是幫媒體、體育報、週刊雜誌送稿件和資料，在國鐵罷工時，載人和載貨業務讓他們忙得不可開交。除了他們四人，公司也募集了許多可靠的快車手。

他們將根據地設在戀之窪，從中央線國分寺車站轉搭西武國分寺線只要一站就到了。他們從學生時代就一直住在戀之窪，就讀的大學也都在戀之窪車站附近。藤堂和瀧口就讀的東京經濟大學在國分寺，橋本讀的一橋大學在國立站，村上和依田讀的武藏野美術大學，則是在戀之窪前一站的鷹之台。

他們在戀之窪住同一棟公寓，所以在相識後成為好友。因為五個人都喜歡騎機車，每天騎車上學，允許機車出入的公寓相當有限，於是很自然地聚集在名叫如月莊的公寓。喜歡機車的共同話題讓他們的關係更加緊密，在學生時代就開始了快遞服務。一開始只算是學生打工，但事業漸漸步上軌道，在他們大學畢業時，已經發展為一家頗具規模的公司。

除了藤堂以外，其他四個人同年，都是昭和二十四年（一九四九年）出生。他們愛車如癡，摩托車賽和拉力賽是他們的生命意義，他們每個月都會騎機車去關西的賽車場參加比賽。

藤堂的個性和其他人不太一樣，也比其他人年長，是昭和二十一年（一九四六年）出生的。雖然他騎車技術不如其他四個人，不過在賺錢和經營方面很機靈，當初也是他提出可以投入快遞服務的點子。

他經常說，以後想要在東京賺錢，「快速服務」是關鍵詞。

他和橋本、瀧口、村上、依田四個人用快遞公司賺到的錢，以及向親戚借的錢，在東京各地開了多家以「快速服務」為宗旨的店面，那是一系列以「在點餐後三分鐘內端到客人面前」為經營方針的餐飲店。藤堂向來認為，忙碌的東京人在午餐時段，只有等待一碗泡麵的耐心。

當時，橋本他們仍然沒有擺脫學生味，所以完全沒有干涉藤堂的大膽舉動，但也代表他們十分相信藤堂的才能。

事實上，藤堂的這幾家店也算經營得小有成就，在殺人案發生的昭和四十九年（一九七四年）的前一年，藤堂次郎成為年度營業額達到一億圓的「快速服務」董事長，生活也開始奢侈起來。

藤堂不僅很懂得賺錢之道，追女人也很有一套。從昭和四十六年（一九七一年）開始，他和在鷹之台的酒吧認識的美大生秋元靜香開始同居。她出生於昭和二十三年（一九四八年），當時年方二十二，即將從武藏野美術大學設計系畢業。

靜香眉清目秀、身材勻稱，能說一口流利的英語，圖也畫得很好，而且廚藝精湛，橋本、瀧口、村上和依田四個人都暗自仰慕這位比他們大一歲的女性。

藤堂和她同居後，離開了和橋本他們同住的如月莊，搬進了戀之窪車站前新建的高級公寓，三房一廳的公寓很豪華，「快速服務」的事務所也設在那裡。四個大男生和學生時代一樣，仍然住在如月莊，每天工作結束後，都繼續留在事務所吃靜香做的晚餐，一起喝啤酒聊天，之後才回到走路十分鐘左右的舊公寓。他們每天都騎著機車在東京都內奔波，和好友約在咖啡店喝咖啡聊天，對他們來說，只要晚上有地方睡覺就夠了。

這四個人從來沒有想過要搬去更理想的環境。可以做自己喜歡的事賺錢養活自己，又可以整天看到靜香，這樣的生活令他們感到心滿意足。幾個人都沒什麼野心，經常談論著有朝一日，想要去參加國外知名拉力車賽的夢想。但是，就在昭和四十八年（一九七三年），他們的充實生活面臨了危機。

那一年，戀之窪開通了武藏野線，就在橋本和瀧口他們所住的如月莊附近。中央本線的國分寺站和國立站之間新設立了西國分寺站，從那裡向北延伸出一條全新的武藏野線。

藤堂和橋本他們所住的戀之窪，是國分寺向西北方的東村山延伸的支線上的其中一站。武藏野線和西武國分寺線雖然在戀之窪交會，但武藏野線無法在戀之窪設站，所以這條線路的開通，他們沒有直接受惠。不過，他們可以從公寓走路到西國分寺車站，不需先搭西武國分寺線，也可以直接搭中央本線。橋本、瀧口、村上和依田四個人住的公寓，剛好位在戀之窪車站和新設的西國分寺車站中間的位置。

武藏野線南北貫穿了起伏不平的東京，東西方向比較長的東京，在中央剛好有個宛如人體脊椎的高地。因此，武藏野線從西國分寺站出發後，先行駛在高架橋上，然後回到地面，但立刻進入猶如河底般的低窪地區，最後駛入很長的隧道，貫穿脊椎狀的高地。

隧道中途有個很像地鐵站的新小平站，經過新小平站後，繼續在漫長的隧道中行駛，出了隧道後就是新秋津車站，距離超過十公里，這十公里中間沒有設站。東京都內很少有這種安排，當然主要原因在於整段路都是隧道。

武藏野線的電車班次不多，晚上十一點多就搭不到末班車了。

隨著武藏野線的開通，藤堂認為這條路線意義重大，去都心更方便了，即使住在埼玉縣一帶

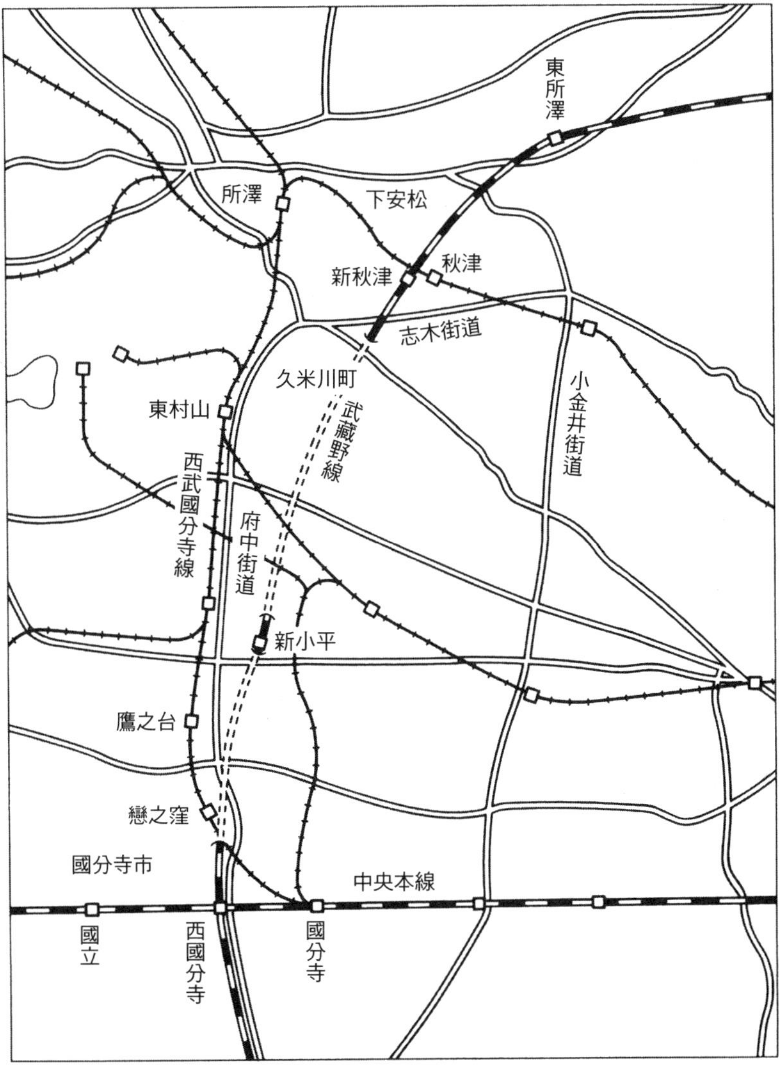
東所澤
所澤
下安松
秋津
新秋津
志木街道
久米川町
武藏野線
東村山
小金井街道
西武國分寺線
府中街道
新小平
鷹之台
戀之窪
國分寺市
中央本線
國立
西國分寺
國分寺

也不會有任何不便。武藏野線的新秋津站還算是東京都東村山市，但下一站就進入埼玉縣了。

「快速服務」的其他成員都深刻體會到，隨著工作量增加，應該把根據地移到離都心更近的地方，所以藤堂的意見令他們感到意外。因為他們平時在都心下班後，還要花很長的時間才能回到家。

之後，藤堂經常懊惱之前沒有買武藏野線的建築用地。據藤堂說，很多人買了附近的土地，如今只要蹺著腳就能賺大錢。

「快速服務」的業務蒸蒸日上，藤堂次郎和秋元靜香的感情似乎也很順利。秋元靜香的弟弟哲夫從靜岡來到東京，加入了他們。他在新宿的「快速服務．七色咖哩店」當店長。

秋元哲夫在國分寺租了一間房，每天搭中央本線去店裡上班，休假時就去戀之窪的事務所和其他人會合。秋元靜香記住了六個人的生日，並為每一個人慶生。

他們也不時騎機車去高尾山舉行戶外派對。秋元姊弟沒有汽車和機車駕照，姊姊坐藤堂的機車，弟弟哲夫則和村上坐同一輛機車，一起騎車去高尾山。

秋元哲夫和村上宏特別投緣，因為村上很迷卡丁車，曾經參加卡丁車比賽。只要一有空，就忙著改裝卡丁車。他在大學讀的是雕刻系，所以經常向學校借一些焊接器材回家，在院子角落弄得火花四散。秋元哲夫雖沒有駕照，卻敢開卡丁車。他不時去找村上，村上就會讓他在公寓周圍開卡丁車玩。哲夫還說，等咖哩店步上軌道，他打算在村上的協助下考汽車和機車的駕照。

當時，秋元哲夫才剛滿二十歲，和他姊姊長得很像，一臉討人喜歡的樣子。在新宿的店也很受女性客人的歡迎，其他成員都可以感受到靜香很疼愛和關心這個弟弟。因為這樣，他們也都對哲夫很好。

一九七三年那段時間，是「快速服務」最幸福的時代。然而好景不長。一九七三年結束，進入七四年後不久，就發生了一件大事。

3

昭和四十九年（一九七四年）的新年，藤堂次郎、秋元靜香和哲夫、橋本淳、瀧口治、村上宏和依田三郎這七個人聚在戀之窪的事務所，大啖靜香下廚煮的年菜。他們喝著日本酒，慶祝新的一年到來。

所有人都從大學畢業，沒有人回老家，一心只想著擴大「快速服務」公司的規模。公司的業績順利成長，無人對未來感到不安。

公司的盈餘留下來作為未來買新機車和汽車的資金，也買了附近的土地，作為公司的資產，他們計畫在這塊地上建造公司大樓。他們有更大的夢想，打算日後買更大面積的土地，建造賽車場或摩托車越野賽的場地。

一月二十三日下午一點，依田三郎把機車停在芝金杉橋的Ｔ拉麵店門口，他看見橋本的機車已經停在門口了。依田脫下安全帽，晃著顫抖的身體走進店內。寒冷的季節，吃一碗拉麵或是喝杯熱咖啡是機車騎士無上的快樂。

他經常和橋本淳約在Ｔ店見面。依田負責的體育報社和橋本負責的救生會綜合醫院都在芝金杉橋附近，他們經常在上午的工作告一段落後，相約在這家T店一起吃拉麵。

依田走進店內，發現橋本坐在桌旁，碗裡的拉麵已經空了。他抽著菸，一副魂不守舍的樣子。

「喂！」

依田叫他。橋本嚇了一跳，回頭看著依田，臉上的表情好像剛殺了人。

「怎麼了？發什麼呆啊？」

他笑著在橋本面前坐了下來。橋本急忙捺熄了香菸，神情嚴肅地把臉湊到依田面前。

「喂，現在不是開玩笑的時候，我正在等你呢。你肚子餓嗎？」

「很餓啊，而且我也想吃拉麵，外面好冷。」

依田三郎回答。

「出事了。我剛才打電話到事務所，聽說哲夫被人殺了。」

「什麼？」

「我聽靜香說的。她一邊哭，一邊說，我聽不太清楚，聽說是被新宿的黑道打死了。」

「黑道分子跑去咖哩店嗎？」

「似乎是這樣，要不要馬上去新宿看一看？」

「好，走吧。」

兩個人立刻站了起來。

秋元哲夫一人負責的七色咖哩店位在歌舞伎町的角落，那是一家只有吧檯的小店，頂多容納十二名客人，但七種不同風味的咖哩很受好評，店裡的生意很不錯。

七色咖哩店除了新宿店以外，在池袋、高田馬場、目白都有分店，其他分店除了咖哩以外，還賣其他餐點。因為秋元哲夫是自己人，所以由他負責營業額最高的新宿歌舞伎町分店，提供他最優渥的薪水。

但最近不時有幾個黑道嘍囉去他的店鬧事，佔著吧檯不走，成天找他麻煩，他們原本以為那些黑道小弟只是想上門勒索保護費。

那天，幾個黑道小弟打破杯子和盤子，秋元哲夫火冒三丈，和他們在店門打了起來。遭到圍毆的哲夫因為昨晚喝了酒，嘔吐物卡進氣管，很快就斷了氣。

橋本淳和依田三郎趕到歌舞伎町的現場時，哲夫的屍體已經被救護車載走了。他們擠進圍觀的人群，發現一個身材壯碩，燙著鬈毛頭的男人，一看就是黑道兄弟。

「他媽的，居然鬧出了人命。」

那個人嘀咕著，離開了人群。兩道濃眉下的眼神很銳利。

橋本和依田推開人群擠到前面，發現警官正在做筆錄。他們向警官表明，是被害人的朋友，警官問了他們姓名、地址和職業，然後告訴了他們前面這些情況。

秋元哲夫的屍體送回了靜岡老家，家人打算在老家為他舉行葬禮。秋元靜香當然也一起回去靜岡，但橋本、瀧口、村上和依田四個人並沒有前往，一方面因為要工作，另一方因為和秋元哲夫認識才短短三個月，所以覺得不便打擾。

藤堂次郎好幾天都沒現身，四個人理所當然地認為他和靜香一起回去靜岡，但事實並非如此。

之後的三天，住在戀之窪如月莊的四個人都沒有去事務所。即使去了，靜香和藤堂都不在，也吃不到美食，而且他們已經記住了整個星期的工作內容，沒有去事務所的必要，所以都直接從住處外出工作。

一月二十七日晚上七點，橋本淳和瀧口治把機車停入如月莊的停車場。石瓦屋頂的停車場內也停了很多腳踏車，他們停好機車熄了火、關了車頭燈。

兩個人脫下安全帽，鼻頭和臉頰都凍得發紅。天氣實在太冷了，不光是皮膚，連眼睛也都充了血。雖然脖子上繞了好幾圈圍巾、毛衣外穿著皮夾克，但寒冷還是滲進骨子裡。寒冬騎車時，就像是肉體在寒風中高速奔馳，如果不是他們還年輕並真心熱愛機車，根本受不了。

「啊，真是冷死了。」

橋本大聲說著。

「瀧口，你吃飯了沒有？」

「還沒。」

瀧口搖了搖頭。瀧口的個性有點陰沉。相較之下，橋本外表英挺帥氣，個性也開朗快活，而且他還是運動員，個子很高。

他們正打算回家，遠處傳來二行程引擎聲，而且聲音越來越近。他們轉頭看向聲音傳來的方向，發現一輛一人坐的小車子正從外面駛入公寓樓梯旁的水銀燈下。是村上開著卡丁車回來了。

「喔，聲音很棒喔。」

橋本向他打招呼。村上熄了火，走出車外站了起來。他的個子不高，很適合開卡丁車。

「對啊。」

村上害臊地回答，對他們笑了笑。

「下次的比賽應該有機會吧？」

橋本說。

「大概吧？但只有一個引擎。」

村上回答。村上和瀧口長相都很平凡，不太有女人緣。

村上一個人扛起卡丁車。瀧口和橋本想要幫忙，但村上表示他已經把車子輕量化，一個人搬也沒有問題。他把卡丁車放在停車場的角落，用罩子蓋起來。

「哲夫很喜歡這輛車。」

橋本說。

「對啊，每次想到，就覺得很難過。」

村上幽幽地說。

「咦？」

瀧口發出驚訝的聲音，其他人順著他的視線望去。

一個身材嬌小的女人和一個燙著鬈毛頭、身材壯碩，看起來很像黑道的男人站在水銀路燈下。女人的手上拎了一個行李袋。

「靜香。」

橋本叫了起來。

但那兩個人影沒有回應橋本的叫聲，靜香顯得筋疲力竭，一言不發，沮喪地站在水銀燈下。發生什麼事了？橋本走了過去，瀧口和村上也跟著走了過去。這時，橋本他們聽到那個男人小聲地對靜香說，我會殺了他。然後，那個男人用銳利的眼神瞥了他們三個人一眼，轉身離開了。橋本看過那個男人，哲夫遇害的那天，他也在新宿的圍觀人潮中。看到靜香不尋常的神情，他們三個人加快了腳步。

「靜香，妳怎麼了？」

橋本淳從她手上接過行李袋問道。

「簡直難以置信。」

秋元靜香聲音低啞，但語氣很強烈。她張開雙手，圈住橋本的雙臂抱住了他，把頭埋進橋本的胸膛。靜香的行為讓三個男人嚇了一跳。雖然沒有正式辦理結婚手續，但他們向來都認為靜香是藤堂的妻子。

橋本略帶遲疑地伸手抱住她的背。

「到底發生什麼事了？」

橋本問。

「剛才那個人是誰？」

「他走了……」

她口齒不清地說。三個男人驚訝地互看著。

「走了？他是指藤堂嗎？」

瀧口問。靜香仍然把頭埋在橋本的懷裡，用力點頭。

「什麼意思？我們完全不知道。」

橋本說著，拉開她的身體，探頭看著她的臉。

「我剛才去了事務所，藤堂已經把公寓退租了。」

「退租？」

三個人異口同聲地大叫著。

「你有聽說嗎？」

橋本問，村上搖了搖頭。

「這是怎麼回事？」

「管理員說，事務所的房子已經退租了，我進去看過了，貴重物品都被他帶走了。」

「快速服務的錢也帶走了嗎？」

「統統帶走了。」

「鷹之台的土地呢？」

「好像也被他賣掉了，我打電話問了銀行和房屋仲介，結果聽說了這件事。」

三個人說不出話，只能互看著。

「那我們該怎麼辦……」

橋本嘀咕道。

「他把我們利用完了，所以拋棄了我們。」

「但是……」

三個男人仍然不解。雖然這種行為很像是快速服務的創辦人會幹的事，但公司還大有前途，業績也沒有任何下滑的跡象。

「咖哩連鎖店的權利也早就被他賣出去了，在我弟弟被殺之前就賣了。我們被他蒙在鼓裡，我和我弟弟也被騙了。」

三人不發一語，他們漸漸理解發生了什麼事，正因為打擊太大，反而一句話都說不出來。這麼說，哲夫是——

「哲夫他是……」

瀧口忍不住開口。

「哲夫不知道這件事，所以才會拚命保護那家店。他完全不知道那家店已經賣給別人了。」

「藤堂賣給誰了？」

瀧口大叫著問。

「名叫十卒會的黑道堂口，藤堂以前就和這個堂口有來往，所以才能順利地在各個熱鬧地點開店。對他來說，賣店就像賣股票一樣簡單。因為那家店已經賣給堂口了，那些黑道小弟才會來趕人。剛才你們看到的那個人是其他堂口的黑道兄弟，他也這麼說。」

「他剛才撂狠話，說要殺了藤堂……」

「他和藤堂也有恩怨，而且是哲夫咖哩店的老主顧，和哲夫很要好。」

「但是藤堂為什麼要做這種事……就連我們的快速服務也……」

「他一定賣了好價錢。」

「那賣店的錢呢……」

「那個男人帶著錢逃走了，帶著大家血汗的結晶逃走了。」

「他現在去了哪裡……」

「不知道，但我一定會找到他。我大概知道他躲在哪裡，可能在十卒會當跑腿。我之前就納悶，他為什麼要和那些人打交道？現在才知道，他是為了出售咖哩店的權利。」

「那家店的房產也……」

「對，那些消息應該也和十卒會有關，藤堂和十卒會之間一定有什麼見不得人的勾當，我之前就覺得有問題，否則，他們不可能一拍即合。這次的事也一定有什麼隱情，絕對有什麼陰謀，他才會不管三七二十一，做出這種事。」

「那快速服務以後怎麼辦？就這樣解散了嗎？」

村上宏問。

「應該吧，事情真的大條了。」

橋本說。

「我好冷。」

靜香說。

「好，那我們先進屋，好好商量一下怎麼善後。」

瀧口說。

「現在連事務所也沒了，那去我房間吧。去把依田也找來，他應該已經回家了吧？」

橋本說完，率先邁開步伐。

4

「這麼看來，哲夫等於死在藤堂手裡。」

依田三郎聽大家說完後，氣憤地說。

「因為他沒有事先通知哲夫，就讓黑道兄弟去店裡接收。如果事先知會一聲，哲夫不至於拚死保護那家店。」

所有人都聚集在橋本淳於如月莊二樓的房間內，四個男人和秋元靜香圍坐在房間中央的暖爐桌旁。

「你說得有道理。」

瀧口治說。

「就是這麼一回事。」

靜香露出沉思的表情，靜靜地說。

「事務所真的已經退租了嗎？」

「錯不了，剛才我已經打電話給大樓管理員確認過了。」

橋本淳回頭對大家說。他站在窗邊，隔著窗簾的縫隙看著國鐵的宿舍、宿舍後方的鐵網，和鐵網內武藏野線的軌道。然後走到暖爐桌旁，硬是擠到村上宏的旁邊。

「都怪我們把所有的事都交給藤堂處理，實在沒想到他這麼差勁，我們太天真了。」

「但是，他為什麼突然做這種事？」

「搞不懂。」

「我們之前賺的錢都泡湯了嗎？這下子又變成了窮光蛋。」

「錢只要再賺就有了。問題是靜香，她不僅身無分文，連家也沒有了。」

「弟弟也被人殺了。」

「嗯，靜香，妳有什麼打算？要不要先回靜岡的老家？」

「不……」

她毫不猶豫地回答，沉默了片刻，然後，好像下定決心般斬釘截鐵地說：

「不，我無論如何都不想這麼做，我要查出藤堂的下落。」

「對，找到他，把錢要回來。」

依田大聲地說。

「但不知道他在哪裡，他不可能躲在會被我們輕易找到的地方。」

「我心裡有譜，打算去問曾經和藤堂來往的十卒會小弟。」

「但會不會太危險了……」

「不管危不危險我都要做，絕對不會放過他。所以，可不可以讓我在這裡住一陣子？」

「當然沒問題，我會輪流去其他人房間睡覺……」

橋本說。

「對不起。但如果不找他算帳，我無論如何都嚥不下這口氣。」

「我們也會盡力保護妳，我很擔心妳和剛才那種男人往來。不過，這個星期的工作已經都安排好了，所以還是要像以前一樣工作。」

「對，我也是。」

「我也是。」

大家紛紛點頭。

「你們不用為我擔心，我和剛才那個人沒有關係，他只是哲夫的熟人而已。我可以一個人獨處，不會亂來的，也不會和看起來有危險的人接觸。」

靜香眼睛眨也不眨一下地盯著桌上的菸灰缸。

橋本把房間留給靜香，自己帶著睡衣去了依田的房間。依田以前讀美術大學，狹小的房間內到處散亂著畫架、顏料、照相機、遠攝鏡頭、畫冊和寫真集，牆上貼了幾張風格獨特的海報和照片。

在四人中，橋本淳和依田三郎最談得來，個性也很合。因為依田個性最開朗，也很健談，算是很有女人緣。大部分機車騎士都很沉默寡言，不知道是否因為在騎車時，都不需和別人說話的關係。

「依田，太猛了，你買了槓鈴嗎？」

為了鋪被褥，他們合力把暖爐桌移到角落時，橋本問道。

「對，我想趁年輕的時候好好練身體。」

「很貴吧？」

「不便宜，我原本也想撿車輪，到處找了很久。」

「車輪？」

「對啊，村上那傢伙不知道去哪裡撿了車輪回來，代替槓鈴使用。中間用一根車軸，兩側裝上車輪，不就和槓鈴一樣嗎？他有兩個自製槓鈴。」

「他去哪裡撿的？」

「我猜是武藏野線的工地。只要把鏽斑磨亮，放在房裡也很酷，就可以在家裡練肌肉。」

「真搞不懂他這個人。」

「對啊。」

依田說著，默默鋪著被子。

「如果快速服務倒了，他一定最先離開。」

「嗯，不是他就是瀧口，他們並不會為靜香去做什麼。」

「他們不可能啦，即使現在我們要為了靜香去揍藤堂，他們也不會和我們一起去。」

「他們才不會去呢，那些傢伙只顧自己。橋本，你覺得靜香怎麼樣？」

「怎麼樣？我覺得她太慘了。」

「她不是喜歡你嗎？」

「可能有好感吧？」

「那你呢？你也喜歡她吧？」

橋本沉默片刻後回答：

「對，喜歡啊。」

之後，橋本的房間就成為快速服務有限公司（雖然這家公司已經不存在了）的食堂。所有人每天醒來就去橋本的房間吃早餐，再各自外出工作。晚上回來時，晚餐已經放在桌上，這成為他們在寒風中騎車一路飆回戀之窪的動力。

靜香送他們出門上班後，外出調查藤堂的下落，但傍晚就會回家。藤堂至今仍然沒有和他們聯絡。

他們在其他銀行開了新的帳戶，請客戶把錢匯入那裡。藤堂的所作所為令其他四個人義憤填膺，但他至少把靜香留了下來。四個男人對這種新生活感到心滿意足。靜香自由了，目前成為他們四個人共同的妻子，只要兩廂情願，她也可以專屬某一個人。四個人都有平等的機會。

靜香會在晚餐時，把每天的調查結果告訴大家。藤堂靠著十卒會的關係，目前仍然躲在東京的某個地方，他和十卒會長期來往，關係很密切，完全超出了他們的想像。雖然靜香很快就查到了這些消息，但光靠她一個人，很難調查到更深入的消息。

其他成員也分頭進行了調查，發現所有的事都和十卒會有關，但他們也不認識十卒會的任何人，因此調查始終沒有進展。藤堂為什麼突然背叛其他夥伴？為什麼坐視靜香的弟弟被殺？又為什麼拋下靜香逃走了？

即使調查沒有結果，四個人也覺得無妨。他們還年輕，對金錢也沒有太多的執著，只希望靜香屬於大家的這種生活可以永遠持續。

靜香卻不這麼想，她對藤堂的報復心與日俱增。

日子一天一天過去，直到二月一日晚上發生那起事件。

二月一日是陰天，但天氣越來越差，午後開始飄起了雪。雪越下越大，傍晚時整個東京已經積了一層薄薄的雪，快速服務的成員無法繼續騎車。就連四輪的汽車也要裝上雪鍊才能上路，機車當然不可能在雪地上行駛。快速服務的騎士向來都善用首都高速公路和捷徑，在短時間內把物品送到客戶手上，如果不講究速度，開車或是搭電車送貨就行了。下午之後，他們無法繼續工作。

他們分別把機車停在銀座、新橋和芝等地，傍晚搭中央本線回到了戀之窪。快速服務開張以來第一次發生這種情況，當他們六點左右回到如月莊時，發現大家都是搭電車回家，忍不住苦笑起來。

但是，發生了意想不到的事。每天滿面笑容迎接他們歸來的秋元靜香不在家，橋本把房間鑰匙交給靜香，但是靜香自從早上出去後，就沒有再回來。之前從來不曾發生過這種事，房間內空氣冰冷，晚餐也沒有準備。

大家都聚在橋本的房間，靜靜等待靜香回家。十點、十一點了，靜香仍然沒有回來，也沒有打電話。他們餓壞了，只能煮泡麵填飽肚子。窗外的雪不停地下，從窗戶縫隙吹進來的冷風吹進領子，氣溫越來越低了。

依田起身站在窗前往外看，周圍已經一片白雪茫茫，恐怕會難得地積起雪。不時傳來西武國分寺線和武藏野線的電車聲音也很平穩，似乎比平時更放慢了速度。

「還在下嗎？」

橋本問。

「不，現在停了。」

站在窗邊的依田回答。

「積了不少雪，恐怕有好幾天沒辦法工作了。」

「對啊，只要一直下雪，我們就會餓死。」

「對，我們和擺路邊攤的差不多。」

「不，至少比路邊攤好一點，下雨我們還可以工作，只是怕下雪而已。」

「機車沒有停在樓下，總覺得心神不寧。」

「我們就像被摘掉翅膀的鳥，沒了翅膀，只能搖搖擺擺地走路。」

「靜香怎麼還沒回來？不知道發生什麼事了。」

「希望不會發生什麼不好的事。」

所有人都臉色陰沉。就在這時門突然打開，冷空氣灌了進來。靜香的臉像外面的雪一樣蒼白，一動也不動地站在玄關的日光燈下。她神情苦惱，似乎因為徹底的絕望，腦筋一片空白。

「靜香。」

四個男人同時站了起來，走向門口。靜香很快收起了剛才的表情，接著露出如抽搐般僵硬的笑容。但笑容也很快消失，她整個人癱在地上，幾個男生衝了過去。靜香手上的皮包落地時，發出重重的聲音。

橋本光著腳走到門口的水泥地，關上了門，為靜香脫下鞋子。靜香的腳和身體都冷冰冰的，於是橋本叫她先坐到暖爐桌邊。

靜香的樣子顯然不對勁。她不住地顫抖，顫抖的幅度時大時小，似乎不光是寒冷的關係。靜香的身體，或許是精神發生了某些異常，遭受到了沉重的打擊。

「我全知道了。」

她渾身發抖，牙齒不停地打顫，好不容易才說出這句話。

「知道什麼？等一下。喂，橋本，你去泡熱咖啡。」

依田說。橋本站了起來。

不一會兒，橋本就泡好了咖啡。靜香雙手捧著杯子，喝了兩、三口，然後幽幽地說：

「我終於知道了。」

「知道什麼？」

「他愛上了青木理沙。」

「青木理沙？就是那個青木理沙？」

他們面面相覷。青木理沙是當紅的模特兒，廣告和海報上經常可以看到她。

「藤堂和十卒會主要幹部的兒子，是從小一起長大的朋友。透過那個人認識了青木理沙、愛上了她，然後欲罷不能。因為想和生活奢侈的青木理沙結婚，他必須準備一大筆錢，而且為了抓住她的心，必須在短時間內籌到錢。」

「難怪他要這麼做。」

「對啊，他賣了咖哩店的權利，也處分了快速服務的資產變現，打算和青木理沙在一起。」

靜香又冷又怒，渾身用力發抖。

「他拋棄了我……還殺了哲夫……為了和那個女人在一起，他居然這麼心狠手辣。」

然後，靜香把皮包拉過來放在腿上，打開皮包的釦環，右手伸進去，拿出一個很大、很可怕的東西，咚地一聲，放在暖爐桌上的咖啡杯旁。那是一把彈匣式自動手槍。

「這是點四五口徑的手槍，真的可以殺人。彈匣也裝滿了，現在只能弄到這些子彈。這是藤堂向出入十卒會的走私客訂來防身用的，我硬是向他要了過來，說會交給藤堂。因為那個走私客還不知道我和藤堂已經分手了。」

靜香語出驚人，幾個大男人都訝異得說不出話。

「我會遵守約定，把槍交給藤堂，但會用子彈打穿他的身體。同時也查到了他們今天相約的地點，在埼玉縣東所澤一個名叫下安松的地方，就是那個大幹部兒子的家，只要搭武藏野線就到了。

「他們約定凌晨一點交貨。那個大幹部的兒子沒有加入黑道，所以不是約在家裡交易，而是在住家後方武藏野線鐵軌的鐵網旁。剛好在新秋津車站和東所澤車站之間鐵軌的北側，附近有一棵很大的櫻花樹，武藏野線只有那一段是在地面上行駛，所以很容易找到。那個幹部的兒子姓關川，這裡有東京地圖嗎？」

橋本起身，從書架上拿出地圖，放在暖爐桌上。

「經過清瀨市和東村山一帶，」

翻開地圖後，靜香指著清瀨市的北方。

「就是這一帶。從這裡要走哪一條路才能到那裡？」

「進入府中街道後，一直往北……然後從久米川町進入志木街道，一直往東……在和小金井街道交匯的地方左轉，穿越武藏野線的高架鐵道，接著就只能在蜿蜒的產業道路上一路尋找了……離這裡有點距離，至少有十五公里。」

「要多少時間？時間快來不及了。」

「靜香，等一下，妳為什麼知道這麼多消息？」

瀧口問。靜香愣了一愣，用力抿著嘴唇瞪了瀧口一眼，陷入短暫的沉默。

「我和那個走私客上床了！」

靜香大叫。淚水從她張大的雙眼中流了下來，她的嘴唇顫抖著。在場的其他人都啞然無言。

「我就是會做這種事的女人，你們害怕了嗎？如果害怕可以退出，我自己下手。你們告訴我，騎機車去那裡要多久？」

「靜香……沒有機車。」

橋本靜靜地說。

「沒有機車？」

靜香用耳語般的音量反問。

「因為下了大雪，大家都把機車留在工作地點回來了。」

「那我搭電車去！」

她哭著大叫。

「武藏野線的末班車也走了。」

村上說。

「現在已經十二點半了。」

「只剩下三十分鐘了！那我搭計程車去。」

她準備站起來，橋本用力抓住她的左手。

「靜香，戀之窪沒有計程車，妳攔不到車子的，要到西國分寺或國分寺車站才能叫到車子。即使妳趕去那裡，現在下這麼大的雪，計程車也不願意載人。」

「一定有裝了雪鍊的車子！」

「即使有，妳起碼要花十五分鐘的時間才能找到，再沿著我們剛才說的路線開過去。平時不下雪，這段路也要三十分鐘，更何況下這麼大的雪，至少要一個小時，根本來不及，妳不可能趕到的。」

依田說。

「那我搭西武國分寺線，從東村山繞去所澤……」

「這也不可能，往東村山方向的末班車十二點零五分離開國分寺，早就已經走了。」

橋本說。

「那我要怎麼辦？這是千載難逢的機會！這次逮不到他，以後就沒機會了。他計畫去香港住一陣子，以後就查不到他的下落了。我付出這麼大的代價，好不容易得到這個消息！你們想想辦法嘛！」

靜香哭著叫了起來。

「我們也很想幫妳，但現在沒有交通工具，連腳踏車也沒有。」

「有機車也沒辦法在雪地上行駛，即使願意冒摔斷骨頭的危險，三十分鐘也到不了。」

「村上的卡丁車呢……？」

「開什麼玩笑，卡丁車只能坐一個人，當然也沒有雪鍊，即使勉強在雪地行駛，三十分鐘也趕不到。」

「快想想辦法！藤堂一個人等在戶外！下次再也沒有這種機會了！」

「靜香，妳冷靜一下。」

橋本說：

「今天晚上的確是能夠殺死藤堂千載難逢的機會，但外面雪下得這麼大，這代表上天叫我們不要動手，妳不覺得嗎？我們被困在這裡動彈不得。」

「對啊，妳要為藤堂這種人渣一輩子背負殺人兇手的污名，妳覺得值得嗎？」

依田也勸阻她。

「那我弟弟呢？我弟弟一定死也無法瞑目，我無論如何都無法原諒藤堂，這樣我會後悔一輩子！我弟弟對我和藤堂深信不疑！正因為那麼相信，才會挺身保護那家店，也因為這個原因送了命！他是因為我的關係才會相信藤堂的，相信那種人渣！所以，我無法原諒自己。如果無法殺死藤堂，我就要自我了斷！」

靜香淚流滿面，對著四個男人說道，淚水繼續不停地流。

有人敲門。橋本立刻把手槍藏在暖爐桌的毯子下。

門打開了，站在門口的男人是樓下的鄰居。

「呃，可不可以借我一點醬油？我家的剛好用完了……」

鄰居探頭問道，這時，靜香用整個身體撞向橋本。

「還給我！我要去！你還給我！」

她大叫著。

「不行！我怎麼可能讓妳去做這種事！大家都不會讓妳去的！」

橋本也大叫著。

「你們不懂我的心！你們不知道我現在的心情！唉，早知道我不應該回來這裡，我應該去找津津見，他一定會去找藤堂……」

「津津見就是上次來這裡的那個黑道兄弟嗎？」

橋本問。

「對啊，他才不像你們這麼膽小！我可以和他上床，也可以……」

「妳什麼時候變成了這樣的女人？！」

「還給我！那是我的！我不想浪費至今為止的努力，和我今天的付出！求求你！求求你！求求你！」

她哭著大喊，用拳頭打著橋本的身體。橋本一動也不動地忍耐著。

她猛然跳了起來推開鄰居，沒有穿鞋子就衝到白雪茫茫的戶外。

在屋內的四個人也都站了起來，穿上鞋子追了出去。手槍仍然留在暖爐桌下。

四個人分頭尋找靜香，天空繼續飄雪，但他們找了很久，都不見她的身影。

一點半時，村上宏終於找到靜香。在如月莊西側一百公尺的地方，有一間很小的稻荷神社。靜香跪在神社內的祠堂前，膝蓋和頭埋進雪裡，默默祈禱著。

她的身體冰冷，雙腳幾乎快凍傷了。村上把她拉了起來，揹著她回到橋本的房間。

5

「這就是事件的前後經過。」

我對御手洗說。外面又下起了雨。

「村上把靜香抱回橋本的房間後不久，其他人也都陸續回來了。但是，村上在神社找到靜香時，她說了一些莫名其妙的話。」

「喔？她說了什麼？」

「她半個身體埋在雪堆裡，抬起蒼白的臉對村上笑著說，藤堂死了。還說是神明剛才告訴她的。」

「太好了！」

御手洗說著，快速搓著雙手，笑著用力點點頭。

「結果，藤堂真的死了？」

「對啊，法醫研判死亡時間是凌晨一點左右，兇器是點四五口徑的手槍，有三發子彈打進了藤堂的身體。秋元靜香和其他四個人都認定是津津見幹的，但四個男人之後發現，放在暖爐桌下的手槍內少了三顆子彈。」

「他們也無法證明那把槍就是兇器嗎？」

御手洗興奮地問。

「無法證明。而且，也沒有人能夠保證彈匣內原本裝滿了子彈，也可能原本就少了三發，只是靜香被那個走私客騙了。

「總之樓下鄰居證實，他在十二點四十分去橋本房間時，所有人都在家，排除了他們殺害藤堂的嫌疑。既然他們不是兇手，那把槍也就不可能是兇器。」

「嗯，既然他們在死者遭到殺害的二十分鐘前，仍然在戀之窪的家裡，這個兇器就不可能出現在現場。他們沒有向外界和警方提起那把槍的事吧？」

「對，他們把槍慎重地包好之後，丟進晴海附近的海裡，沒有向任何人提起這把槍的事。所以，也就無法調查當時放在橋本房間暖爐桌下的槍，是不是殺害藤堂的兇器。」

「但和兇槍的口徑相同。」

「可能只是巧合。」

「他們四個人出去找靜香時，房間有沒有鎖？」

「沒有，其他三個人雖然鎖好了自己的房間，但離開橋本的房間時，因為太匆忙而沒有鎖門。所以任何人都可以進房間拿走手槍，津津見也是。但即使有人拿走了槍，除非他長了翅膀，否則不可能在法醫研判的死亡時間趕到命案現場，由此可以認定，兇手用的並不是這把槍。」

「嗯、嗯，很好。有沒有東京的分區地圖？」

我起身從書架上拿了地圖，放在御手洗的腿上。御手洗翻到某一頁，看了一秒鐘，就闔上了地圖。

「原來如此，那五個人之後怎麼樣了？」

「快速服務解散了，依田三郎去了學長的設計事務所；橋本去了一間外商公司；村上在神奈川的一家機車行就職；瀧口則在世田谷開了一家機車行。秋元靜香原本打算成為時裝設計師，但很快就開了服飾店，一直到今天。四個男人都沒有結婚，他們五個人每年都會找時間聚幾次。之後，津津見因為其他的事被警方逮捕，但他否認殺害藤堂，所以事情才變得很詭異。」

我說。

「已經獲得證實了嗎？」

「這就不太清楚了，應該已經證實了，至少那五個人是這麼認為的。所以秋元小姐才會說，那是神明犯下的罪。況且，津津見並沒有殺害藤堂的強烈動機，他只是哲夫店裡的客人，和哲夫關係不錯而已。」

「是嗎？剛好可以在睡前動動腦筋，那我就去聽雨聲睡覺了，晚安。」

御手洗站了起來。

「等、等一下，你該不會已經破案了？」

御手洗走回自己房間時，不耐煩地說：

「你希望我破案還是不破案？」

「你應該不知道誰是兇手吧？既然不知道誰是兇手，就不能稱為破案。」

「是嗎？我當然知道。」

「所以，你知道誰是兇手？」

「當然，謎團本身根本不值得一談，但是，之後在暗中進行的事倒是很吸引我。我想一個人靜靜地確認這件事。那就晚安囉。」

御手洗走進自己的房間，砰地一聲關上了門。他每次想要安靜思考時，就會把自己關在房間裡。

「喂，兇手到底是誰？」

我走向他的房門，大聲地問。

「事到如今，即使知道兇手是誰也沒有用。已經過了十五年，現在大家都過得很平靜！」

御手洗大聲回答。

6

三天後，又是一個下雨的傍晚。電話鈴聲響了，我接起電話，沒想到是秋元靜香打來的。意想不到的電話令我驚訝不已，我問她為什麼會打電話給我？她說她就在樓下，問我可不可以上來打擾一下。我看了一眼御手洗，他沒有在忙，正皺著眉頭看雜誌，便開心地回答，沒問題。想到美女即將大駕光臨，我呼吸不禁緊促起來。

秋元靜香穿了一件以光澤布料做的風衣，把雨傘放在門口，脫下風衣搭在手上。身穿合身套裝的她在我的示意下，緩緩坐在沙發上。她的動作散發出優雅的氣質，令人暗自讚嘆。

「御手洗先生呢？」

她用清脆的聲音問道。

「我這就過來。」

御手洗在陽台旁的書桌前大聲回答，眼睛仍然依依不捨地盯著雜誌，好不容易才闔上雜誌，有點不耐煩地走了過來。我起身去泡茶。

「不知道你們喜不喜歡甜食？」

她擔心地問，把一個白色蛋糕盒放在桌上。

「謝謝您的用心。我和石岡都很愛吃甜食，石岡更是嗜甜如命，他巴不得一天三餐都吃巧克力。」

御手洗一邊說話一邊坐了下來。

「真的嗎？」

「當然是真的。早餐吃純巧克力，午餐吃杏仁巧克力，晚餐是巧克力蛋糕，消夜又吃威士忌夾心巧克力，這是他二月的全餐，結果和牙醫變成了好朋友。請您下次來的時候，不要再帶東西來了。第二次上門帶禮物，就會被我視為賄賂，無法踏進這個門。」

「真嚴格。」

「因為我們生活在無法靠誠意走天下的世界。請問有何貴幹？」

「沒有特別的事，只是想來見識一下名偵探。我剛才去位在元町的分店，所以順便來拜訪一下。我這個人喜歡趕時髦，您的風趣幽默完全符合我的想像。」

「只有初次見面的人才會這麼想，一旦長時間生活在一起，就會露出馬腳，不信你問石岡。不過我算有名嗎？」

「因為已經出了好幾本書。」

「什麼馬腳？」

我端著放了茶的托盤走到他們旁邊。

「石岡，你是不是已經把上次在我婚宴上聽到的事件告訴了御手洗先生？」

「對啊，不能說嗎？」

我問。

「不，沒這回事……御手洗先生，請問您有什麼感想？」

「沒什麼感想。」

御手洗冷靜沉著地回答，他的態度令我感到意外。

「我倒是很有興趣聽聽您對那起事件的看法。」

御手洗說著，用好像在掂分量般的冷漠眼神看著秋元靜香。我忍不住納悶起來。

「我嗎？」

她不解地問。我也有同感。

「我無法理解津津見為什麼會那麼說……」

「您是說他否認殺了藤堂嗎？」

「對。」

「很簡單啊，因為他並沒有殺藤堂。」

「是嗎？那我就搞不懂了……只能說是神明犯罪……」

「如果我是時下少見的舊時遺物，您也和我一樣，是時下難得一見的尊貴公主，因為您身邊有四個忠實的騎士。在搬出神明之前，您為什麼沒有想過是那四個人之一所為呢？」

「他們四個嗎？他們怎麼……」

「您覺得他們不能辦大事嗎？」

「御手洗先生，那是因為您不認識他們，他們……」

「他們既沒有錢，也不是大地主的兒子。」

秋元靜香沉默不語。

「御手洗先生，您想表達什麼？」

「高高在上的人就必須認同手下的功績，更何況那是搏命的行為。身居高位就是代表這種能力。」

「您的意思是，我忽略了該注意的事嗎？我不這麼認為。至今為止，我在人生中都是盡力而為，從來沒有忽略任何事。」

「您沒有忽略的是男朋友的存款金額、送您的珠寶和名下不動產的價值，您的確對自己的人生很盡力，但只是從這種男人跳向下一個行情相似的男人，卻完全忽略了比這些東西更重要的事。」

秋元靜香緩緩站了起來。

「打擾了，我似乎來錯地方了。我原本希望來這裡提升自我，沒想到遇到一個想要置我於死地的人。」

「難道是這樣嗎？真正能夠拯救您的生命和靈魂的藥都很苦口。這個世界上有很多種男人，並不是所有男人都會在您面前甜言蜜語、阿諛奉承。」

「我告辭了。」

她穿上風衣，拿起雨傘。

「我見過各式各樣的人，並不是每個人都對我和顏悅色，但沒必要承受這種無緣無故的侮辱。」

「秋元小姐，我是為了您才說這些話，您正在無緣無故地侮辱不惜為您奉獻生命的人。我相信這並非您的本意。」

「我不懂您這句話的意思，如果您願意說明……」

「不，我現在無意說明。很對不起……」

秋元靜香愣在原地，然後拿起雨傘，打開了門。

「秋元小姐，」

御手洗叫住了她。

「我剛才就告訴妳了，很快就會露出馬腳的。」

門關上了。

我站了起來，臉色因為憤怒而變得蒼白。御手洗的行為太脫離常軌，如果是對我無禮，再大的委屈都可以忍受，但他對別人如此無禮，已經超出我忍耐的限度。

「石岡，你要去哪裡？」

「還用問嗎?!當然去追她道歉啊！」

我咬牙切齒地說。

「她那個有幾億圓土地的老公比你更懂得怎麼安撫她。」

御手洗若無其事地靠在沙發上說。

「你真是一個令人失望的笨蛋！而且還很沒有禮貌，居然會對一個女人說這種話。人家誠心誠意地上門，你這是什麼意思？你以為你是誰啊？」

「女王親自上門？如果她帶著別人都無法破解的不解之謎上門，我願意恭敬地跪倒在她面前，稱讚她的珍珠項鍊和左手上的鑽石，順便親吻她的手背。但是，她到底來幹什麼？她只是來參觀我，這個蛋糕是門票，我又不是貓熊！」

御手洗說完站了起來，走回去看他的雜誌，我氣憤不已，站在原地發抖了五分鐘。

翌日，我收到一封很厚的信。這封信終於讓我完全瞭解了事件的全貌，為自己的無知羞愧不已，也瞭解了御手洗的用意。讀完信後，我打消了要和御手洗絕交的決心。

借用御手洗的說法，女王的四名騎士之一寫給我的那封信中解釋了事件的謎團，以下是那封信的完整內容。

石岡先生台鑒：

提筆寫這封信，也許是希望有人知道我十五年前所做的事，但這個人絕對不是秋元靜香——不，現在她已經是遠藤靜香了。

我藉由你的書，知道了你朋友大顯身手的事件。如果你回家後，把那天在靜香的婚宴上聽到的事告訴他，他一定馬上就會察覺其中的秘密。以你朋友的才華，必定立刻破解了十五年前，我在戀之窪（這個地名多麼具有象徵性）設下的微不足道的謎團。

那並不是什麼複雜的謎團，我猜想我的三位朋友在這十五年間，也猜到了我在那個雪夜偷偷做的事。但是他們明白，一旦他們具備相同的條件，也會做出和我相同的事，才會隻字不提事件的真相。

沒錯，雖然當初是我一個人做出了決定，也獨立完成這件事。但那只是巧合而已，我的行為絕對代表了我們四個人共同的想法，正確地說，是連同靜香在內的五個人共同的想法。不過，事實並非如此。她想要殺了藤堂，我們四個人雖然有強烈的不滿和怨恨，但並不至於想置他死地。我們四個人，不，我個人想要殺藤堂的理由，只是因為靜香。除此以外，沒有其他的原因。

那天晚上，靜香哭了。當靜香光著腳衝出房間後，其實是我最先找到她。

戀之窪的公寓附近有一間小神社，我默默地知道自從藤堂離開後，靜香經常一個人去那裡拜拜。那天晚上，我跟著她衝出了房間，和其他人分頭尋找後，立刻衝去了稻荷神社。

我抄捷徑穿過櫸樹林來到神社的後方，剛好看到她光著腳，跑進狹小的神社。

我躲在樹後，一動也不動地看著她。她跪倒在雪地中祈禱著。因為我躲在祠堂後方，她彷彿在向我祈禱。

在飄雪的夜晚，可以清楚地看到她抖著肩膀哭泣，我覺得好像有一股力量在慫恿我，開始坐立難安。

我站在夜晚的雪中，用短短幾秒鐘，總結了我對她的感情。從第一次見到她，到那一刻的三年間，我時時刻刻都想著她。這份感情如同那一陣子看的電影『夢幻騎士』❸的唐・吉訶德對達辛妮亞的感情，那是對高不可攀的對象所產生的單戀，所以不可能得到回報，也因此得以維持它的純潔。

這份無法獲得回報的愛情曾經令我感到悶悶不樂，但也同時令我感到幸福。因為靜香和藤堂

❸電影『Man of La Mancha』。

在一起時，每天都看起來幸福無比，對暗戀的人來說，只要所愛的人能夠幸福，就心滿意足了。

然而，現在不一樣了。看到她在眼前的雪地上極度悲傷、絕望，哭得雙肩發顫，我的心也被揪緊了，無法原諒傻站在那裡的自己。

那時，我清楚地想起『夢幻騎士』中的一個場景。當醉漢攻擊心愛的達辛妮亞時，瘋瘋癲癲的唐·吉訶德挺著年邁的身體，搖搖晃晃地揮動長矛趕走了醉漢。當達辛妮亞問他，為什麼要持續那麼辛苦的旅程時，他挺著瘦骨嶙峋的身體，毅然地唱起〈不可能的夢〉❹這首歌。

「夢想不可能的夢，向難以戰勝的敵人迎戰，忍下難以忍受的傷痛，奔向令勇士也退縮之處。導正難以糾正的錯誤，珍愛遠方的聖潔，伸出疲憊不堪的雙臂，追求遙不可及的星星。這是我的旅程。追隨那顆星，即使夢想無法實現，即使夢想再遙遠，願為信奉的正義而戰。義無反顧，永不停歇。

「只要繼續這趟光榮的旅程，即使倒地而死，靈魂也將安息，世界也因此更美好。即使遭人恥笑，即使遍體鱗傷，仍將戰到最後一刻，追尋遙不可及的星星。」

在銀幕上看到『夢幻騎士』的瘋老頭唱著這首歌時，我淚流不止，痛哭失聲。多麼偉大的故事，多麼偉大的老人，又和我的情況多麼相似。當時，我因為這份無法修成正果的暗戀痛苦不已。

不，我當然無意把自己和他的聖潔相提並論，而是他對達辛妮亞的那份無望的愛和我如此相似。那時候，靜香是我的一切。只要為了她，即使前往再危險的地方，即使要承受再大的痛苦，我都甘之如飴。但是，電影中的達辛妮亞出自唐·吉訶德的幻想，其實她是妓女安東莎，唐·吉訶德的感情令她感到困擾，對靜香來說，我的感情也只會造成她的困擾。

我清楚記得那部電影中在旅館中庭的場景，或許有些細節可能記錯了，但那一幕深深地烙在我的腦海中。

安東莎發現唐·吉訶德對她讚譽有加，忍不住質問他到底有什麼目的？老人回答，沒有目的。因為她是名妓女，認定唐·吉訶德是為了她的肉體。

「騙人。」她責備道。唐·吉訶德說：「雖然沒有目的，但有一個心願。」「看吧，我就知道。」安東莎責備道，但是，老騎士的心願完全出乎她的意料。

他回答說：「請允許我為妳奉獻，允許我在心裡想妳的面容。我將勝利奉獻給妳，當我落敗死去時，我希望在心裡呼喚妳的名字。」

這正是我當時的心情，兩者相似得令人感到害怕。

我當時所面臨的狀況，和我最喜歡的這一幕完全吻合。當我身為快速服務的一分子騎上機車時，覺得自己是為秋元靜香奉獻生命的騎士。以前從來沒有機會為她而戰，如今，終於等到了這個機會。為了暗戀的人，我要挑戰不可能的任務。我要導正難以糾正的錯誤，前往任何勇士都會退縮的境地，即使再遙遠，即使是無法實現的夢想，我都要挑戰，讓這個世界更美好。

我悄悄走出樹林，在雪中全力跑向如月莊。先去橋本的房間拿了手槍，把自製槓鈴的四個車輪拆了下來。

其實，我以前就在計畫這件事。我從小就很迷車子，特別喜歡遊樂園內的小火車。之前就發

❹歌曲〈The Impossible Dream〉。

現我熱中的卡丁車輪距，也就是左右車輪之間的距離，和日本鐵路的狹軌寬度幾乎相同。我把自己的卡丁車改造成能夠在軌道上行駛的車子，夢想有朝一日，能夠在鐵軌上盡情行駛。

我一直沒有執行的勇氣，一旦被深夜維修軌道的人或是站務員發現，就會惹禍上身，搞不好會被吊銷競技用的執照和駕照。但是我依舊偷偷加工製作了可以換上鐵路用車輪的零件，以及讓輪距和鐵軌完全吻合的轉接器。我把大學的焊接器材帶回家，在公寓的院子內加工的就是這些零件。如今，終於可以派上用場了。

回到自己房間，拿了四個車輪和安全帽，急忙走去停車場。拿下卡丁車的罩子，拆了輪胎、裝上轉接器、換上鐵路的車輪。我咬著牙，雙手抱著沉重的卡丁車，在飛舞的小雪中，快步走向武藏野線的鐵路。

我這個人沒什麼優點。個子矮小，也缺乏橋本或是依田那樣吸引女人的外貌，這種默默為所愛的人賭上性命的做法更適合我，不，這是我唯一力所能及的事。

來到鐵路旁，我把卡丁車綁在繩子上，自己先爬上鐵網後越了過去，再用繩子把卡丁車也拉進鐵網，放在左側的軌道上。尺寸完全吻合，因為車輪原本有車軸，我是根據車軸的長度改造的。

那天晚上下了雪，鐵路員工可能在鐵軌上清雪，但我只能冒險一賭。卡丁車的二行程引擎很敏感，在鐵軌上行駛後，可能很快就報銷了，無法再參加比賽。但我早就做好了心理準備，即使因為今晚的魯莽冒險而失去性命，我也心甘情願。希望她明白，除了津津見以外，即使不是黑道兄弟的人，也有勇氣為她做這一切。

我戴上安全帽、拉下面罩，戴上機車手套、發動了引擎。一看手錶，發現已經十二點五十五分了。急忙坐進車子，摸了摸口袋裡的手槍，在飄舞的雪中獨自向埼玉縣出發。

我用力握著方向盤固定，一開始很害怕，但卡丁車在鐵軌上行駛得很順利。不一會兒，左右兩側的地面漸漸上升，超過頭頂，我似乎駛入了谷底。周圍的地面積了雪，但或許因為末班車剛駛過不久，鐵軌上的積雪並不厚。

進入了隧道，我打開油門。因為鐵軌上沒有雪。卡丁車的引擎聲和鐵軌發出的聲響，在隧道內如雷聲般巨大，因害怕會驚醒警察和鐵路人員過來察看，我不顧一切地快速行駛，隧道內牆上的燈光微微照亮漫長的無人空間。

卡丁車上沒有計速器，但憑經驗可以猜到大致的速度。由於隧道內沒有彎道，速度越來越快，我以時速將近一百五十公里的車速前進，早就做好了放棄生命的心理準備。

我覺得自己就像是那個瘋癲的夢幻老騎士，心裡想著秋元靜香，彷彿挑戰風車般孤獨地衝刺。因為時間快來不及了。

從地圖上看武藏野線，可以發現線路微微向右彎曲，但行駛在鐵軌上，只覺得是望不到盡頭的一直線，即使高速行駛也沒什麼危險。

經過新小平車站的月台前時，我用力把頭壓低，降低身體的高度。到了下一個新秋津車站時，也採取了相同的方式。

原本很擔心經過車站時會被人發現，沒想到月台燈光昏暗，四周靜悄悄的，沒有半個人。

鐵軌上也一樣。很幸運的，前方沒有鐵路維護人員，也沒有進站的電車，我彷彿是地球上唯一倖存的人。

穿越漫長的隧道，再度行駛在飄雪的黑夜中，眼淚忍不住奪眶而出。我覺得自己很可憐，居然只能用這麼愚蠢、這麼不為人知的方法愛一個女人。

經過新秋津站後，左右兩側的地面再度降低至和鐵軌相同的高度，原本超過頭頂的鐵網降低到和身體同高的位置，我放慢了速度。

在飄舞的雪中，看到前方有一個高大的男人靠在鐵網上，縮著身體抵抗著寒冷。我從口袋裡拿出手槍，緊緊握在右手，慢慢踩了煞車。

藤堂聽到鐵軌上傳來奇怪的聲音，緩緩轉頭看了過來。我知道他瞪大了眼睛，雖然戴著安全帽，而且把面罩拉了下來，藤堂看不清我的臉，但他或許從安全帽的款式認出我是誰。

我把卡丁車停在藤堂身旁，藤堂轉身面對我。

我們隔著鐵網，相距不到三公尺。

「等很久了嗎？」

問話的同時，我拉起了面罩。

「村上！」

藤堂叫了起來，下意識想要逃走，但我的雙手已經舉起了槍，坐在卡丁車上，連續開了三槍，三槍都打中了他。藤堂彈了出去，倒在雪地上。

我對自己的冷靜感到意外。手不但沒有發抖，而且還對被我殺死的男人說：

「我不到十分鐘就從戀之窪趕到這裡，快速服務，使命必達。」

然後，我把卡丁車調了頭，再度發動了引擎，開回戀之窪。當我回到戀之窪時，油剛好用完了，簡直就像事先算好的。一路上沒有撞見任何人，是上天救了我。

和啟程時相同的方式，我再度爬過鐵網，急忙回到如月莊的停車場拆下車輪，裝回原來的輪子。把車輪和轉接器放回自己房間，又走去橋本的房間，把手槍放回暖爐桌內，再趕去稻荷神社。

這一次，我從神社的正門走進去，靜香宛如死去般跪在雪地中。我輕輕抱起她，她身體冰冷。當時，她對我說了一句奇怪的話。她哭成了淚人兒，對我無力地笑了笑，告訴我說，藤堂死了。

我以為她問我：「藤堂死了嗎？」嚇得心臟都快停了。費了很大的勁，才終於忍住沒有把自己前一刻做的事告訴她。好幾次話幾乎從喉嚨口衝出來了，但終究還是默默不語，揹著她走回橋本的房間。因為萬一事跡敗露，我打算一肩扛起所有的刑責。雖然只有短短的幾分鐘，對我來說，卻是如同置身夢境般幸福，我覺得自己前一刻所做的一切得到了回報。

十五年來，我從來沒有向秋元靜香和其他三個人提起這件事，因為我認為那個雪夜，我為了她不惜賭上自己性命這件事，是自己騎士精神的證明，並為此感到驕傲。

藤堂遭到槍殺的屍體很快被人發現，因為他和十卒會早有糾葛，而青木理沙招惹的麻煩也不在少數，加上藤堂本來就是個任性妄為的人，在外時常結怨。我對此慶幸不已。

警方當然也審問了我們。但一樓的鄰居剛好在死亡時間的二十分鐘前上來借醬油，看到我們所有人都在場。他的證詞成為我們的不在場證明，而且警方應該也不知道我們有槍。

雖然當時我有點納悶，但仔細思考後發現，除非那個把槍交給靜香的走私客向警方檢舉，否則警方根本不知道我們手上有殺害藤堂的兇器。

之後，我們把手槍丟進了晴海的海裡，快速服務解散了。除了靜香以外，其他人都知道少了三發子彈，但大家絕口不提。

事件發生後，秋元靜香顯得心滿意足，心情也恢復了平靜。光是偷偷看她的樣子，我就感到幸福無比。能夠讓她心情恢復平靜，是我最大的驕傲。

這就是一九七四年的雪夜所發生的一切。回想起來，當時還年輕，有用不完的體力，才能完成這個不可能的任務。之後，我仍然愛著秋元靜香，最近她結了婚，我由衷地為此感到高興。事件發生至今十五年，我厭倦了把這個秘密深埋在心裡，無論是誰都好，我想要告訴別人。寄出這封信後，我將移民到國外。石岡先生，您可以全權決定如何處理這封幼稚的信。

謝謝您耐心地看完我的信。

請您保重，希望他日有緣相見。

平成元年（一九八九年）二月二十八日

村上　宏敬上

致　石岡和己先生

又：請向您的朋友問好。請告訴他，我是他的忠實粉絲。

「原來是這麼一回事。」

我等御手洗看完後對他說。

「你之前是因為想到有人默默為秋元小姐奉獻生命，所以才無法對她和顏悅色，不過，你那天的態度也太……」

「我不認為做得太過火，我認為她知道兇手是村上宏的機率超過百分之五十。」

「那她來這裡有什麼目的？」

「是來確認的，確認我有沒有識破她。」

「你可能想太多了……不然，她為什麼不對村上宏……」

「即使她知道，也覺得村上宏配不上她。所以這十五年來，她都假裝不知道。」

「你可能想太多了……」

我抱著雙臂，仰頭看著天花板。御手洗笑嘻嘻的。

「但是，她為什麼要來確認？」

「你要記住，像這種很有自信的女人，隨時會注意自己周遭的男人中哪一個最優秀，然後會千方百計佔為己有。如果被其他女人搶走，就會不惜一切代價加以摧毀。」

我驚訝得說不出話。

「我這樣說出自己的真心話，恐怕你又會在書上大寫特寫御手洗潔討厭女人，是女性公敵之類的。我只是把女人當成競爭對手平等對待。面對男人時，可以從石岡、御手洗這種個人的層次進行討論，但只要路上遇到開車不小心的女人，就會覺得所有女人都這樣。這是人之常情，就好像我們在談論外國人時，不會區分美國人或是義大利人，而是統稱為外國人；鎖國時代的天動說也屬於同樣的情況。我正在和這些事奮戰。那些整天把女人啊、小孩啊掛在嘴邊的人中，包含了你們這些寵愛女人的男人們。

「況且，我也不會特別想要有女人陪在身邊。今天難得好天氣，要不要去海邊散步？」

說完，御手洗站了起來。

舞蹈症

序言

窗外，遠方聳立著高塔。那是一座偉大的磚塊塔，高高聳立在那裡超越了一切，冷眼傲視著地面。和腳下密佈的私娼寮女人們交媾、短暫而輕浮的歡笑，或是蹩腳戲的樂趣，為了追求這些歡樂而煩惱的人類，宛如螻蟻般蠕動。

美麗的高塔屹立在塵世中，在一片宛如骯髒的海浪般的低矮灰色屋瓦中，是多麼的神聖。他常常這麼覺得，這種景象才是文明的象徵。雖然日本很大，卻只有東京能夠看到這種景象。這片土地上享受著繁榮，文明以驚人之勢突飛猛進，終於在地面上造就了如此偉大的產物。

雨天的時候，在昏暗的天空下顯得霧濛濛的；夕陽映照時，如同一把金色的劍閃閃發亮。莊嚴的高塔猶如神明的棲息處，讓人忍不住雙手合十，但也同時感受到某種可怕的崩解。人類這種不畏懼神明的行為，不可能在未來永遠持續，這座高聳入雲的不遜高塔，總有一天會受到神明的懲罰。

他在這麼想的同時，心中仍然深愛著高塔，徹徹底底地愛著。所以他才特地租了這間一打開窗戶，就可以看到高塔的二樓房間，然後日日夜夜遙望著高塔風景。入夜之後，縱向一整列窗戶灑出淡淡黃色燈光的樣子，又具有另一種風情。他崇拜那座高塔。對他而言，那座塔就是希望、是成功、是繁榮、是文明、是東京，是這個城市所有繁華的象徵。然而，這些東西都隨時包含了崩解的危機。他同時熱愛高塔的這種危機，熱愛這種崩解的危機。這種感覺和從外地來到這個喧囂的城市，努力出人頭地的希望和畏懼格外契合。

在這片紛亂喧鬧街道的任何地方，都可以清楚看到高塔。當他走在街上，經常從正面望著高塔，而它總是清新脫俗地聳立在那裡，傲視和嘲笑著他所在的、無限黴菌滋生的陋巷。

塔下是猶如迷宮般錯綜複雜的私娼寮。只要走進窄巷左轉右拐，到處充斥著滿身脂粉味的娼妓發出嬌滴滴的聲音，伸出白皙的手臂投懷送抱。整條街都彌漫著汗酸味、水溝般的貧困味，以及試圖掩飾這些味道的廉價化妝品香味。短暫享樂帶來的絕望嘈雜，為了試圖抵抗這種絕望，歌舞樂聲震天價響。只要在這裡走五分鐘，腦筋就會一片空白，並且完全迷失方向，不知道自己到底往北還是往東。如果沒有高塔，根本無法走出迷宮。

從窄巷內近距離仰望，高塔顯得粗獷有力，堅強得令人忍不住流淚。那不是遠眺時令人舒暢的神聖象徵，而是讓人意識到這座高塔的存在，它粗壯地扎入地面，帶著力量震懾人類。他每次在塔下仰望，都被高塔的威嚴所震懾，有一種情不自禁想要跪下的衝動。

他也曾經多次登上高塔，站在最高樓層所看到的景象令他雙腿發軟，那不是人類可以看到的景象。地面上擁擠不堪，充斥著人類卑劣的行為，無數蹩腳戲、電影的廣告旗在風中飄揚。人類如此渺小，高塔卻是如此高大、聖潔，站在神明的高度居高臨下。

站在這裡，隅田川下游的大川、聖天神、小塚原刑場、花柳街吉原盡收眼底，彷彿伸手可及。簡直就是奇蹟。這是不屬於人類的、神明的領域，神明不可能持續原諒這種情況，總有一天，神明會懲罰人類，不費吹灰之力摧毀愚蠢的人類模仿神明所建造的東西。

他倚在頂樓的木欄杆上，臉頰感受著從下總國❺經過下川吹來的風，流下了眼淚。恐懼和感動交集的奇妙激情支配了他的情緒，這座高塔總有一天會崩坍。用磚塊拚命搭建的稚拙高塔早晚會回歸泥土，太悲哀了。所以，在那一天到來之前，要盡可能地站在神明的高度俯視塵世，輕視和嘲笑像螻蟻般在地面慢吞吞地來來往往的同類，不，同時也輕視和嘲笑自己。

戴著獵帽的年輕人、不停注意著和服的下襬，匆匆趕路的太太、揹著蔓草圖案包裹，戴著圓頂帽的中年男子都在假日傾巢而出，男人在電影旗幟下撥開這些人群，漸漸覺得自己和高塔同化了。在無數飄揚的旗幟遠方，在大街上行色匆匆的人群頭上，高塔依然神聖聳立。

那是自己。無論自己身在這個街道的何處，這座塔總是注視著自己，不厭其煩地和自己對峙，就像是鏡子。如同鏡面、水面和光可鑑人的金屬會映照出自己的臉一樣，高塔隨時都面對自己。因為那座高塔就是自己，這是唯一的理由。

男人回到家中，在榻榻米上盤腿而坐。隔著玻璃窗，斜眼看著入夜之後仍然和自己對峙的高塔，思考著這些事。

他突然叫了一聲：「啊，好丟臉。」一把臉埋進了火爐旁的坐墊。高塔隨時隨地都和自己對望，真是莫大的痛苦，時時刻刻都無法放鬆，簡直就像一天二十四小時受到監視，根本無處可逃。無論身在何處，高塔都會追著自己跑。

男人鋪好被褥，鑽進了被子。他抱著膝蓋，縮成一團，摸索著和自我羞恥對決的能力，卻好像被海底的海藻纏住了腳，漸漸沉入水中，墜入痛苦的睡眠。

一覺醒來，朝陽中，窗外的塔卻消失了。男人急忙衝下樓梯，來到大街上。

不是錯覺，高塔果真消失了。他搖搖晃晃地走在鬧區，在上演電影和戲劇的劇場那頭，遠方的天空中，看不到高塔的影子。高塔真的消失了。

他感到自我也隨之消失，更感到極度不安。一整天都在街頭徘徊，尋找代表自我的高塔。他四處問人：「高塔怎麼了？」但沒有人知道。

那天晚上，喪失自我的男人悶悶不樂地跪坐在房間內。突然他站了起來，臉好像魔鬼的面容般可怕地扭曲著，手腳痙攣般地蠕動，兩隻腳不由自主地動了起來，然後，他開始跳舞。

男人的鬼臉漸漸消失，變成了嘟嘴瞇眼的表情。接著，又變成了菩薩臉。隨後，又變成了令人發毛的魔鬼臉。自我消失的男人因為絕望而用力扭著身體，跳著死亡之舞。他獨自跳著，永遠永遠，永永遠遠地跳著。

❺日本舊行政區的名稱，包括目前的千葉縣北部、茨城縣西南部、東京都隅田川東岸和崎玉縣東邊。

1

和御手洗潔生活在一起，經常被他搞得火冒三丈，卻從來不會無聊。平安無事的日子不會超過三天，通常第四天就有重大的事件打破這種平靜。

所謂重大的事件，雖然十之八九是有人委託他調查案件。但也常發生他弄壞或是遺失重要的東西，或是在下廚時演變成火災，甚至把鄰居家的小狗抱了回來。

御手洗具有超群的能力和行動力，卻懶惰到骨子裡，雖然很討厭無聊、無為的日子，但更討厭為了日常的工作奔波。既然這樣，很希望他不要多管閒事，沒想到他會心血來潮地撿隻狗回家把玩一整天，可是很快就玩膩了，從第二天開始，吃喝拉撒的事都落到我的頭上。

我不時在想，沒有人比御手洗更需要一個太太。而且，我也曾經多次提到，御手洗每天至少會收到一封女粉絲寫給他的信。他卻從來不親自拆信，總是由我先看一遍，向他說明信件的大意，當他認為信件內容富有創造性時才會親自過目，簡直就像主公在僕人試毒之後才會動筷子。

御手洗對待女人就像在對待有強烈權力慾望的人，總是成為他調侃的對象。比方說，御手洗此刻穿著慢跑的運動褲，整個下午都躺在沙發上看電視。我為這件事責備他時，他就用嫵媚的眼神看著我，以獨特的鼻音說：

「這件衣服腰圍的地方穿起來真舒服。」

然後才故意懶洋洋地站起來。

「好吧，我要來為我家老公準備飼料了唷！」

御手洗具備了很多令人意想不到的才華，模仿別人的聲音更是他的拿手絕活。只要他和某個人連續見面兩、三次，通常就可以掌握對方的音色，在我面前演得活龍活現。其中，他最擅長模仿家庭主婦，可以生動地重現那種自認為很有教養的中年婦女特有的聲音，就是那種裝腔作勢，不容別人反駁的堅定語氣。我在發笑的同時，不禁對他佩服不已。御手洗細心地觀察我絲毫不以為意的事，牢牢把握住決定每個人特徵的各種要素。

御手洗的調侃，和其他人逞強、以及某些女人的自我保護意識一樣，背後都隱藏著相同的「不自覺」，但御手洗還具備了訴諸他獨特幽默感的諷刺和挖苦。

剛認識御手洗時，他這種獨特的幽默感超越了我能夠理解的範疇。認識至今快十年了，我才好不容易漸漸瞭解。從這個角度來說，他是一個孤獨的人。正如他平時常說的，恐怕很少有女人能夠理解他經過怎樣深層曲折的思考，才會說出那些玩笑話。

雖然他並沒有因為這樣而不對女人動心，但他面對善良女人時，也把她們當成開玩笑的對象。

比方說，昭和六十三年（一九八八年）初夏，我們曾經去探視一位發生車禍而住院的朋友兩、三次，有兩次碰巧遇見那位朋友的阿姨。

朋友的阿姨五十歲左右，人很好，至少我這麼認為。御手洗似乎非常中意這名婦人，三不五時模仿她。下午喝茶時，他特地走出房子，在門外輕輕敲門，然後把門打開，露出滿臉笑容，上半身好像搗蒜般忙碌地鞠躬。走進房間後，又好像老人一樣弓著上半身，把皮包和雜誌拿在膝蓋附近擺來擺去，然後沙沙地快步繞到桌子的另一側。

我忍不住笑了起來。那名女士走進病房時，每次都是做完這一連串的動作後，繞到病床的另一側。

御手洗模仿得維妙維肖，我原本不覺得那名婦人的動作有什麼好笑的，但一經過他模仿，的確覺得很滑稽。

「你知道那名婦人為什麼像這樣把身體向前彎四十五度後，匆匆走去病床的另一端嗎？」

御手洗坐回椅子上後問我。

「不知道……」

「首先，她對自己的腿沒有自信。」

御手洗一本正經地說。

「其次，因為她在家的時候，會去後院為絲瓜澆水，腿上被蚊子叮了不少包，所以，她那雙輕微O形的腿好像紅豆冰。再加上她經常穿著絲襪抓癢，右腿上的絲襪上總是有兩個地方抽絲，左腿上也有一個。因此覺得很丟臉，所以每次走進病房，都會這樣匆匆繞到病床的另一側。」

原來如此，但我覺得又何必說穿？御手洗看似什麼都沒有注意到，但其實把每一個細節都看得一清二楚。他搞笑了半天，但翌日早晨起床後就說頭痛，連續好幾個小時都不說一句話，躺在沙發上呻吟。

還有一次是昭和最後一年，一九八八年十一月的事。夏天即將結束，我們出國旅行了很長一段時間才剛回國，所以也漸漸淡忘了那名婦人。某天下午，御手洗突然聊到那名婦人，意猶未盡地站了起來，上半身不停地鞠躬，轉過頭擠出最燦爛的笑容，右手時而捂嘴時而放下，忙碌不已。接著匆匆走向門口，因為那名婦人總是在做出這一連串的動作後，說聲：「那我就先告退了」，走出病房。

我忍不住失笑地看著他，突然發現前方還有另一名觀眾。御手洗把門打開時，剛好有客人上門。

訪客年約五十歲左右，個子不高，看起來像是老街的生意人。他驚訝地發現自己要找的人正頻頻鞠躬，手舞足蹈。

不，這種描述不正確。應該說，來者驚訝得睜圓了雙眼，臉色發白。他似乎被嚇到腿軟，正在猶豫是否該轉身回家。他驚訝的樣子有點太異常了。

御手洗不知道前方有觀眾，正用力上下點著頭衝向大門，好像準備用頭去撞門。訪客終於忍不住慘叫一聲，慌忙轉身逃走了。

御手洗聽到腳步聲和慘叫聲，終於發現前方有人。他停下腳步，身體保持前傾的姿勢，抬眼看著客人。

客人躲到走廊暗處，從牆壁後露出一隻眼睛，戰戰兢兢地觀察著。御手洗也覺得自己出了糗，緩緩地直起身體清了清嗓子，然後開口問站在遠處的訪客：

「有事嗎？」

但訪客似乎飽受驚嚇，好一會兒都說不出話。

「請問是御手洗先生……」

他們互看了半天後，訪客誠惶誠恐地問。

「是啊，您有什麼事嗎？」

御手洗回答。

「不，我還是……」

他轉身準備離開。

「您既然來了，就進來坐坐吧。」

御手洗大聲地說，訪客也停下腳步回頭看他，小心翼翼地問：

「沒問題嗎？」

「有什麼問題？」

御手洗反問。

「不，最近我因為一種怪病……」

訪客在回答時，餘悸猶存地走了出來。

「請進，我剛才正在做運動，請您把門帶上。他叫石岡，馬上就會為您送茶。」

訪客的一雙大眼睛充滿警戒地看著御手洗，戰戰兢兢地坐在沙發上。他的落腮鬍很濃密，仍然可以看到明顯的剃痕。頭髮都向後梳，但頂部有點稀疏。

「啊，請不要費心，嘿啊。」

他說。他的眼睛仍然張得大大的，我這才發現，那不是因為他受到驚嚇，而是他原本眼睛就很大。

「請問尊姓大名，有何貴幹……」

「啊，不好意思，忘了自我介紹。我叫陣內巖，在淺草經營祖先傳下來的餐館。主要賣關東煮，另外還賣一些熟菜。房子很舊，是戰後不久重建的木造老房子，好幾個地方都裂開或是傾斜了，照理說早就該重建了，只是缺乏資金……」

「是喔……」

御手洗一臉嚴肅地點頭。

「您怎麼會知道我？」

「我女兒有你的書，她叫我來橫濱找你。」

「您的女兒住在家裡嗎？」

「不，她在名古屋讀大學，但她說很想當面拜訪。」

「是嗎？所以是您和太太兩個人張羅餐館嗎？」

「對。」

「所以，您們是一家三口？」

「對，嘿啊。」

「既然您特地來橫濱，一定有很重要的事吧？您想委託的是什麼事？」

「嗯……整個東京，恐怕只有我一個人看過這麼離奇的事。我完全搞不清楚狀況，老覺得自己在作夢……」

「太離奇了。我從來沒有遇到過。」

御手洗聽了，興奮地前後搖擺身體。正在泡紅茶的我完全看在眼裡。

「既然是這麼離奇的事，我很願意洗耳恭聽。」

「好，但不知道該從哪裡開始……真傷腦筋，因為太多事了，我腦筋有點混亂……」

「茶送來了，先喝口茶讓心情平靜一下。其實，您不需要整理出頭緒，因為這是我的工作。」

「啊，謝謝，嘿啊。」

當我把裝了紅茶的茶杯放在陣內巖面前時，他惶恐地鞠了一躬。御手洗一如往常，得意地繼續說道：

「我們的工作就像是幫人搬家，卻完全不需要僱主動手，還會決定整理、打包、搬上卡車的順序，您只要出示家裡有什麼東西就好。」

「家裡有什麼東西嗎？」

陣內訝異地反問。

「因為我家的房子是在大戰結束後不久所建造的，家裡沒什麼像樣的東西。」

他似乎沒聽懂御手洗的比喻。御手洗目不轉睛地看著他，最後終於放棄了。他知道眼前這位訪客需要他人的協助，才能說出他想要說的事。

「請說吧。隨便從哪裡開始都無妨，您覺得怎樣比較簡單就怎麼說。」

「即使你這麼說……我不擅長說話，所以不知道從哪裡開始……這十幾年來，我從來沒有在別人面前有條有理地說過話。」

「不必擔心！」

御手洗很有精神地說。

「即使能夠在別人面前口若懸河也沒什麼了不起，您去看看街角那些醉漢，他們口齒不清地聊天，雙方都樂在其中。這就是文明的本質。在我們的文明中，語言和記號並沒有太大的意義，這個城市沒有任何東西，比基因這種製作蛋白質的暗號更重要。」

陣內瞪著原本就很大的眼睛，看著御手洗的臉。

「最近什麼事最讓您傷腦筋？」

「最傷腦筋的？啊、當然、就是被狐狸附身。」

「被狐狸附身？」

「嘿啊，被狐狸附身了。看到他被狐狸附身後跳舞的樣子，我嚇死了，他好像發瘋似的這樣跳舞。」

陣內在說話時手舞足蹈。

「請吧，請吧，您跳跳看。」

御手洗拍著手，語氣開朗地說。陣內站了起來，矮小身體的上半身前後擺動，用奇怪的動作扭著身體走了起來。

他的腳步像是阿波舞的進階版，步伐很大，腿抬得很高。身體像章魚般蠕動，雙手也胡亂地甩來甩去，看起來像在發瘋。

但最可怕的是他臉上的表情。他用力咧嘴，下一瞬間，又好像嘟嘴般閉了起來，一再重複這兩個動作。有時候會突出下顎，有時候會吐出舌頭，而且把整個舌頭都吐出來，完全就像個瘋子。

陣內熱演了一陣子，再度坐了下來。

「每天晚上都在二樓跳這種舞，我已經快受不了。真是嚇死人了，很想連夜逃走。剛才看到您也在跳奇怪的舞，我以為您也被狐狸附身了，嚇出一身冷汗，正打算掉頭走人。」

陣內說。

「原來是這樣，我終於瞭解了。但我不是被狐狸附身，是被大嬸附身。」

「什麼！被女人附身？」

陣內說著，嚇得站了起來。御手洗一臉佩服地用力點頭。

「原來別人說什麼，您就信什麼。那個被狐狸附身的人現在在哪裡？」

「在我家二樓。」

「您的家人嗎？」

「不，是外人，是我的房客。」

「住在您那裡很久了嗎？」

「不，只住這個月而已。」

「這個月？」

「對。」

「他經常這麼跳舞嗎？」

「不，只有在晚上我們快睡覺的時候。」

「晚上？」

「對，月亮露臉後他就在二樓啪嗒啪嗒地跳不停，天花板都有灰塵掉下來，真讓人受不了，因為我家是開餐館的。」

「那您有沒有考慮搬走？」

御手洗又說了不合情理的話，我無力地垂下頭。

「開什麼玩笑！我在附近沒有親戚，當然不可能搬走。」

「那個人平時的行為就很奇怪嗎？」

「不，白天的時候只是很普通的老頭子，溫和平靜，也不像是會說謊的人。」

「會不會只是裝瘋賣傻？」

「不，這不可能！」

陣內立刻大聲否定。

「他沒有理由這麼做。況且如果是假裝的，我也看得出來。」

御手洗露出一絲懷疑的表情，但隨即改變了話題。

「那個房客叫什麼名字？」

「他叫由利井，由利井源達。」

「由利井源達，您怎麼知道由利井先生在跳舞呢？」

「我有一個從小一起長大的朋友叫八角，他就住在我家對面那棟公寓的五樓。他以前是木工，現在經營出租公寓和遊樂場。那天晚上，我正準備睡覺，二樓開始有了動靜。說起來有點丟臉，我家也是當初隨便造一造的老舊房子，只要樓上有一點動靜，天花板和家裡的柱子就會發出咯吱咯喳的聲音。樓上只住了一個老頭子，我感到很納悶，不知道他在搞什麼名堂？正想上樓去看看，就聽到有人敲門。這麼晚了會是誰啊？心裡正嘀咕著，打開門一看，原來是八角。

「外面很黑，他臉色大變地對我說：『喂，阿巖，你跟我來。』

「『這麼突然，要幹嘛？』我問他，他只是堅持：『別管那麼多，跟我來就是了。』就用力拉著我的袖子。我無可奈何，只好跟他走了。他大步走進自己的公寓，又進了電梯。

「『你要帶我去哪裡？』我問。他回答說：『反正我說了你也不會相信，所以，就用你的大眼睛自己看清楚。』

「他在五樓出電梯進了自己家，經過玄關和飯廳，把我帶到六疊榻榻米大的房間。房間內沒有開燈，他打開窗戶，指著樓下說：『你看那裡。』

「那扇窗戶的正對面下方，就是我家的舊房子。當時還搞不清楚狀況，心想我家的房子有什麼好看的？但是，當我低頭一看，立刻嚇得魂飛魄散，腿都軟了。你知道我看到了什麼？」

「跳舞的身影嗎？」

「對！我家二樓窗戶的紙窗前，出現了有人瘋狂跳舞的影子，好像被狐狸附了身，身體像這樣扭來扭去，手腳這樣亂舞亂動。不知道是不是因為電燈晃動的關係，他跳舞的影子飄來飄去，一下子在這裡，一下子又跑去那裡。脖子也一下子變長，一下子又變短了。我嚇壞了，因為事情就發生在我家二樓！」

「除了八角先生家以外，從其他鄰居家也可以看到你家二樓嗎？」

「可以啊，嘿啊。」

「您家二樓房客的事有沒有傳遍左鄰右舍，造成您的困擾？」

「這倒是沒有，但每天晚上都咚咚登登的，我被他吵得睡不著覺。」

「原來是這樣。」

御手洗想了一下。

「您怎麼知道由利井源達先生在被狐狸附身跳舞時，他的表情也像您剛才那樣一下子緊張，一下子鬆弛呢？」

「鬆弛……？」

陣內巖陷入了沉思。

「你怎麼知道他跳舞的時候，是剛才模仿的表情呢？」

「晚上聽到他咚咚登地跳舞時，我偷偷去了二樓，從門縫裡偷看，結果就看到他的可怕表情。我嚇得大叫一聲，當場就腿軟了。」

「真的大叫了嗎？」

「因為當時太害怕了，我記不太清楚了，但我想應該叫了出來。」

「由利井先生有沒有聽到您的叫聲？」

「我不知道聲音有沒有傳到他那裡，其實根本無所謂，因為我想他根本聽不到。他照樣露出可怕的表情跳著舞，那絕對是被狐狸附身了，不是假裝的，因為他已經到了忘我的境界。」

御手洗看著半空。

「有一次，我在白天的時候問老頭子跳舞的事。結果老頭子說他也很苦惱，身體不聽使喚，雙手和雙腳會自己跳舞……」

「那個由利井先生是幹什麼的？」

「我也不知道他是幹什麼的，只知道他在我們二丁目開了一家酒館，現在由他兒子經營。」

「哪裡的二丁目？」

「淺草二丁目。」

「他要求住在餐館的二樓，是因為自家酒館的二樓太小了嗎？」

「沒有，不是這樣。那裡建了一棟高樓，老頭子不可能沒地方住。那棟大樓的地下室是可以唱卡拉ＯＫ的小酒館，一樓是咖啡店，原本說好源達只有在改裝期間住在我這裡，但我去看了之後，發現那裡根本沒有在改裝。嘿啊。」

「太有意思了！」

御手洗說著，露出滿臉喜色，用力搓著手，肩膀前後搖晃著。

「請告訴我由利井先生家的正確地址、酒館的名字，以及您家的地址，石岡會記下來。」

御手洗精神抖擻地說，我慌忙從桌子下方拿出筆記本。

「由利井先生家在台東區淺草二丁目二十七番二十號，呃……」

「酒館的名字呢？」

「酒館叫紅玫瑰。我家的地址是台東區淺草二丁目二十九番七號，我叫陣內巖，嘿啊，我開的定食餐館叫陣內屋，關東煮還不錯，很受客人好評。」

「您家以前就有出租嗎？」

「沒有！從來沒有出租給人家。」

「沒有？」

「完全沒有。」

「那為什麼會租給他？」

「因為紅玫瑰的老闆突然來找我，好說歹說地拜託我。」

「紅玫瑰的老闆也是由利井先生吧？是不是源達先生的兒子？」

「對，我拒絕了。因為我從來沒有把房子租給別人，況且也沒有設備，所以就拒絕了他，請他另找地方。沒想到他就在店裡的水泥地上跪了下來，說非要租我的房子不可，要我無論如何都答應他的要求。」

「淺草的出租房子很少嗎？」

「不，多得是。」

「難道他們不想付太貴的房租嗎？」

「才不是，他說要付我五十萬。」

「五十萬？」

「我還是沒有點頭，他就六十萬、七十萬地一直加碼。最後說，只要租十一月一個月就好。我說，二樓沒有浴室，也沒有廁所，他就說他會找人來裝。我又被他嚇到了，因為裝浴室和廁所至少要一百萬，真搞不懂……

「但是，對我來說，二樓有廁所並不是壞事。只要忍耐一個月，就有七十萬的進帳也很有吸引力，所以最後就答應了，因為他只要租二樓六疊的房間。雖然二樓還有另一間八疊榻榻米的房間，但他說只想租六疊的那間。我和我老婆只要有八疊的房間就夠了，平時我們都在一樓四疊半的房間活動。即使把房間租給他，也不會影響我們的生活，因為六疊的房間會西曬。我們把衣櫃、收音機和電視都搬到八疊的房間，把那間六疊的房間租給了由利井先生。」

「什麼時候？」

「這個月的……我記得是六日。當天，他兒子就帶了工人來做浴室和廁所，八日就完成了。當天晚上九點左右，由利井源達的兒子就帶著他搬過來了。」

「今天是二十一日，他租屋到什麼時候？」

「說是到這個月底。」

「所以，源達先生只在您那裡住二十多天而已。」

「嘿啊。」

「才短短三個星期，由利井先生就花了一百七十萬？」

「嘿啊。」

「原來如此，但源達先生開始在晚上跳舞。」

「嘿啊。」

「除此以外，您有沒有發現其他的異常？」

「嘿啊，不能說是異常，只能說有點奇怪。」

「喔，什麼奇怪的事？」

御手洗身體向前探。

「由利井先生的兒子每天都來看他，而且一天來好幾次。」

「可能因為不放心，所以來看父親？」

「是沒錯啦……」

「源達先生的三餐怎麼解決？」

「每天三餐都按他兒子指定的菜色，由我們送去二樓……」

「他都吃哪些東西？」

「早餐是納豆、豆腐、味噌湯和白飯，午餐也一樣，關東煮、煎蛋或是滷菜、炒牛蒡之類的。他兒子叮嚀，絕對不能給他吃麵包、牛排、罐頭食品、甜點和巧克力，說會吃壞身體……」

「是喔。」

「還帶來了他專用的碗盤。」

「什麼？專用的碗盤？是怎樣的碗盤？」

「就是普通的平價陶器，杯子還缺了一角。我家用的還比他的好，但他堅持要用自己的。」

「原來是這樣。」

「我很擔心他是不是得了什麼病，傳染病之類的。」

「您最近有沒有去醫院？」

「我嗎？前天去做了健康檢查。」

「結果怎麼樣？」

「沒有異常。」

「那就沒什麼好擔心了。」

「但可能是醫生也不知道的疾病，醫生不是直到最近才發現愛滋病嗎？」

「不，您不必擔心，他那種病不會傳染。」

御手洗斬釘截鐵地說。

「不會傳染？所以他果然生病了？」

「可能是稱為舞蹈症的罕見疾病，在中世紀的歐洲曾經有相關記錄。當然，要調查之後才能斷定。」

「是什麼原因引起的？」

「原因不明。」

「會不會有危險？」

「沒有。況且，您只要再忍耐一週就好。源達先生一個人住吧？」

「對。」

「他發作跳舞時，家人也不會來嗎？」

「不會來。我第一次看到時嚇了一跳，打電話給他兒子，結果他兒子說不用管他，他跳一會兒就去睡了。」

「喔……真奇怪。」

「但是，他跳了一會兒，真的就去睡了。可能跳累了吧。」

「關了燈？」

「嘿啊，關了燈，有時候也會開燈睡覺。」

「不是日光燈，而是裝了燈泡吧？」

「他們在建廁所和浴室時，換成了燈泡。我向他們抗議，說之前沒說要換燈，由利井先生說，之後會幫我裝回來。」

「源達先生搬過來的時候沒帶東西嗎？」

「不，他搬了不少東西過來。衣櫃、火爐、暖爐桌、大木箱，還有茶具組、簾子……」

「只住三個星期，帶那麼多東西？」

「對啊，有三個大衣櫃。」

「是嗎？那電視或是音響之類的呢？」

「沒有這種東西，全都是古色古香的家具，而且都很舊，發出黯淡的光澤。我也沒有看過這種古董，擺得整個房間都是，簡直把我家六疊的房間變成了古董店。靠近的時候，可以聞到一股老舊木頭的味道。我是江戶男兒，並不討厭舊東西，但滿屋子都是很有年代的東西，難免覺得沮喪，真敗給他們了。」

「不過，您還是看在七十萬和新衛浴的分上忍耐下來了。」

「就是這樣。」

「陣內先生，您的祖先都一直在那裡開店嗎？」

「對啊，連續好幾代，聽說從江戶時代就開始了。」

「太厲害了，那您家裡有傳家寶的花瓶、家譜或是古董地圖之類的東西嗎？」

「完全沒有，以前家裡有這些破銅爛鐵，但上野建了老街風俗資料館後，就統統捐出去或是寄放在那裡了，家裡什麼都不剩啦。」

「您在那棟房子出生，也在那裡長大嗎？」

「對，從還是小鬼的時候。不，我小時候曾經疏散到福島的外婆家避難，之後就一直住在那裡。」

「有沒有人要求您們搬遷？」

「搬遷？沒有，從小到大從來沒聽說過這件事。」

「那有沒有人上門要求買您們的房子和土地？」

「沒有……我們家是向淺草寺租的地，不是我們想賣就能賣的。」

「是嗎？」

「嘿啊，所以，我沒有任何財產可以留給女兒。」

「有什麼關係？財產不重要。傳統的江戶百姓既沒有財產，也不用付稅金。」

「但我付的稅金可不少……」

「您說的這件事很有趣。據我所知，不符合以前任何犯罪事件的特徵。由利井先生除了要求讓源達先生住在您那裡以外，並沒有提出其他要求吧？」

「完全沒有。」

「那七十萬呢？」

「他預付了訂金。」

「他沒有叫您把房子賣給他？」

「沒有。」

「除了跳舞以外，還有沒有其他地方造成您的困擾？」

「沒有，只是我覺得心裡有點毛毛的，還有擔心他是不是有傳染病？以及搞不清楚狀況而已。為什麼要付這麼一大筆錢來租我家這種破房子的二樓？像我家那種老房子，只要花兩、三萬，要多少有多少。」

「沒錯。這點正是最大的謎團，只能認為您家有什麼特殊的東西，讓他們覺得付這麼多錢也值得。陣內先生，您不知道是什麼吧？」

「嘿啊，完全搞不懂。」

「我知道了，太有意思了。我接受您的委託，今天晚上，我就會去淺草實地調查。」

御手洗說完，陣內巖應了一聲：「嘿啊。」仍然沒有站起來。

「還有其他事嗎？」

「嘿啊，還有……」

「還有什麼？」

「還有另一件奇怪的事，我躲在走廊上的大木箱裡聽到的。」

「走廊上的大木箱？」

「嘿啊。」

「您躲在裡面嗎？」

御手洗佩服地說。

「嘿啊。」

「太棒了，結果呢？」

「每次都說同樣的話。」

「源達先生嗎？」

「不，源達先生的兒子他們。」

「兒子他們？」

「嘿啊，紅玫瑰的老闆每天都來，每次都和他朋友一起。」

「男性朋友嗎？」

「對。」

「同一個人嗎？」

「嘿啊，同一個人。」

「紅玫瑰的老闆是單身嗎？」

「不，他結婚了。搬家的時候，他們夫妻一起來過。」

「之後他太太就沒來過嗎？」

「從來沒有，每次都是老闆和看起來像是他朋友的人一起來，穿著藍底白點的和服，戴著獵帽，揹著蔓草圖案的包裹，兩個人都戴著圓眼鏡……」

「什麼?!每次的打扮都一樣？」

「對啊，每次都是相同的穿著，我覺得很奇怪。因為去我家二樓時，必須經過店裡。他們這身打扮走進店裡，店裡的客人都覺得奇怪，每個人都好奇地看著他們。

「他們上去二樓，和源達先生聊十分鐘後，又很快下樓了。回去之後，才過了一個小時，又上門了。」

御手洗笑了起來，興奮地抓著身體。

「每次都穿同樣的衣服？」

「每次都一樣，雖然有時候會換成西式服裝，但都會戴獵帽。所以，我開始好奇他們到底說什麼？算準他們快上門時，就躲進二樓六疊房間門前的大木箱裡，打算偷聽他們到底說什麼。」

「太棒了！」

御手洗終於忍不住歡呼起來。

「您聽到他們談話的內容了嗎？」

「嘿啊，因為源達先生耳背，所以他們說話都很大聲。」

「他們說什麼？」

御手洗迫不及待地探出身體。

「不瞞您說，我躲在大木箱裡起碼十次以上，聽聽他們到底說什麼。最近這三天，我連生意都不做了，整天躲在木箱裡偷聽。」

「了不起！結果呢？」

「我覺得好像在作夢……」

「什麼意思？」

御手洗心浮氣躁地抓著身體。

「因為他們每次都說相同的話，好像在放錄音帶。『喂，阿源，那個東西到底在哪裡？』」

御手洗猛然站了起來，陣內巖嚇了一跳，整個人蜷縮在沙發上。我也嚇了一大跳。御手洗用右手握拳，用力敲著門牙，接著，又用左拳敲著門牙。敲了一陣子，走到房間中央時，重重地撞到茶几，然後，他就匆匆地在房間內踱步。我慌忙收好茶杯，和陣內巖互看了一眼。我們無所事事，只能一直看著御手洗。大約五分鐘後，御手洗用右手的大拇指用力按著額頭中央，大聲地說：

「由利井源達先生是不是什麼都沒有回答?!」

「啊？嘿啊！」

陣內害怕地大聲回答。御手洗的步調越來越急，踱步的速度也越來越快。

「我知道了！我已經大致瞭解情況了。我懂了！原來是舒復寧！很有可能。那個老人癡呆了。陣內先生，由利井先生是不是有老年癡呆症？」

「什麼？嗯，你這麼說……的確有點奇怪，嘿啊。」

「他已經超過八十歲了吧？」

「嘿啊，應該已經超過了。」

「是嗎、是嗎？真是耐人尋味的事件！太有意思了。陣內先生，謝謝您。請您馬上回家等待，今天傍晚我會去您家，不會太晚的。我對淺草很熟，知道您家在哪裡，是不是在花屋敷遊樂園東側門對面？」

「嘿啊，沒錯……」

「很好，謝謝您帶來這起有趣的事件！那就今晚見，您可以離開了。石岡，你可不可以去買西瓜和桃子回來？」

「西瓜？」

我忍不住大聲反問。

「對啊，柿子已經吃膩了。」

「喂，御手洗，你知道現在是幾月嗎？……」

但是，御手洗不耐煩地揮揮手，大步走進自己的房間，用力關上了門。

2

御手洗異於常人的特質之一，就是極度用腦時只吃水果。

這件事曾經讓我大吃一驚。有一次，他宣佈說要在三天內挑戰一個難題後，就完全不吃任何東西。我勸他說這樣對身體不好，他只回說他要吃哈密瓜、柳丁、草莓和奇異果，統統都是水果。有時候一臉蒼白地從房間內走出來時，也只吃鬆餅和巧克力。這種時候，無論對他說什麼都充耳不聞，我只能小心保護桌上的茶杯，不讓他打破。當他像夢遊者一樣吃完後，又用力關上門，把自己關在房間裡。

這次他說傍晚要去淺草，所以不會變成冬眠的熊。我便去橫濱街上找西瓜，竟然奇蹟似的在百貨公司地下街的超市看到黃肉西瓜。

回家後切好西瓜放在盤子裡，御手洗搖搖晃晃地從房間裡走了出來，臉色憔悴，顯然思考得有點累了。但是當他吃完西瓜和柿子後，立刻恢復了精神，起身大聲唱起德文歌。我記得以前曾經聽過，好像是華格納還是馬勒作品的其中一段，對我來說完全是鴨子聽雷。唱完歌後，他提起要去淺草。

我們穿了兩件很相似的灰夾克走在街上，經過寵物店時御手洗停了下來，指著櫥窗內的一盒狗食說：「啊，陣內先生。」

那盒狗食上寫著「愛犬的營養飼料維他旺」，上面有狗的漫畫，但看起來真的不像狗，反而更像大眼睛的落腮鬍中年大叔。

我們轉了電車來到淺草時，太陽已經快下山了。很快就找到了陣內巖的陣內屋。走過仲見世街，穿越淺草寺，向花屋敷遊樂園前進時，發現有一條花屋敷街，轉角處有一棟很老舊的木造房子，而且瓦屋頂上有一塊大招牌寫著「陣內屋」，絕對錯不了。

陣內屋前方是淺草寺的西北角落，有一片很大的空地。好像剛辦完什麼活動，有一個水泥新造的水池，淺草寺內停了好幾輛卡車，工人把木材和夾板裝在載貨台上後開走了。可能是老街的廟會剛結束。

御手洗來到陣內屋前，並沒有立刻走進店內，而是在周圍走來走去。他在花屋敷的白色門前，和鋼筋水泥大樓一樓、寫著「淺草觀音溫泉」的大眾澡堂門前停下腳步，一個人嘀咕了半天。

「你在說什麼？」

我問。

「你看，這一帶只有陣內屋是老房子。沒想到富有傳統的老街淺草，如今都變成了鋼筋水泥建築，而且門面都很粗糙，難道就不能現代化得出色一點嗎？江戶的風情已經漸漸流失了。」

他說的話好像老人家。我環顧四周，確實如此。很多房子都像是四方形的水泥盒子，望向淺草寺的方向，發現紅色的五重塔聳立在樹木後方。我這一陣子似乎和淺草特別有緣。

「喔，愛犬的營養飼料。」

御手洗小聲說道，剛好看到陣內巖從遠處的陣內屋內衝了出來，他張大眼睛的樣子，的確很像狗食盒子的圖，我費了好大的力氣才忍住笑。

「大師，御手洗大師！」

他大聲叫著，踉踉蹌蹌地跑了過來。御手洗也加快了腳步。

「大師，不得了了，由利井老爺爺……」

「怎麼了？」

御手洗也大聲地問。

「他回去了。」

「回去了？」

「嘿啊，我剛才回來後去二樓一看，發現已經人去樓空，家具也都搬走了。是由利井先生搬走的。」

「您太太說什麼？」

「她說來了卡車，把家具搬走了。」

「是由利井先生來接走他的嗎？」

「不清楚，我老婆是這麼說的。」

「您馬上打電話給由利井先生，確認是不是他來接回家的。」

「嘿啊。」

陣內巖又跑了回去，衝進在周圍其他房子的對比下，看起來更寒酸的陣內屋。我們也緩緩跟在後面。

當我們走進店內時，陣內坐在店內深處草蓆上的黑色電話前，剛好掛上電話。

「大師，是他接回家的。他說給我們添了麻煩，所以就接回家了，嘿啊。」

「嗯。」

御手洗思考著，在空蕩蕩的店內選了最靠馬路的那一桌坐了下來。我也在他對面坐下。

「啊，要不要吃吃看關東煮？」

「陣內先生，我們晚一點再來品嘗您的手藝。所以，由利井源達先生從九日住到二十一日，只住了十三天而已嗎？」

「嘿啊。」

「只住十三天，就花了一百七十萬圓。嗯，然後現在又接回家住了……由利井先生住在二丁目二十七番二十號，對嗎？」

「嘿啊，沒錯。沿著花敷屋前的那條路往言問街的方向一直走……」

「我知道，我腦袋裡裝了淺草的地圖。那我現在去由利井先生家看看，等一下再回來您這裡，一會兒見。」

御手洗站了起來，我也跟著起身。

陣內屋旁就是花屋敷的入口，色彩鮮艷，誇張得可怕，江戶川亂步小說中那個濃妝艷抹的一寸法師好像隨時會從門內衝出來。

走在暮氣沉沉的街上，在巷弄內看到一幅很有淺草風味的景象。放眼望去，是一片還算體面的日式灰泥房子，鄰居的房子之間沒有空隙，所有的房子都沒有院子。

房子門前放著盆栽植物，但長得並不茂盛，這些植物和房子一起變老，逐漸變得黯淡。這裡聚集著貧困的生活，這些房子也都是向淺草寺租地而建的嗎？果真如此的話，他們根本不需要院子，因為淺草寺就是他們共同的院子。

淺草從江戶時代開始，就是必須越過神田川才能進入的秘密樂園，至今仍然延續著這樣的特色。身分高貴的武士在廣大的綠地中悠哉悠哉地過日子，地位低下的階級只能在這些狹小的地區毗鄰而居。

「不是這樣的，石岡。」

御手洗突然開口，我嚇了一跳。

「武士雖然住在遼闊的綠色地帶，一旦發生狀況，被稱為武家屋敷的武士宅第立刻淪為戰場。旗本❻必須每天回到家中待命，以防江戶城發生緊急狀況。地位越高的武士，越不能隨便外宿。這些武士的妻子也一輩子生活在武士宅第的居室內，無法在他人面前露臉，一輩子都不可以獨自逛街，簡直就像遭到了軟禁。這種生活即使再有錢，我也受不了。」

聽了御手洗的這番話，我忍不住點頭。但他為什麼知道我在想什麼？我正想問他，他又開口：

「你看，那就是由利井先生的房子，鋼筋水泥造的四層樓，一樓是咖啡店，地下一樓是可以唱卡拉ＯＫ的小酒館紅玫瑰。住家的入口在二樓，我們上門拜訪一下。」

御手洗說著，大步走向那棟房子，走上通往玄關的樓梯，按了門鈴。「來了。」屋內隱約傳來女人的應答聲，鑲著金屬裝飾的沉重大門打開了一條縫。光線灑進屋內，門鍊發出金屬的聲音。

「來了。」

門內再度傳來女人冷漠的聲音。一個頭髮凌亂、未施脂粉的中年女人探出頭，面對刺眼的光線皺起了眉頭。我從門縫中聞到了正在煮晚餐的味道，遠處傳來寺院的鐘聲。

「您好。」

御手洗用親切的聲音說道。

「有什麼事嗎？」

「我們是台東區公所老人福祉課的，想要來調查由利井源達先生目前服用的藥物。」

我驚訝地看著御手洗。

「他出去了。」

女人用沒有起伏的聲音回答。

「什麼？源達爺爺出去了？」

「對。」

「去哪裡？」

「他說去朋友家。」

「晚上會回家嗎？」

「可能不會回來。」

「是喔……」

「可以了嗎？我正在煮晚餐。」

玄關的門關上了，御手洗向我皺著眉頭扮了鬼臉說：「我們走吧。」指著由利井家的大樓對面的一家中國餐館。

「我們去那裡的二樓吃飯。」

我們在二樓的窗戶旁坐了下來，由利井家那棟貼著膚色磁磚的四層樓房子出現在眼前，剛好對著二樓的一扇窗戶。

吃飯的時候，我向御手洗打聽這次的事件。他通常討厭在完全理出頭緒前說出自己的想法，

❻江戶時代，直屬於將軍的武士。

但有時候也很樂意分享。當我問起時，他回答：

「淺草是一個好地方，還保留了很多古老的東西。古老的人物、古老的建築物，還有古老的人情。陣內先生是很典型的淺草人，簡直就像穿越時空從江戶時代來到這裡，很想把他放進大江戶博物館。但是，淺草也有很多東西消失了。所謂犯罪，其實就像是一個城市產生的排泄物，紐約的犯罪擺脫不了槍枝，倫敦適合詐騙事件，新宿歌舞伎町以性犯罪佔多數，那淺草呢？當我思考這個問題時，就可以看到這起事件。

「淺草充斥著古老的味道。老街的窄巷內飄散著晚餐的香味、老人木屐的聲音、年邁藝妓的脂粉味、蛇店和古董店，還有在柏油路裂縫的一叢叢雜草中努力生存的蟲鳴聲之類的。

「在空地上生火，東倒西歪地躺在紙箱上的年邁遊民，大搖大擺地走在路上的皮條客，可愛的黑道兄弟。他們形成了這裡的陰暗部分，犯罪也來自這裡。真棒！這起事件目前就像是霧裡看花，我猜想應該還缺少一個重要關鍵，所以始終拼湊不起來。但是這無所謂，我打算好好享受眼前這一刻，如果三兩下就破解實在太可惜了。」

說完，他在中國餐館沾滿油污的窗前，一臉沉醉地托著腮，俯視著窗下。

我看著御手洗身後的由利井家二樓的窗戶，鋼筋水泥大樓的窗戶是鋁門窗，但玻璃窗的內側則裝了紙窗。這種地方也很有淺草的味道。

二樓的那個房間亮著燈，紙窗的和紙上映出日光燈的光亮，和像是電視的蒼白光線。

看起來像是老闆的中年男子走到桌旁為我們倒茶。御手洗問他：

「我是台東區公所老人福祉課的工作人員，您認識對面住家的由利井源達先生吧？」

「由利井爺爺嗎？我認識啊。」

虎背熊腰的老闆驚訝地站在原地回答，御手洗皺了皺眉頭說：

「我們最近致力於老人癡呆的問題，也編列了可觀的預算……」

「最近真的有很多老人都癡呆了。」

老闆也跟著露出嚴肅的表情。

「由利井爺爺似乎還有手舞足蹈的症狀。」

「對啊，他的情況似乎很不理想，最近有時候還會聽到慘叫聲……」

「慘叫？」

「對啊。」

「經常聽到嗎？」

「不，倒沒有很經常。」

「最近一次聽到慘叫是什麼時候？」

「剛才啊。」

「剛才？」

「對，大約一個小時前。」

「之前就常這樣嗎？」

「不，以前沒聽過。」

「是源達爺爺的叫聲嗎？」

「應該是吧，除了他以外，沒有人會慘叫……」

「源達爺爺從什麼時候開始癡呆的？」

「搬來之後就有了，好像已經癡呆很久的樣子。」

「搬來？」

「對啊。」

「所以，源達爺爺以前不住在這裡？」

「不是，他的兒子宣孝把他從老人院接回來了，那時候已經得了老人癡呆症，在路上遇到時，也覺得有點怪怪的。」

「嗯。您看過他跳舞嗎？」

「是，只有一次。夏天的時候那扇窗戶打開著，剛好看到他發作跳舞，真的很可怕。」

「怎麼可怕？」

「他的臉扭成這樣，嘴巴一下子張得很大，一下子又嘟起來，一下子又把舌頭吐出來，好像被惡魔附身……啊！」

老闆大叫起來，御手洗順著他的視線望去，忍不住站了起來。

二樓的紙窗前出現了一個奇妙地扭著身體跳舞的人影，雙手亂動亂舞，腦袋前後擺動，和陣內巖模仿的一模一樣。

御手洗快步走向樓梯衝了下去，我也跟在身後。

走出中國餐館後，我們走到窄巷對面，快速登上由利井家的樓梯。餐館老闆也跟了過來。

「請您把門打開！」

御手洗指示店主。老闆打開了門，但門上果然掛著門鍊。他對著屋內叫著：「由利井先生。」我和御手洗身體貼著牆壁躲了起來。屋內傳來腳步聲，有人走出來了。隨即聽到打開門鍊的聲音。

御手洗立刻推開了門。

「我們是區公所的，打擾一下。」

御手洗熟練地說完這句話（照理說，他根本不應該熟練），不由分說地衝了進去。開門的果然是剛才的女人。

御手洗脫下鞋子朝走廊前進，如果我猶豫，反而會顯得奇怪，只好跟著御手洗走了進去。走進玄關後，左側第一個房間的紙門打開著，房間內開著電視，一個高大的男人背對著門，在男人的身後，我看到了奇怪的東西。

一個老人的臉如同氣球般時而鼓起，時而縮起。他的嘴巴也一下子張開，一下子閉起，頭部不停地前後擺動。那個男人按著老人的雙肩，但老人毫不在意，繼續舞動雙手，雙腳也不停移動，好像在跳舞。

老人緊閉著眼睛，完全沒有張開，他一張一合的嘴唇流下一道血痕，讓他感覺更加異樣。雖然血量不多，但從下巴一直流到滿是皺紋的頸子上。老人雖然動作很激烈，卻沒有說話。

「好了，好了，就這樣不要動。」

天不怕、地不怕的御手洗走向兩個男人時對他們說，我不知道他想幹什麼，沒想到他不理會老人，反而翻開按住老人的兒子的眼瞼，看著他的雙眼。

「你、你幹什麼?!你是誰？我沒有問題啦。」

兒子用略微沙啞的聲音大叫著。

「宣孝先生，舞蹈症會遺傳。您最近會不會覺得身體無力，傍晚的時候會有點發燒？」

「完全沒有！我絕對不會有問題的，絕對沒問題！」

「太太，讓我看一下您的眼睛。」

御手洗轉身看著由利井太太。

「我也沒有問題！」

由利井太太也尖叫著。

「很好，那就讓老先生躺在那裡。太太，麻煩您鋪一下被子。然後，請您把老先生最近服用的藥物拿出來讓我看一下。」

御手洗像醫生一樣發出指示。

「宣孝先生，目前的研究發現，舞蹈症會在很大程度上受到中年以後的環境影響。源達先生曾經在老人安養院住了多年吧？」

他們兩個人用力按著動個不停的源達先生時，御手洗以堅定的語氣詢問。

「是啊，是啊。」

宣孝把手腳拚命掙扎的父親按倒在妻子鋪好的被褥上，急忙點著頭，御手洗也協助他按住老人的肩膀，繼續問：

「好痛，他的力氣真大。我有義務要向福祉課報告，請問他之前住哪一家老人安養院？」

「幕張的切止安養院。」

「喔，那裡很不錯！那是一家正派經營的老人安養院。好痛！那裡治療抗癡呆的合唱團特別出色，老人們唱的青蛙之歌很悅耳，我偶爾會邀同事一起去聽，老先生的嘴巴怎麼了……他的嘴巴好像破了。」

「不，有時候會這樣。沒事的，別擔心。」

宣孝大聲說著，神經質地推開御手洗放在他父親嘴唇上的手。

「是嗎？我沒有帶止血劑……老先生好像不願意張開嘴巴，但似乎沒有繼續流血了。」

「沒問題，沒問題的。」

宣孝心浮氣躁地說。

「嗯，沒事了，已經止血了，幫老先生蓋上被子吧。這裡的剪報真多啊。」

御手洗突然說了奇怪的話，聽他這麼說，我才終於發現，房間的牆上掛了好幾個大小不一的相框。相框中都是報紙和雜誌的剪報。

「新橋的蘭櫻珠寶店全新改裝……英國王妃訪日，參觀了蘭櫻的收藏品。蘭櫻遭竊、蘭櫻投入畫廊的經營……全都是家名叫蘭櫻的珠寶店相關報導。」

「在我祖父那一代之前，連續好幾代經營知名的珠寶店，在戰前才把店收起來。」

「老先生已經安靜下來了。太太，可不可以把源達老先生最近服用的藥物都拿出來給我看一下？」

「醫院處方的藥嗎？」

「對。」

由利井太太打開壁櫥，拿出一個海苔鐵罐。御手洗彎腰打開了蓋子，看到無數藥包和裝在透明小塑膠袋裡的膠囊。

「裝得滿滿的，都是醫院處方的嗎？」

「對，那家綜合醫院的處方。」

「嗯，原來是這樣。對了，由利井先生，您希不希望令尊以後不再跳舞？」

「如果能夠做到，我願意和魔鬼交換靈魂。」

宣孝忿忿地大叫著。

「但即使去看醫生，醫生也說查不出原因，放棄治療了，根本束手無策……」

「那我來為他治療。這是我最近開發的方法，效果很理想，但需要玻璃板。可不可以借我一個相框？從牆上拿一個下來，對。」

「這個嗎？」

「請把灰塵擦一下，然後翻過來，打開釦環……對。把玻璃板拿給我。」

御手洗把玻璃板壓在仍然像氣球一樣鼓起的由利井源達的臉上，然後把自己的體重也慢慢壓上去。

源達的鼻子被壓扁了，痛苦地掙扎著。我看得心裡七上八下。

「喂，你在幹什麼？我爸不是很痛苦嗎？」

宣孝看不下去，大叫起來。我也認為他的意見完全正確。

「別擔心，別擔心。這個方法很有效，您不用著急。」

源達終於痛苦地發出慘叫聲，玻璃板上起了霧，他的手腳掙扎著，發出鳥叫般的怪聲音，身體痙攣抽動著。

「啊，不行，我爸抽筋了，萬一咬到舌頭就慘了。」

御手洗猛然拿起地上的剪報，揉成一團後，塞進源達嘴裡，把玻璃板丟在榻榻米上。

嘴裡被塞了報紙的老人翻著白眼，喘著粗氣。

御手洗站了起來。

「他以後就不會再跳舞了。」

御手洗充滿自信地說，其他人都看傻了眼。御手洗快步走向玄關的方向，我和中國餐館的老闆都跟在他身後。

「月亮出來了，快滿月了……」

在中國餐館結了帳，走在淺草的窄巷時，御手洗說道。腳下隱約傳來蟲鳴聲。

「你剛才宣稱老先生不會再跳舞了，沒問題嗎？」

「沒問題，也許明天還會輕微發作，但後天就完全沒問題了。」

「那個玻璃板的咒術真的這麼有效嗎？」

「很有效，這麼一來，我知道他的舞蹈症不是裝出來的。」

「……你是為了試探他的舞蹈症是不是假裝的？」

「不、不，只是順便而已。」

御手洗不耐煩地揮了揮手。

「反正，那個老先生以後不會再跳舞了。」

我無法相信，如果御手洗可以用那麼簡單的咒術治好疑難雜症，他簡直就變成耶穌基督了。

「類似催眠療法嗎？」

「嗯，差不多啦！」

御手洗不耐煩地說完，陷入了沉思。

「總之，我的思考比一個小時之前有了進展，但還是很模糊。我打算先回可愛的陣內屋，喝幾杯溫熱的日本酒，今天晚上好好想一下。」

3

那天晚上，我和御手洗住在陣內屋的二樓，但不是由利井源達租的六疊房間，而是另外一間八疊的房間，窗外的陣內屋看板後方，可以看到淺草寺和朱紅色的五重塔。雖然房子有點老舊，但住起來很舒服。

御手洗在兩床並排的被褥中央盤著腿，獨自抱著手臂，沉思了很久。我關燈之後，他仍然坐在那裡，但似乎不久就睡了。

我在陌生的環境睡得很淺，作了一個奇怪的夢。淺草所有的老人都走出家門，在月光下紛紛聚集在淺草寺內，面目猙獰地狂舞。

不計其數的老人時而鼓著臉，時而噘著嘴，時而吐著舌頭和下唇，時而吸著嘴唇，他們臉上的肌肉好像變成了氣球或是口香糖。一定是由利井源達的舞蹈病發作令我太震撼了。

太可怕了，真是一場噩夢。全東京的老人都得了舞蹈症，宛如從墳墓爬出來的死人，一齊甩著頭髮亂舞。

這些瘋狂的老人聚集在一起，彷彿打算向東京復仇。這個噩夢有一種奇妙的真實感，似乎在預告什麼。

翌日早晨，陽光從窗簾的縫隙照進來，我張開眼時，發現御手洗沒有躺在旁邊那床被子裡。起床後，在由利井家造的洗手間洗完臉，下了樓。陣內先生正準備營業，向我道了聲：「早安。」我問他御手洗去了哪裡？他告訴我，就在那裡。我抬頭一看，御手洗在淺草寺內的長椅上，和一位老人相談甚歡。

天氣晴朗。我走出陣內屋向他們靠近，發現我並不認識和御手洗聊天的老人。我走向他們，向老人欠了欠身。

「你看，他來了。」

御手洗說。老人看著我，圓眼鏡後方的一雙眼睛盯著我，好像陷入了回憶。然後，突然激動地大聲說：

「喔！你就是那個……那個誰嘛！」

我不認得他，但他好像認識我，對我露出親切的笑容，向我點了點頭。老人眼神充滿懷念地看著我，對我說：

「你就是滿洲鐵路的！」

「啊？」

「你就是那個，叫什麼來著，會津的奧田兄最近好嗎？」

我滿臉錯愕。老人似乎誤以為我是他認識的某個人。

御手洗坐在老人身旁，吃吃地笑得可高興了。

「他的第六個孩子剛出生。」

御手洗指著我胡說八道起來。

「他喜歡做人，每個人都應該在這輩子做自己最喜歡的工作。」

老人感同身受地用力點著頭。

「沒錯。」

他說，然後半張著嘴，露出空洞的眼神，結結巴巴地說：

「我跟你說，滿洲鐵路的那個長田兄也在哈爾濱凍死了，為了養活老婆孩子，他每天工作，從來不休息。我拚了命阻止他，他卻說是為了國家。說是為了國家，沒想到其實是被軍部利用。人都是自私的。你再看看千束的那個腰山兄。東京這種地方被蟲蛀了，有很多河流過，卻又沒有河。」

御手洗握著雙手，一臉陶醉地閉上眼睛，然後說了聲：

「太棒了！怎麼能忍受被關在大樓的狹小房間裡！」

老人聽了御手洗的話，再度用力點頭。

「沒錯，住在那麼高的地方，媳婦不讓我開窗，說什麼很危險。她用吸塵器嗡嗡地吸不停，說我妨礙她做事，然後把我踢開，叫我滾到一邊去。啊，阿岡在叫我。」

老人唐突地站了起來，沒有打一聲招呼，就搖搖晃晃地走向其他的老人朋友。

御手洗臉上始終露出他心滿意足時慣有的興奮笑容，他最喜歡剛才那種人。御手洗無論去哪裡，都有可以和任何人交朋友的本事。

「老人和小孩子一樣，」

他開口，我在老人剛才坐的位置坐下。

「必須在大自然的環境中自由自在地生活。就好像家庭主婦的生活中少不了空氣、水和八卦，以及在特賣會上戰鬥式的敗家一樣。這些人也需要大自然，否則就失去了生命的動力，喪失生存的意願。戰士少了戰場還可以繼續活下去，但如果家庭主婦少了戰鬥，她們不是全體自殺，就是腦筋變得更有問題。」

「那剛才那個人……」

「就是大家口中的老人癡呆。」

「喔，原來癡呆了……」

我總算釋懷。把我看成曾經去過滿洲的老人，讓我內心大受打擊。

「話說回來，你怎麼了？現在才七點多。」

我看著手錶問。

「我想一個人安靜一下。」

又開始了。御手洗遇到難題時，就想要一個人安靜一下。在偵辦案子時，如果整天和我在一起，就代表他已經百分之九十九點九破案了。

「到什麼時候為止？」

我問。

「只有今天一天而已。」

「這段時間，有需要我處理的工作嗎？」

「當然有，你先去那裡買豆子餵鴿子。」

「……這和案情有關係？」

「因為時間還早，刑警還沒上班。那個賣豆子的阿婆起得很早。等到九點的時候，你去淺草警察署，找後龜山和田崎兩名刑警，向他們確認住在淺草二丁目二十七番二十號的由利井宣孝，他的祖父戰前是否在新橋開了一家名叫蘭櫻的珠寶店？如果不是，就調查一下他之前是幹什麼的。還要調查目前同住的源達和兒子宣孝夫妻是否有血緣關係，還是陌生人？」

「什麼？那對父子沒有血緣關係？」

聽到我的問題，御手洗微微皺著眉頭，露出慣有的不耐煩表情。

「石岡，那還用問嗎？據我的觀察，由利井宣孝的祖先在新橋開珠寶店的機率也很低。好，我們暫時分道揚鑣，正午約在這張長椅見面，一起去吃午飯。」

說完，御手洗起身離開了。

4

我乖乖地餵鴿子吃完豆子，回陣內屋吃了簡單的早餐，又去淺草警署的刑事課找後龜山和田崎兩名刑警。沒想到接待人員說，他們去處理緊急事件，從昨晚就一直沒回來，但應該很快就會回來補眠。我坐在入口旁的沙發上等他們。

沒想到等到九點半、十點、十點半，仍然不見兩名刑警的身影，我也向刑事課其他認識的刑警打了招呼，即使他們從後門回來，其他人應該也會通知他們。

時鐘指向十一點，我擔心趕不及和御手洗約定的時間，決定晚一點再來。正當我下了決心起身時，後龜山溫和的圓臉出現在門口，但田崎沒有和他同行。

「後龜山先生。」

我叫著他，他看著我，拚命眨著眼睛。

「啊喲，什麼風把你吹來了。」

自從鳥人事件後，我曾經和後龜山見過兩、三次面，所以，他很快就想起我是誰。

「聽說你又在偵辦緊急事件。」

我問打算在我身旁坐下的後龜山。

「對啊，昨晚緊急發生的，我一整晚都沒有闔眼，等一下要去休息室補眠一下。你今天有什麼事嗎？」

後龜山問我，他的雙眼充血。看到他疲憊不堪的樣子，我無法說出自己的要求。

「不，你看起來很累，我晚上一點再來。昨晚發生的是殺人案嗎？」

「麻煩就麻煩在很難判斷，實在是一起離奇的事件，我覺得這起事件或許也很適合你的朋友。」

「你的意思是？」

「今天早上，有人發現一個名叫舟屋敏郎的六十八歲老先生的屍體被人棄置在千束十字路口，死亡原因是因為頭部受到重擊導致腦挫傷，死亡時間大約在七、八個小時之前。」

又是老人。我忍不住暗想。

「為什麼這起事件適合御手洗？」

「那個叫舟屋的老先生住在兩國五丁目，是退休牙醫。昨晚九點半左右，一個戴著墨鏡的陌生男人獨自去找他，硬是把他帶走了。他太太趕緊來報警。」

「硬把他帶走？」

「他太太是這麼說的。他兒子繼承了他在言問街上的牙醫診所，剛才緊急聯絡了他兒子，但也沒有結果。」

「是嗎？」

「他兒子也完全不認識昨晚那個戴墨鏡的人。」

「所以，是強盜？」

「舟屋老先生身上有七萬四千圓現金，還帶著提款卡，但都沒有短少。那個戴墨鏡的男人上門，和舟屋老先生在客廳說話時，舟屋太太站在門外偷聽，聽到了可以成為證據的談話。

「首先，這個可疑人物自稱金谷，當然，這很可能是假名字。

「舟屋先生問金谷，為什麼會認識自己？金谷回答說，小時候曾經接受舟屋先生的治療。

「然後，那個人提出可不可以和他外出一個小時？不會很麻煩，而且可能更快就結束了。舟屋先生問他要去哪裡？他回答要去他家裡，所以想借用他一個小時，還說要付一百萬作為酬謝。」

「一百萬！一個小時？」

我嚇了一大跳。

「這可能是說說而已，是為了說服舟屋老先生跟他走的伎倆。但是，那個男人付了五十萬訂金，就把現金放在桌上。」

「是喔……奇怪的小偷。啊，不能稱他為小偷。他把舟屋老先生帶出門後殺了他嗎？」

「是啊，他應該是自己開車來的。我們拿著舟屋老先生的照片去計程車行打聽，沒有司機說曾經載過他。因為是深夜，所以也沒有目擊者。

「屍體在今天早晨六點被人發現。他倒在十字路口中央，雖然有很多路過的駕駛人都看到，但都以為他是喝醉酒躺在那裡。天亮之後，才發現是屍體。當時是早上六點，推測死亡時間是七、八個小時之前，也就是昨晚十點到十一點，舟屋老先生從家裡被帶出門後不久，在時間上也剛好吻合。」

「原來是這樣。」

「但是，帶老先生出門的目的和殺人動機都讓人摸不著頭腦，也沒有目擊者。我們查了很久，發現舟屋老先生不像會和別人結怨，所以目前傷透了腦筋，很想請教你朋友的意見。」
「御手洗也來了淺草，我等一下會和他見面，會轉告他。」
「他在淺草嗎？很想見見他呢。」
「如果你不介意，我晚一點和你聯絡，因為我們也有事要拜託你。現在你看起來太累了。」
「因為昨天到現在都沒有睡覺，我打算補眠三個小時，那請你三小時後再打電話給我。」
「我知道了。」
「對不起，你特地上門，卻沒辦法招呼。」
「不、不，沒關係，我晚一點再來。」
說完，我從沙發上站了起來。

我在淺草散著步，慢慢走回淺草寺內，手錶剛好指向正午。早上和御手洗一起坐的長椅上空無一人，不見御手洗的身影，我在寺內找了一下，在我視野所及的範圍內，也不見御手洗。前幾天因為辦活動而臨時建造的小型水泥水池旁，聚集了一大群遊民，正在喝日本酒。

御手洗向來不守時，尤其和我相約時。如果他準時出現，我反而會嚇到。況且御手洗沒有手錶，根本不可能遵守時間。

我只好獨自坐在長椅上等他。今天天氣晴朗，但秋陽很溫和。我打算曬曬太陽，在這裡悠閒地等。

沒想到等了十幾、二十分鐘都不見蹤影，在附近喝酒狂歡的遊民叫喊的聲音反而很吵。

我心不在焉地看著那些遊民。他們的頭髮、臉頰都髒得發黑，把紙箱壓扁後坐在上面，有人拿著一升的酒瓶輪流喝酒，有人倒在髒兮兮的茶杯裡喝，不時發出笑聲，喝得很開心。其中一個人睡在紙箱內，從剛才就只露出兩隻腳。他不時擺動著手腳，似乎已經醉得不輕了。

喝得真開心啊！我在心裡想道。生活在那麼髒的環境內，居然可以不生病。也許他們也已經麻痺了，但即使給我再多錢，我也不願意過那種生活。如果要和他們一起生活，還真想一死了之。我只要一天不洗澡，全身和頭髮就會奇癢無比。

我看著他們，露出一絲苦笑，但臉上的笑容很快就僵住了。因為躺在紙箱裡的遊民猛然坐了起來，他竟然是御手洗。

我覺得渾身的血液倒流，情不自禁地站了起來，急忙走向那些遊民。

「御手洗！」

我大聲叫著，在那些資深遊民中，看起來最髒的御手洗用朦朧的眼神看著我。

「喔，原來是石岡，你怎麼了？」

他醉得不輕，忘記了和我的約定。

我慌忙繞到御手洗身旁，拉著他的右手站了起來。他伸手想搭我的肩膀，我慌忙扭著身體閃開了。

「各位，那就改天再喝啦！你們就用這些酒好好痛快一下！」

御手洗開心地對他那些滿身污垢的朋友說，引來一陣歡呼。

他坐在附近的長椅上，因為實在太髒了，我要求他和我保持距離。

「你到底在幹什麼？」

我問。

「我向他們打聽消息，沒想到就變成好朋友了。」

他語氣開朗地說。御手洗的夾克發出污穢和廉價酒的濃烈味道。

「什麼變成好朋友！這種髒污洗也洗不掉。」

「啊！是嗎？」

「別靠過來！真不敢相信，不知道你到底在想什麼？我從一大早就開始認真做事，還去淺草警察署見了後龜山，沒想到你居然和乞丐一起喝酒。」

「後龜山怎麼說？」

「什麼怎麼說？」

「他答應調查由利井家的事嗎？」

「喔！昨晚發生了離奇的事件，他一整晚都沒睡覺。剛剛才回到警察署，說要睡三個小時，之後再和他聯絡。他也很想見你，但你這個樣子怎麼能去警察署？他們會把你當成遊民抓起來。」

「什麼事件？」

御手洗渾身發出酒臭味。上半身無力地靠在長椅上，說話時口齒不清，我有點不太想理他，但還是轉達了後龜山剛才告訴我的事件概況。御手洗坐直了身體，張大了眼睛。

「昨天晚上下了三十分鐘的雨。」

他突然開口然後站了起來，繞著我坐的長椅踱步，而且步伐很穩。御手洗開始動腦筋時喜歡走路，當腦袋正式運轉時，無論是坐是躺都沒有關係，但準備動腦時卻非走不可。

當御手洗開始思考，身邊的人都很困擾。因為他從來不考慮時間和場合，只要靈光乍現，不管是在餐廳內，還是在電車上，或是在浴室，都會開始走路。我現在也只能坐在長椅上等待，知道他老毛病又犯了。不一會兒，我發現腳步聲越來越輕，聽到他在遠處叫著我的名字。

「石岡！」

我驚訝地轉過頭，發現他在遠處一棟大樓二樓的露台上不停地向我招手。是淺草觀音溫泉隔壁的大樓。我驚訝地站了起來，快步走向他的方向，來到那棟大樓前，走上了階梯。

那裡的二樓是一家咖啡店。寫著店名「美洲豹」的玻璃門前，有一個粉紅色公用電話。御手洗拿起電話，遞到我面前。

「你馬上打電話給淺草警署的後龜山。」

然後，他靠在欄杆上，看著淺草寺內。御手洗的那些髒朋友仍然坐在水泥水池旁飲酒作樂。風吹過淺草寺的上空，吹起御手洗的頭髮。

「可能找不到人，他正在睡覺……」

我一邊說著，一邊撥了號碼，不經意地看著御手洗的臉。他的表情好像靈魂出竅，他瞪大眼睛，張大嘴巴。他的眼睛凝視著淺草寺上空，但我看不到任何東西。

「怎麼了？」

我問。

「原來是葫蘆形狀……」

御手洗輕聲嘀咕。

「啊？」

我聽不懂他的意思，轉頭順著他的視線望去，還是看不到任何東西。

「什麼是葫蘆形狀……」

「水池，那個水池啊！」

御手洗不耐煩地說著，指向那些遊民聚集飲酒的水泥水池。

「啊！」

我終於發現了。

「為什麼之前都完全沒有發現！這才是最後一塊拼圖，早知道應該早一點站在這裡觀察。嗯？什麼？後龜山在睡覺？你告訴他，如果不想抓住兇手，就儘管睡一個星期吧！把他叫醒後問他，昨天晚上去舟屋老先生家的墨鏡男人是不是身高一百七十五公分左右，瘦瘦的，臉頰上有痘疤，聲音沙啞，兩顆門牙有缺損？」

御手洗說完離開了欄杆，像風一樣衝下樓。

「喂、喂，御手洗，你要去哪裡？」

「去水池！你趕快問！」

我把聽筒貼在耳邊，電話很快就接通了。我說要找刑事課的後龜山，後龜山馬上來接了電話。

「咦？你不是在補眠嗎？」

我問。

「有很多瑣碎的事要處理，現在正準備去睡一下，有什麼事？」

「太好了，那個，御手洗有幾件事想要請教……」

「什麼事？」

「請問昨晚去舟屋老先生家的可疑男子身高是不是一百七十五公分左右，臉上有痘疤，瘦瘦的，聲音很沙啞，門牙有缺損……」

「對！」

我的話還沒有說完，後龜山就大聲回答。

「符、符合嗎？」

「完全符合，你怎麼會知道？那個人是誰？」

「不，我也不……」

「御手洗先生在旁邊嗎？」

我的目光一直追隨著御手洗，他不知道在想什麼，又跑去和那群遊民混在一起。

「我看得到他，但離得有點遠。」

「可不可以請他來聽電話？」

「他和一大票遊民在一起喝酒……」

「什麼？」

後龜山發出奇怪的聲音。

「沒事，我等一下打電話給你。」

「我去找你們不方便嗎？」

「嗯，這我就不清楚了……我不知道他等一下會不會去其他地方……總之，我等一下會打電話給你。」

「好，我會在這裡等你打電話，請你盡快打給我。」

「知道了。」

我掛上電話，衝去追御手洗。跑下樓梯，閃避來往的車輛過了馬路，走到那群遊民旁，立刻有一股異樣的臭味撲鼻而來。那股味道難以形容，腐敗中帶著一絲甜味，有點像腐爛的柿子味道。

「喂，御手洗……」

我正要叫他時，背對著我的御手洗問其中一名中年遊民：

「就建在這裡嗎？」

那個男人收起黑乎乎的下巴，滿臉微笑地點著頭。令人驚訝的是，御手洗竟然雙手用力握住了他黑乎乎的手。

「喂，御手洗，後龜山先生……」

我小心翼翼地和那些髒兮兮的人群保持距離，用力抓住御手洗的肩膀。

沒想到御手洗又露出那種好像靈魂出竅的表情。

「怎麼了？我剛才和後龜山先生通了電話……」

「舞蹈症的老人，深夜被帶走的退休牙醫，花一百七十萬圓，堅持要讓父親住在餐館的二樓……」

御手洗低喃。

「什麼？」

「你沒聽到嗎？我想得沒錯，到前天為止，這塊空地上舉行了『淺草祭．老街現場音樂會』！哈哈哈！」

御手洗說完，大聲笑了起來，發出惡臭的身體抱住了我。我驚叫起來，他毫不在意，很有精神地拉著我跳舞。

「這個水池旁……」

「別鬧了！後龜山先生在等你電話，趕快打給他……」

沒想到御手洗大聲唱起〈雨中曲〉❼，然後一把推開我，跳進了水池。

由於是臨時建造的水池，水深還不到御手洗的膝蓋。他在水池裡走來走去，濺起很多水花，大聲唱著〈雨中曲〉。他左腳施力，右腳踩著水轉了一圈，然後又以右腳為軸，左腳踢著水花轉了一圈，接著又像用掃帚掃地般，用腿掃著水。

御手洗興奮不已，而且他醉了，開心得忘了自我。周圍的遊民看到水花四濺，紛紛逃開，但也一起歡呼著，為御手洗的舞姿鼓掌。我看著御手洗做這種蠢事，心情越來越惡劣，垂頭喪氣，不停地嘆著氣。

我轉身走回長椅，聽到身後傳來濕答答的腳步聲。

❼電影『萬花嬉春』歌曲〈Singin′in the Rain〉。

「石岡。」
他拍著我的肩膀。
「別碰我！」
我嚴厲警告他。
「你不如順便在那裡游泳，我可不會幫你洗這身衣服。」
「我拼湊出來了！終於找到最後一片拼圖了。你看！我全都知道了。」
「你自己洗！」
我大叫著。
「算了。」
御手洗生氣地走向花屋敷的方向，鞋子發出啪沙啪沙的水聲。
「你要去哪裡？喂、御手洗，你一個人去哪裡？我要怎麼對後龜山先生說？」
我大叫著。
「後龜山先生？」
御手洗停下腳步，露出納悶的表情。
「……他是誰？我知道了！是淺草警署的！」
說完，他又啪沙啪沙地朝我走來。
「你趕快打電話給淺草警署的人，要求他們立刻去保護淺草二丁目二十七番二十號的由利井源達，一定要馬上去。隨便用什麼名義都好，另外再請後龜山先生找出大正十一年（一九二二年）

的淺草地圖。」

「大正十一年？你要幹什麼？」

「一個小時後，我也會去淺草警署。還有一件事，你去問陣內先生，源達是不是喜歡吃醬油仙貝。」

「醬油仙貝？」

我大聲問，接著一下子說不出話。

「你是認真的嗎？」

「我很認真。即使後龜山先生外出辦案，你也要在淺草警署的刑事課等我，那就一會兒見囉。」

說完，御手洗走向陣內屋的方向，我走向葫蘆街去找公用電話。

5

我打電話給後龜山先生，他聽到我提出的要求，也在電話裡驚叫：「大正十一年的地圖嗎？要這種東西做什麼？」

我也不知道，只能回答說，御手洗要我這麼轉告你。後龜山說，好吧，應該不難找到。

但是在保護由利井源達的問題上，如果沒有正當理由，就會觸犯法律。後龜山問我那個人是誰？我向他解釋，這位老先生不時會跳舞，造成了他人的困擾，所以我和御手洗才會來淺草。但之後龜山不停地在電話中發出為難的呻吟，我只好說我馬上過去淺草警察署，會當面向他解釋，才掛上電話。

接著我又去了陣內屋，問了陣內巖醬油仙貝的事。他告訴我，源達老先生很愛吃淺草的醬油仙貝，也經常吃。他的兒子和朋友上門時，通常都會在附近仲見世街買剛烤好的醬油仙貝給他。

當我來到淺草警署的刑事課，眼皮都快睜不開的後龜山和田崎正在等我。田崎一如往常一臉冷酷的表情，我向他打招呼時，他的嘴唇露出了笑容，向我欠了欠身。他們兩個人的眼中都佈滿血絲，應該從昨天到現在都沒有闔過眼。

後龜山示意我坐在刑事課角落的沙發上，我走了過去。雖然是簡單的塑膠皮沙發，但因為剛好放在窗前，午後的陽光照在沙發上，坐起來很舒服。

當我坐定，兩名刑警也走了過來，田崎在我對面坐下，神經質地調整我面前那張夾板茶几。後龜山在田崎旁邊的椅子坐下後馬上開口：

「我已經派人在找大正的地圖，應該很快就會送過來。不知道要多詳細的？是普通的市街地圖，還是要寫上各戶居住人姓名的詳細戶籍圖……」

「不知道……」

即使他問我，我也難以判斷，況且我也不知道御手洗有什麼用途。

「兩種都要。」

我只好敷衍地回答。

「御手洗先生說，要我們去保護住在淺草二丁目二十七番二十號，一位叫由利井源達的老先生嗎？」

田崎問。

「對。」我回答。

「他是誰？」

於是，我把昨天下午，陣內巖找上門到前一刻為止所發生的事一五一十地告訴了兩位刑警。

「原來是舞蹈症。」

後龜山用半信半疑的語氣說。

「日本真的有這種病嗎？我從來沒聽說過，有嗎？」

田崎問後龜山，後龜山搖著頭。

「會不會是胡說八道？」

「絕對不是。我曾經親眼看過，就在我面前。很可怕，好像發瘋一樣，臉上的表情也完全變了，那絕對不是裝出來的。御手洗也用自己的方法測試過是不是假裝的。」

「結果呢？」

「他也說是真的。」

「那個人的話不可信，他可以面不改色的說謊。」

御手洗已經信用破產了。

「我也同意。不過這次的情況不一樣，那的確是真的。」

「但是，說什麼老人好像被狐狸附身，一到晚上就開始跳舞……」

「而且說什麼手腳完全不聽使喚，自顧自地亂舞？」

「怎麼可能有這種荒唐事？我從來沒有聽說過這種病。」

兩名刑警紛紛說道。聽了他們的意見，我也漸漸產生了相同的感覺，但是我曾親眼目睹。

「他說這種疾病是什麼原因造成的？」

「聽說原因不明。」

我回答，田崎發出他特有的、帶著輕蔑的不以為然笑聲。

「所以才說是被狐狸附身，我們怎麼可能相信這種說詞？」

「但是，我親眼看到了。」

「我知道，我知道。話說回來，為什麼要我們警方去保護被狐狸附身的人？這種事不是該找法師嗎？」

「這倒是……」

「總之，你和御手洗先生因為有人找上門，說二樓房客的老爺爺一到晚上就跳舞，很傷腦筋。所以你們昨天來到淺草，覺得跳舞老爺爺很麻煩，叫我們出面去管，我們也很傷腦筋啊。」

聽到田崎這麼說，我覺得很有道理。御手洗到底在想什麼？

「地圖要拿來這裡嗎？」

田崎他們身後傳來一個聲音，一個看起來像是學生的年輕男子拿著捲起的Ｂ３大小的紙，走進了刑事課辦公室。

「對，就放在那。」

田崎以慣有的傲慢語氣應聲，年輕人放下後轉身打算離開。

「只有一份嗎？」

田崎問。

「對。」

「這是戶籍圖嗎？」

「不是，是普通的淺草地圖，淺草寺附近的。」

「是大正時代的？」

「對，大正十一年的，戶籍圖還沒有找到。」

田崎站了起來，走向放著地圖的桌子說：

「是嗎？辛苦了。」

田崎拿起略微泛黃的地圖，一邊打開地圖，一邊走了回來。然後重重地坐在沙發上，好像有點生氣。雙手壓住攤在茶几上的地圖。

「這是淺草寺。喔，原來凌雲閣在這裡。」

「凌雲閣是什麼？」

我問。

「就是所謂的淺草十二樓。」

「喔……」

「要這份地圖派什麼用場……」

田崎的話還沒說完，傳來一個響亮的聲音。

「各位，這份地圖是前往推理世界的邀請函唷！」

御手洗好像主角登場一樣，大搖大擺地走進刑事課辦公室。這份自信到底是從哪裡來的？我每次都很佩服他。

後龜山跳了起來，田崎有點不甘願地站了起來，迎接御手洗的出現。

「好久不見。」

後龜山向他伸出手，御手洗挺起胸膛，握住了他的手。接著，又拉起根本無意伸手的田崎，硬是和他握了手。

「有鉛筆嗎？」

「什麼？鉛筆？」

御手洗又問了奇怪的問題，後龜山愣了一下，隨即去自己的座位拿來了鉛筆。

「原來十二樓在這裡。石岡，陣內屋就在這附近。」

御手洗抬眼瞥了我一眼說，然後，在那份珍貴地圖上的某個區域畫了一個圓圈。

「大正十一年，這個區域一定有某戶人家的二樓出租，也可能有好幾戶人家，但比這條路更前面的區域不必列入考慮。房客的年齡不滿二十歲，其他的問題都不必考慮，我只想知道房東姓什麼和他的職業，如果可以，我還想知道二樓房客的姓名，可不可以請你們馬上調查一下？」

「馬上是指多久？」

後龜山問。

「看你們方便，如果你們想在今天內破案，就在今天之內查出來。」

「破案？是哪一個案子？」

「除了舟屋敏郎殺人案，還有哪一個案子？」

兩名刑警愣了一下。

「但是，要查大正時代的房客，恐怕沒辦法這麼快……」

田崎說。

「要不要請剛才那位下人趕快把戶籍圖找出來？」

「下人？」

田崎反問之後，才發現御手洗在挖苦他剛才對下屬的態度，立刻不吭聲了。

「石岡，醬油仙貝的事呢？」

「聽說源達老先生很喜歡，經常吃。」

御手洗突然握著雙手，像酒保搖酒一樣搖了起來，在刑事課的辦公室內踩著好像踢踏舞一樣的舞步，他興奮得忘了自我。兩名刑警莫名其妙，驚訝地看著他，我也被他嚇到了。御手洗跳完後，突然恢復冷靜說：

「對了，由利井源達老先生在哪裡？」

御手洗在我身旁坐下時問。後龜山的表情頓時緊張起來。

「喔，大師，這件事因為牽涉到法律問題……我們隔離保護第三者時，需要有一定的根據……」

後龜山結結巴巴地解釋著，原本已經坐下的御手洗聽了以後，猛然站了起來。

「你說什麼？拯救人命哪需要什麼法律根據！」

說完，他走到電話旁，不知道撥電話去哪裡。他拿著聽筒，用嚴厲的口吻說：

「理由事後再想就好！我看你們應該每隔三天就反省一下，當警官是為了救人？還是只為了不出差錯，可以慢慢往上爬就好？」

他拿著話筒站在原地。

「沒有人接電話。源達老先生已經被帶走了，甚至可能有生命危險，我們馬上過去看看。剛才我已經確認他在家裡，他們才剛走不久。後龜山先生，可不可以馬上派車？田崎先生，可不可以請你馬上調查一下我剛才說的房東，以及六十多年後的昨天晚上，東京都內哪一家飯店有一對三十多歲的男女帶著一名八十歲左右的老人投宿，三人同住一間房，要找有停車場的大飯店。」

御手洗不由分說地命令道。

坐著警車前往淺草二丁目途中，御手洗在後車座抱著雙臂咬著嘴唇，可以明顯感受到他內心的焦躁。

由於路太小，警車無法開到由利井家門口。我們在不遠處的大馬路上下了車，跟在快步跑過去的御手洗身後前往由利井家。衝上樓梯，想要打開玄關的門，果然已經鎖上了。

窗戶也關著，從房子周圍觀察，發現由利井家沒有人。經營一樓咖啡店的老闆和他們不是親戚，地下室的小酒館也掛著「準備中」的牌子，門鎖住了。

御手洗難掩失望，轉頭語帶諷刺地說：

「交給警察辦的事，很少會有好結果。」

他似乎很氣警方沒有及時保護源達老先生。

「你們去咖啡館打聽一下，樓下的紅玫瑰除了老闆以外，還有一名男性員工，那個男人的姓名、家世背景和住家地址，也順便調查一下由利井一家人去了哪裡？你們很擅長打聽，再去附近問一下，我們在警車上等著。」

說完，御手洗邁開大步離開。這個人的價值觀和一般人不同，他對淺草寺的遊民彬彬有禮，面對警官或是公司的高層主管，卻總是盛氣凌人。

我們在警車內等了大約三十分鐘。平時這種時候，御手洗總會問為什麼柿種米果裡面要加花生，或是往北走和往西走，哪一個更累？這種無聊問題。這時卻難得沉默不語，不知道在想什麼。

過了很久，兩名刑警終於一臉疲憊地回到車上，好一陣子說不出話。當御手洗問他們打聽到什麼情況時，後龜山滿臉歉意地說：

「沒有收穫。紅玫瑰的確有一名男性員工，大家都叫他金谷，也大致瞭解了他的長相和外型，但其他一無所獲，不知道他的家世背景，也不知道他住哪裡，也沒人知道由利井一家人去了哪裡，真的很……」

「你現在不必道歉，留著以後再說。如果老先生受了重傷或是死了，你恐怕道歉不完了。」

御手洗又用挖苦的語氣說。

「他是這一連串事件的關鍵，總之先回淺草警署再說。」

御手洗沒有看兩名刑警一眼，匆匆說道。

警車發動後，兩名刑警窘迫地閉口不語。由利井家離淺草警署很近，很快就到了。警車停在警署前，後龜山在下車時對田崎說：

「這一陣子牙醫師都走衰運。」

田崎也點點頭，走向石階。

「為什麼牙醫師走衰運？」

我問。

「住在駒込四丁目的一名叫雉井的牙醫師在六區的十字路口和醉漢吵了起來，把對方打成重傷。因為構成了傷害罪，所以關在我們警署好幾天了，暫停了他的醫師執照，搞不好會被吊銷。因為對方受的傷可能會留下後遺症……」

已經走了兩級石階的御手洗突然回頭看著兩名刑警，衝了下來，抓住後龜山的手臂。

「就是他！」

御手洗大叫著，雙眼看著半空。

「這真的是上天的啟示！他什麼時候可以獲釋？不，就是今天。請你們今天把他放出來！」

「我們也不能擅自……」

後龜山說。

「那個老先生……」

「不，我記得就是今天。」

田崎說。

「幾點了？石岡，四點半嗎？哼！晚報已經來不及了，那就請你們聯絡各家報社，明天刊登這個消息。」

「駒込的火爆牙醫師遭到釋放的消息嗎？報社才不想登這種消息呢。」

「不用擔心，只要今晚沒有藝人因為抽大麻遭到逮捕，也沒有政客貪污的消息，M報和Y報都會刊登。我有朋友在報社，我會打電話給他們。A報就麻煩你們去溝通了，只要很小的篇幅就可以了。」

「這種消息當然不可能用三行的大標題刊登在頭版。」

「只要十五版的左下角就可以了。那名牙醫師是自己開診所嗎？」

「對，自己開診所。」

「很好，他年紀多大？」

「四十歲左右……單身，脾氣暴躁，愛喝酒、愛玩女人。」

「越來越理想了，那個診所只有他一個人嗎？」

「對，他沒有親人，也沒有朋友。診所也兼住家。」

御手洗開心得差一點又手舞足蹈起來。

「太棒了！請告訴我雉井診所的地點，我們趕快去裡面談。」

6

當他站在淺草跑馬道的西餐店門口時，四周突然傳來轟隆巨響，腳下的水泥地好像野馬奔騰時的馬背般震動起來。

他不知道發生了什麼事，逃到店內避難。他衝過四處發出可怕聲響的店內，來到昏暗的倉庫。刀叉和盤子好像洪水一樣從高達天花板的架子上直衝而下，閃亮亮的，而乒乒乓乓的可怕聲音激烈得令人難以置信。

他害怕不已，地面不停搖晃。東搖西擺地走回店門口，在震撼整個淺草的轟隆聲中，發現前方的石牆如同紙板般扭曲著，馬路也開始龜裂，朝男人的腳下裂開。幾個身穿和服的女人逃向傳法院的方向。

他的內心充滿恐懼，很想蹲下不動，但還是壓低姿勢，跟著跑向傳法院。他被搖動的地面絆了一下，差一點跌倒。

他之所以跑去那裡，是擔心高塔會發生問題。他來到傳法院的圍牆角落時，發現擔心成真了。原本以為永生永世都將聳立在那裡的高塔在白煙中，正慢慢倒塌。

頂著紅色尖帽子的展望台緩緩傾斜、滑落下來，塔底已經被煙塵淹沒了，展望台也隨即被煙塵吞噬。接著，上半部分的磚塊紛紛掉落在地，宛如掙扎的魚抖下了無數鱗片。男人趴在地上，看著眼前的一切。

眼前的景象如同用磚塊，不，應該是用「土塊」建起的高塔回歸塵土。他眼看著神聖的高塔越來越低，在地面激烈的搖晃中，只剩下原來的三分之二。

一切都發生在震耳欲聾的轟隆聲中。毀滅世界的破壞聲充斥四周，這正是世界走向滅亡的聲音。視野中除了塵土以外，還有黑煙，更出現了火苗。轟隆聲中夾雜著人類無力的慘叫。

待震動稍微平息，男人搖搖晃晃地站直身體。他呆然而立，看著逐漸崩塌的高塔，忍不住想道，我就知道總有這麼一天。正如自己所擔心的那樣，上天不可能允許這種高聳入天的磚塔存在，神明果然降下懲罰了。

不知道那三個遭到逮捕，目前被拘留在淺草警署的朋友怎麼樣了？整個大地在搖晃，他們被關在牢房裡安全嗎？

他發現淚水順著臉頰流了下來，嚮往的高塔正漸漸死去。男人口乾舌燥，動了動舌頭，舌尖伸向右後方的臼齒。

7

回到刑事課辦公室，那個看起來像學生的年輕人正在等我們。他向我們報告，新宿的ＣＨ摩天飯店內留下了記錄，我們剛才提到的老人和一男一女，共三個人同住在一個房間。

至於在大正十一年出租房子的房東資料，目前正在找記錄，遲遲沒有找到。畢竟是六十年前的事，記得那個年代的人恐怕沒幾個活著。我認為言之有理，即使那些老人還活著，恐怕也得了老年癡呆症。如果沒有留下記錄，恐怕就束手無策了。

那天晚上，我和御手洗再度住在陣內屋二樓八疊大的房間內。御手洗似乎愛上了淺草寺周圍的遊民，找了不同地方的遊民聊天，久久沒有回陣內屋。

翌日早晨八點左右，樓下傳來陣內巖叫喊的聲音，我跳了起來。

「石岡先生，御手洗先生打電話來了。」

我急忙衝下樓梯的雙腿還有點軟，差一點倒栽蔥地滾下去。

「喂，發生什麼事了？你怎麼那麼早起床？現在人在哪裡？」

「敵人上鉤了。剛才已經接到了聽起來像是由利井的男人打來的電話，電話中沒有說什麼，只問牙醫師是否真的得到釋放？在不在家？他一定會來這裡的，你也想親眼見證這起事件的結局吧？」

「那當然，所以你人在駒込嗎？」

「對啊，你也馬上過來，也邀陣內先生一起來。他也有資格見證這起事件的結局。」

「你在駒込的雉井牙醫診所嗎？地點在哪裡？」

「就在駒込車站南側。沿著本鄉大道走，就在六義園前。很容易找到，因為是一棟特別老舊的木造房子。」

「好，我換了衣服就去。」

「你去國際大道上攔計程車，要記得拿收據，做為作家石岡和己的調查研究費用。進來時，小心不要被人看到，因為這裡沒有後門。我等你來。」

御手洗這個人很極端，沒有工作時幾乎都睡到中午。起床後也懶洋洋地在沙發上滾來滾去妨礙我打掃。一旦進入工作模式就變成了超人，完全不知道他什麼時候、在哪裡睡過覺。

這天的天氣也很好，我走出陣內屋時，看到御手洗的遊民好友都在淺草寺內喊著「一、二，一、二」的口令做體操。御手洗昨晚該不會和這些人睡在一起？這個可怕的念頭掠過我的腦海。

我和陣內巖兩個人走到淺草美景飯店前，攔了一輛計程車，告訴司機要去駒込車站。

我們很快就找到了雉井牙醫診所。大谷石圍牆內的老舊木造兩層樓房並不大，我們閃進寬敞的大門，狹小的院子內種著枸橘樹，後方掛了一塊用黑字寫著「雉井牙醫診所」的白色看板，上面的油漆有點剝落。

「御手洗大師在這裡面？」

陣內巖又瞪著眼睛，指著玻璃門下掛著的「今日休診」牌子。

「好像是。」

說完，我推開了門，門沒有鎖。高大的御手洗站在木質地板的走廊上，用右手拚命向我們招手催促著。他叫我趕快把門關上，我和陣內匆匆走了進去，關上霧面玻璃的門，脫下鞋子。室內有一股醫院特有的消毒水味道。

換上拖鞋，站在走廊上，御手洗說了聲：

「陣內先生，您也一起來。」

然後，他率先走去裡面。前方的候診室有好幾張木質長椅，右側的霧面玻璃上寫著「診療室」的門，每次開關就發出嘎答嘎答的聲音。御手洗打開那道門，裡面也是木質地板，陽光從窗戶灑了進來，那裡放著令人心生畏懼的診療椅，旁邊是可以把牙齒鑽出洞的可怕機械。

「石岡，這裡就是這起事件最後一幕的舞台，陣內先生也請進來吧。」

御手洗說完，鑽進房間掛在東側牆壁前的白色簾子。我也跟著鑽了進去，發現後龜山、田崎和另一個滿臉鬍碴的陌生男人也在裡面。

「陣內先生，這位是田崎刑警，這位是後龜山刑警。這位就是我之前曾經提到的陣內屋的陣內巖先生，他是石岡，這位是這家牙醫診所的主人雉井宗年先生。

「先介紹到這裡。你們還沒吃早餐吧？這裡有麵包和牛奶，可以一邊吃，一邊聽我說明即將上演的最後一幕。」

御手洗說著，示意我和陣內在附近的兩張椅子上坐下來。他仍然站著，雙手在背後交握，在室內走來走去。我餓極了，就聽從他的建議拿起一個麵包，拆開了塑膠袋。

「等一下會有人打電話到這裡，不是由利井宣孝，就是金谷。內容應該是說他父親牙痛不舒服，希望醫生幫他治療。」

「由利井宣孝就是臉上有痘疤，聲音沙啞，門牙有缺損的男人嗎？」

後龜山問。

「是的，他是這一連串事件的主謀。」

「也是他帶走了舟屋敏郎老先生？」

「沒錯，但那時候他假冒了同夥的名字。」

「他為什麼要打電話來這裡？」

「理由就像我剛才說的。他的父親，不，其實他們沒有血緣關係，由利井源達想要治療臼齒。」

「但為什麼要來這裡？全東京到處都是牙醫師，為什麼偏偏來這裡？」

「因為源達老先生是特殊人物，他有特殊的疾病，所以也需要用特殊的方式治療。如果在有很多病人的牙醫診所提出這種要求，消息很快就會傳開，他們無論如何都要避免走漏風聲。」

「特殊的人物是指他會跳舞嗎？特殊的方式……」

「所以才會付給雉井先生一百萬。」

「一百萬！」

兩名刑警和陣內瞪大了眼睛。

「你們也知道，雉井先生暫時無法行醫沒有收入，當然很希望有額外的收入。所以由利井認為他會答應這種無理要求。這裡目前休診，沒有護士，只有醫生一個人，再加上雉井先生沒有家人，消息不容易走漏，也很容易封口。對由利井來說，簡直是可遇不可求的理想牙醫師，所以他不可能不來這裡。這樣你們瞭解了嗎？」

「嗯，原來如此。」

陣內巖嘆了一聲，抱著雙臂，一臉嚴肅地陷入思考。

「這麼說，由利井宣孝就是殺害舟屋敏郎的兇手嗎？」

後龜山問。

「沒錯，但我想他原本並沒有想要殺他。」

「為什麼會找上舟屋先生？」

「因為金谷和由利井的妻子帶著由利井源達老先生在新宿的ＣＨ摩天飯店房間內等他。原本計畫由利井宣孝會帶舟屋敏郎去那裡，但在宣孝開車前往新宿的途中，舟屋老先生開始感到不安，在千束的十字路口跳車，但不幸撞到頭部死了。之後又剛好下了三十分鐘的雨，這場雨沖走了現場的痕跡，讓人難以判斷是否為死後遭人遺棄屍體。」

「……原來是這樣。」

後龜山頓了一下後回答。

「所以，悄悄把舟屋敏郎老先生帶去新宿的飯店，也是為了……」

「治療源達老先生的牙齒。」

「為了治療牙齒，需要做到這個地步嗎？而且還事先支付了五十萬圓？」

「對，為了治療，就必須要這麼做。之前硬是花了一百七十萬圓，租下陣內屋的二樓房間，堅持用缺了角的簡陋餐具，不吃西式的料理，以及每天戴著獵帽、穿上藍底白紋的和服現身，都是為了源達老先生的牙齒。陣內先生，您瞭解了嗎？」

御手洗一臉得意地笑著，看著陣內巖。陣內立刻瞪大了眼睛。

「嗯，好像，但……」

他嘀咕了幾聲，又偏著頭抱著手臂。

「您可以慢慢想。等一下由利井打電話來時，要請雉井先生去接電話，和早上的聲音不同就穿幫了。如果對方要求您出診去某個地方，請一定要拒絕，要明確地表示現在不想見到任何人、也不想出門，即使給您一千萬也不願意去。不過，我猜想他不會這麼說，只會問如果他來這裡，您願不願意為他治療？您就回答沒有太大的問題。如果對方說，可能會有一些奇怪的要求，您願意配合嗎？您回答說，只要他願意出錢，做什麼都無妨。如果問您有沒有護士？就回答只有您一個人。差不多就是這樣了，若一切如我的計畫，幾個小時後我們就可以在陣內屋舉杯慶祝了。這對雉井先生恢復醫師執照應該也有正面幫助，對吧？」

電話鈴聲響了，兩名刑警和我頓時緊張起來。只有陣內巖仍然抱著雙臂沉思著。

「雉井先生，請您去接電話。對方知道我的聲音。」

御手洗指示後，雉井皺了皺眉頭，露出醫生慣有的表情，緩緩接起電話。

「喂，我是雉井。」

他用略帶威嚴的聲音說。

「對、對……喔，原來是刑警先生。」

他用手按住了電話說：

「淺草警署打來的。」

所有人都鬆了一口氣。田崎接起電話。

「喂，是我。什麼？嗯、嗯，是嗎……是嗎？我知道了，好，謝謝。」

他掛上電話。

「御手洗先生，您昨天說的那個地區，就是昨天用鉛筆圈起來的區域內，在大正十二年（一九二三年）九月關東大地震之前，的確有一戶人家出租房間，但其實也不完全算是出租房間，房客在樓下工作，是包吃包住的學徒。那戶人家姓坪田，二樓住了好幾個人，房東已經不記得房客姓什麼。坪田家的老太太目前住在浮間，她回憶起地震前的事，當時她也還年輕。」

「知道當時房客的年紀嗎？」

「聽說都很年輕，但不知道正確的年齡。」

「知道房客的名字嗎？」

「好像忘了。」

「可不可以請問她，是不是小日向、鈴木、鑑這三個名字的其中一個？如果不是，問她有沒有聽過這幾個名字。」

御手洗說。

「小日向、鈴木、鑑……這幾個姓氏怎麼寫？」

田崎在記事本上記錄的同時問道，御手洗告訴了他。

「知道了，我會轉告。」

田崎說完，又拿起了電話，然後突然停了下來。

「對了，那個房東在一樓開的是……」

「牙醫診所。」

御手洗接口，田崎瞪大了眼睛。

「沒錯，你怎麼？」

「我等一下會說，請你趕快打電話。」

御手洗在鼻子前揮揮手，田崎急忙撥了電話。雉井牙醫診所的電話和陣內屋一樣，都是舊式的黑色轉盤電話，和老舊的房子很相稱。

田崎在電話中發號施令時，御手洗顯得興高采烈，表情中難掩興奮，似乎一切都在他的預料之中。

然而，時間一分一秒地過去，已經過了中午，又到了下午。窗外起風了，傳來鐘蟋的叫聲，電話鈴聲仍然沒有響起。我們的肚子也餓得咕咕叫，御手洗的好心情也漸漸消失了。

「肚子餓了，要不要叫外賣……」

「不行，」田崎說，「這裡沒有後門，叫六人份的外賣太醒目了。」

電話又響了，御手洗示意雉井接電話。

「喂，我是雉井。」

「找田崎先生的。」

他接起電話，隨即洩了氣地說：

田崎接過雉井遞給他的電話

「什麼？是喔，鑑……好……好，我知道了，謝謝。」

他掛上電話後，對御手洗說：

「剛才和坪田家的人通了電話，說是曾經聽過鑑這個姓氏，好像有點記憶，但不記得是不是當初房客的名字。」

「喔，是嗎？」

御手洗應了一聲，似乎有點氣餒。又過了一個小時。我們上午九點左右來到這裡，已經過了八個小時，御手洗顯然失算了。

田崎似乎對御手洗的挫折樂在其中，他不時和後龜山聊幾句無聊的事，一臉幸災樂禍。御手洗原本對他的態度視而不見，但突然站起來說：

「田崎先生，請你不要搞錯了。我剛才那麼高興，是因為知道源達老先生平安無事。如果由利井打電話來，就可以證明源達老先生平安無事，但他們為了達到目的，也可以殺了源達老先生。對他們來說，這樣反而比較輕鬆。

「所以，由利井不打電話來，最傷腦筋的不是別人，而是你們。這代表源達老先生已經被人殺害，當然是因為你們昨天沒有保護那位老人。你瞭解嗎？」

御手洗走來走去，再度毫不留情地說出這番話。田崎收起了笑容。

時間繼續流逝，太陽漸漸下山，天色完全暗了下來，電話還是完全沒有動靜，周圍人也可以感受到御手洗的焦慮和煩躁。他時而走來走去，時而坐在椅子上；時而沉思，時而嘀嘀咕咕。

「難道用了其他的方法？去找其他牙醫，還是殺了他……」

我聽到御手洗低聲地自言自語。他輕聲地說著這句話，似乎在告訴我，這次他可能也犯下了疏失。看到他苦悶的樣子，我也覺得不好受。

診療室內有一個古色古香的掛鐘，發出「噹、噹」的報時聲很令人懷念。掛鐘終於指向了晚上八點，我來這裡已經十一個小時了。御手洗坐在椅子上，緊抿著嘴唇，露出苦惱的表情。他微微低著頭，用拳頭抵著額頭。

「真受不了，肚子已經餓扁了，我們要不要輪流去吃飯？」

田崎說。

「悉聽尊便，但我沒有食慾。」

御手洗冷冷回答，原本打算站起來的田崎又坐了下來。

日光燈的蒼白燈光下，時間不停地流逝。簾子外的老掛鐘「噹」地敲響了八點半的報時聲，滴答滴答的時鐘聲特別刺耳，或許是本鄉大道太安靜，可以聽見鐘蟋不停地鳴叫。

咯吱。椅子發出了聲音，御手洗站起身，似乎決定放棄。他站在白色簾子前轉頭看著眾人，雙手握在背後，一臉痛苦的表情，正打算開口。

玄關的方向傳來「嘎啦啦」的開門聲，接著，一個低沉、沙啞的聲音問：

「有人在嗎？」

御手洗立刻壓低了身體，小聲指示後龜山把燈關掉。後龜山關了燈，簾子附近暗了下來。

「雉井醫生，您出去接待他們，一定要把他們帶來這間診療室。如果他們打算逃走，您就大聲叫喊。」

把雉井醫生送出簾子外，御手洗立刻拉好簾子，向我咬耳朵：

「原來他們在等天黑，我應該對自己的推理更有自信。」

然後又小聲對兩名刑警說：

「上門的絕對就是由利井，你們準備好了嗎？要逮捕他們。對方有兩個男人，一個老人和一個女人，看到我出去後，你們要馬上跟出來，其中一個人擋在通往候診室的那道門前。」

玄關的方向傳來雉井和聽起來像是由利井宣孝的對話聲，談話內容聽不太清楚。微弱的燈光從白色簾子外照進來，隱約看到御手洗豎起耳朵，信心滿滿的樣子。他緊閉的嘴唇似乎在說，無論如何都要逮住他們。這種時候就覺得他冥頑不靈的固執性格很可靠。

幾個人穿著拖鞋，啪嗒啪嗒地走進了診療室，由利井宣孝略帶沙啞的聲音聽得更清楚了。

「我父親說他智齒痛。」

「我看看，請坐在這張椅子上。」

雉井說。在衣服摩擦聲和一陣拖鞋的腳步聲後，治療椅的彈簧發出了聲音。

「就是這顆，上面不是做了金牙套嗎？把套子拿下來，再把填在裡面的東西拿出來，幫他把神經抽掉。」

男人聲音沙啞地說。

「什麼？如果沒有拔掉神經，當初不可能做這個金牙套。」

「那是很久以前治療的，應該也有這種可能吧。」

「不太可能……真的沒有抽掉神經嗎？」

「因為我父親說會痛啊。」

「我這樣敲，這顆牙齒會痛嗎？」

老人回答說不會。

「我父親最近有點老人癡呆……他已經忘記剛才痛得哇哇叫。不用管他，醫生請你照我說的做。」

「可以嗎？」

雉井醫師似乎在問老人。

「不要。」

老人語氣堅定地回答。

「老先生說不要，既然當事人不想，我身為醫生……」

「什麼醫生！你的執照不是被暫停了嗎？」

另一個男人說道。

「別裝模作樣了！叫你怎麼做就怎麼做，哪來那麼多廢話？如果你不要自己的小命，老子樂意成全！」

接著，傳來一陣喀嚓喀嚓的金屬聲。

「看不懂這是啥嗎？裡面可是裝了霰彈，如果肚子上挨一顆，可沒那麼容易拿出來。動作快一點！老子可是付了大錢的！」

男人情緒激動地說。我和御手洗互看了一眼，兩名刑警也驚訝地看著御手洗。御手洗盯著簾子的縫隙，輕輕搖了搖頭。他的表情也變得很嚴肅，似乎也沒有料到歹徒會帶獵槍。「再等等。」他嘴唇動了動。

一陣「嗡——」的馬達聲。老人發出短促的呻吟。

馬達聲音響了一陣子後停了下來，接著是治療用具在盤子上的碰撞聲，然後又是隱約的喀喀聲。窗外的蟲鳴聲不斷，那些昆蟲不知道這裡正在上演一齣令人屏氣凝神的戲碼。

「老爸你不要動。醫生，我會按住他，你動作快點。對……」

聲音沙啞的男人說。

「對，那個大正時代的金牙套放在那裡，把裡面的填充物拿出來。拿出來了嗎？好，也放在這個盤子上……」

御手洗掀開簾子，衝到診療室。兩名刑警也跟了出去。我和陣內也走了出去。

只見御手洗雙手抓著獵槍，和男人扭打起來，我也不顧一切地撲向那個男人的後背。但還來不及撲過去，他就咚地倒在我面前。御手洗絆了他一腳。

咚隆、匡噹，到處傳來東西倒地或是打破的聲音。人和人肉搏戰的聲音、喘息聲，奇怪的是，沒有人說話。

御手洗搶過獵槍，丟給目瞪口呆的陣內，然後走向被我架住的男人，扭著他的右臂。

「石岡，要握住那個關節，然後像這樣扭一下。」

他冷靜地向我解說。

這時聽到「噗咚」巨響，抬頭一看，原來是田崎把由利井宣孝摺倒在地。

「啊！」

女人發出刺耳的尖叫聲。聽到女人的聲音後，另外兩個男人才終於大聲叫罵：「他媽的！」、「王八蛋！」

「後龜山先生，趕快給他銬上手銬。陣內先生，小心不要讓那個女人逃走。你把槍放在角落就好。田崎先生，我會看好這個男人，你趕快打電話回署裡，請他們派車過來。我想趕快搞定，要去吃晚餐了。」

御手洗俐落地發出指示。

「他媽的，原來是你！」

由利井宣孝咆哮起來。

「對，我是台東區公所老人福祉課的。這位老先生不想拔牙，你卻硬是要幫他拔，這是虐待老人。」

「王八蛋！居然是你在搞鬼，給我記住！」

「別這麼說嘛，至少有一件事你該感謝我。現在已經是晚上了，但源達老先生沒再跳舞了吧？」

對喔！御手洗也提醒了我。老先生的舞蹈症怎麼了？源達老先生仍然一派輕鬆地坐在治療椅上，似乎完全沒看到我們已經打成了一團。

「雉井先生，請您用新的金牙套蓋在源達老先生的牙齒上。啊喲喲！這個填充物可不能丟，不然他們會恨死你。先放在這裡，用瓷粉幫他補好。」

「他媽的，你打算怎麼處理石頭？」

由利井大叫著。

「別擔心，我會物歸原主。」

御手洗回答時，遠處已經傳來警車的警笛聲。

被田崎銬上手銬的金谷對著天花板大叫：

「他媽的，我早就說要殺了他！」

8

「什麼石頭？」

由利井、金谷和由利井的妻子被帶走後，後龜山問。兩名刑警還留在診所。源達老先生也留下來接受雉井的治療。

「所謂石頭就是……」

說完，御手洗走到雉井旁邊，隨意拿起桌子上，從源達老先生智齒內取出的填充物，說了聲：

「失禮了。」用杯子內的水洗了洗。

御手洗把右手放在日光燈下，在他的大拇指和食指之間，有一道銳利的白光閃耀。

「這就是這場鬧劇的原因。」

哇噢。我們忍不住輕聲驚嘆。太出乎我的意料了，兩名刑警應該也有相同的感想。

「怎麼會？為什麼……」

後龜山說不出話。

「搞不懂，簡直就像在變魔術……」

「你怎麼會知道是這麼一回事？」

我也忍不住問。

「這是名叫『蘇美女王』的鑽石。」

「價格……」

田崎不假思索地嘀咕。

「應該是無價之寶。至少上億，搞不好可能數億。想要嗎？那就給你。」

說著，御手洗把「蘇美女王」丟給後龜山。後龜山驚叫一聲，雙手接住了。

「你別亂來！萬一不見了怎麼辦？」

我忍不住大叫。

「只不過是會發亮的炭而已。」

御手洗不以為然地說。他這種不屑一顧的態度似乎在說，區區數億，無法影響他的信念。

「可不可以請你說明一下事件的經過？」

後龜山說。

「我餓壞了，所以只能簡單地說一下。」

御手洗拉了一張椅子坐下。

「大正十一年，也就是關東大地震的前一年，新橋的一家名叫蘭櫻的知名珠寶店遭竊，大量珠寶失竊。但竊賊很快就被抓到，大部分珠寶也都物歸原主。不過，其中名為『蘇美女王』，價值最昂貴的鑽石卻沒有找到。因為幾名竊賊擔心被逮捕，把那顆鑽石寄放在朋友那裡。」

「那個朋友就是源達老先生嗎？」

我問。

「沒錯。他當時在牙科當實習生，想到一個錦囊妙計，把鑽石藏在自己正在治療的智齒內。原本打算之後拿出來，歸還給朋友。

「但是，大正十二年九月一日發生了關東大地震，那幾名遭到拘留的竊賊都死在拘留所。源達老先生十分震驚，但因為對生活沒有太大的影響，他也就沒理會那顆牙齒。

「六十年的歲月流逝，他因為某個契機被送入了位在幕張的切止老人安養院。有一個開小酒館的老闆得知這個沒有親人、窮困潦倒的老人藏著一顆價值數億的鑽石。他就是由利井宣孝。

「他謊稱老先生是自己的父親，把他從老人安養院接了出來，為老先生辦理了戶籍，千方百計想要尋找『蘇美女王』的下落。但是，有一個很大的原因阻礙了他，因為源達老先生得了老人癡呆症，老先生自己也不知道鑽石藏在哪裡。事實上，他之所以會住在切止老人安養院這種普通人住的地方，就是因為他已經罹患了老年癡呆症，忘了自己把鑽石藏在哪裡了。只要他回想起來，他就是億萬富翁，可以住在更高級的老人公寓。

「我昨天去了幕張的切止老人安養院，知道有一位老先生罹患了老人癡呆症，忘了自己的姓名和過去，大家都叫他阿呼。因為他整天發出『呼、呼』的嘆氣聲。

「不久前，一個臉上有痘疤，聲音沙啞的男人來找他，不知道為什麼，不久之後，就把阿呼從老人安養院帶走了。

「阿呼曾經有一段時間是淺草寺附近的遊民，不小心被車子撞到，在醫院住了一段時間，之後才被送去切止老人安養院。因為撞到他的車主是一家大企業的總裁。

「據我的推測，把阿呼從老人安養院接走的男人也向淺草的遊民打聽了他的事，才會去老人院找他。於是，我就請淺草的這些可愛居民喝日本酒，耐心地向他們打聽情況。打聽這種事，我比警察更在行。他們告訴我，的確有一個像我所描述的老人整天問他們：『凌雲閣去了哪裡？』這種莫名其妙的問題，但是，並沒有打聽到這位老人的過去。

「由利井宣孝和他的妻子，還有紅玫瑰的員工金谷三個人用盡方法，希望源達老先生回想起鑽石藏在什麼地方。但這並不是一件容易的事，他們把蘭櫻珠寶店相關的舊報紙剪報放在相框內，掛在老先生住的房間內，也經常拿給他看，但情況並不順利。

「不久之後，源達老先生開始說一些很奇怪的話。說什麼在窗外看到了凌雲閣，有時候還會提到大正時代的朋友名字，甚至有時候會誤把宣孝當成以前的朋友和他聊天。於是，宣孝開始覺得可以利用老人癡呆症，讓源達老先生誤以為自己和金谷是他當年的朋友，進而想起藏鑽石的地方。宣孝會想到這樣的計畫，一定是之前和老先生談話時，已經有一種答案呼之欲出的感覺了。

「剛好這時候，淺草寺舉辦了『淺草祭奧山風景·老街現場音樂會』，而且這場活動的重頭戲，就是在淺草寺內建造凌雲閣。凌雲閣就是俗稱的『淺草十二樓』，在大正十二年的關東大地震中倒塌之前，是象徵東京繁榮的高層建築，比現在的東京鐵塔和新宿副都心更吸引人，和塔下的『葫蘆池』一起成為淺草的名勝。淺草寺內用木材建造的凌雲閣複製品十分精巧，總共有四層樓，一樓是禮品店。宣孝絞盡腦汁，想要充分加以利用。

「他在調查後發現，大正十一年，蘭櫻珠寶店的鑽石遭竊時，源達老先生所住的坪田牙醫診所二樓位在凌雲閣北側，從窗外就可以看到淺草十二樓。於是他想到，如果讓源達老先生住在朝南可以看到凌雲閣模型的地方，自己和金谷再打扮成大正時代的樣子和他交談，老先生一定可以

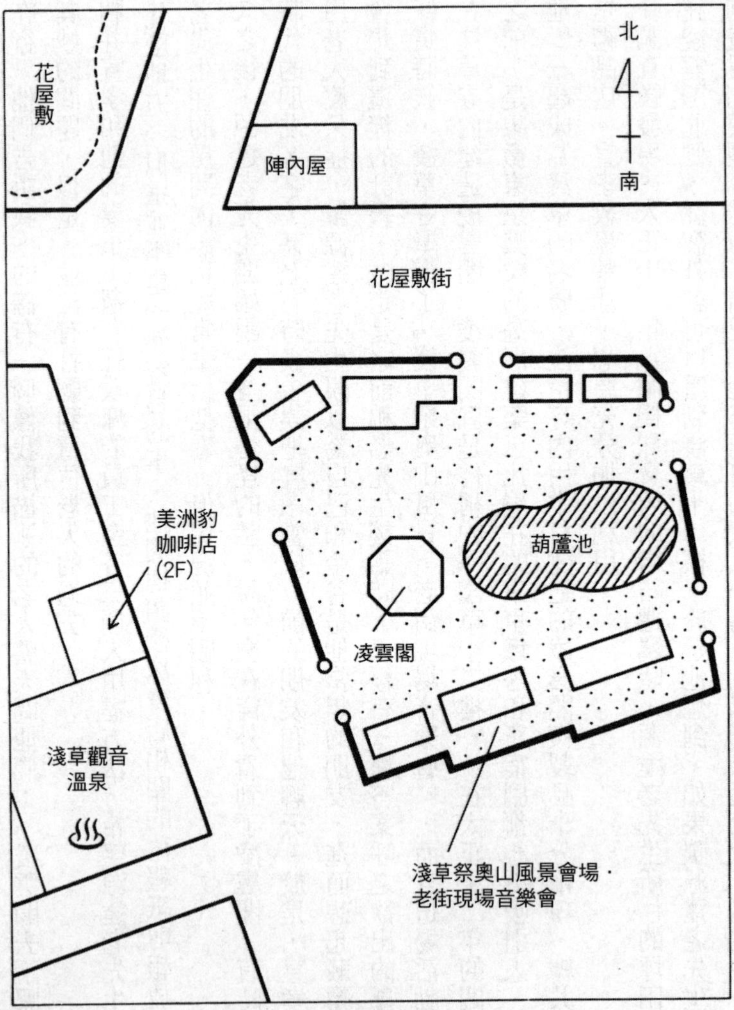
花屋敷
陣內屋
北
南
花屋敷街
美洲豹
咖啡店
(2F)
葫蘆池
凌雲閣
淺草觀音
溫泉
淺草祭奧山風景會場・
老街現場音樂會

想起藏鑽石的地方。雖然正常人會覺得根本是異想天開，但老人癡呆症原本就帶有這種喜劇要素。

「只可惜宣孝家看不到淺草寺內臨時建起的凌雲閣，他在尋找臨時凌雲閣的北側有沒有日本式的房子時，剛好看到一棟理想的房子，就是……」

「就是我家！」

陣內大叫。

「沒錯。於是宣孝砸了大錢改建了陣內屋的二樓，拜託您讓源達老先生暫住一陣子。然後，每天一身大正時代的打扮來找源達老先生，再三問他：『阿源，那個東西到底在哪裡？』」

「原來是這樣！」

我佩服地叫了起來。

「結果呢？源達老先生想起來了嗎？」

田崎問。

「他們對牙醫師這麼執著，應該是想起來了。」

「原來是這樣，難怪他們要找住在兩國的舟屋老先生……」

「沒錯，他們帶走已經退休的牙醫師，想要偷偷拆下金牙套，取出牙齒內的填充物。但是，舟屋老先生越想越不安，跳下車時不慎撞到頭部而死。這就是後龜山先生和田崎先生出馬處理的那起案子的真相。」

「但是……為什麼非要找牙醫師？」

田崎嘀咕道。

「由利井原本打算自己動手，他要求他老婆和金谷按住源達老先生，不顧老先生大喊大叫，還是把鐵鉗塞進老先生嘴裡，想拔下金牙套，但最後沒有成功。我第一次看到老先生時，他的嘴巴都破了、流著血，全都是自稱是他兒子的傢伙害的。因為曾經發生過這種事，所以宣孝才放棄自己動手，決定交給專家處理。但無論如何都要避免這件事張揚出去，或是被牙醫師發現秘密，他才拚命找沒有病人也沒有護士，可以用錢封口的牙醫師，因此成功地落入我設下的陷阱，只是大大地讓我緊張一下。走吧，去吃飯吧！」

御手洗猛然站了起來。

「等一下！」

我大叫一聲。

「那你吵著要問淺草醬油仙貝是怎麼回事？」

御手洗在收拾的同時，不耐煩地說：

「石岡，當然是為了確定源達老先生不是裝假牙啊！」

「……啊？……喔，原來是這樣，如果源達老先生是裝假牙，這些推理就不成立了……只有自己的牙齒……」

「既然已經知道了，就趕快穿上衣服準備出門吧。」

「那你直接問他是不是假牙就好了嘛。」

「你知道跳舞老先生的牙齒是真是假嗎？」

御手洗反問，我啞口無言。

「對了，那舞蹈症又是怎麼一回事？」

我問。

「這件事吃完飯再說。」

御手洗快步走向玄關。

9

吃完飯，我和御手洗向兩名刑警道別，在陣內屋舉杯慶祝。聽兩名刑警說，由利井源達的戶籍已經從由利井家遷出，會再度住進切止老人安養院，他的身分恢復了沒有名字的阿呼，但還是繼續使用宣孝為他取的源達這個名字。目前還沒有決定如何處理「蘇美女王」，但其他問題都已經恢復了事件發生之前的狀態。

陣內巖為我們送來啤酒後，在店內忙來忙去。陣內屋生意興隆。

我喝了幾杯啤酒後，問了御手洗舞蹈症的事。

「那不是原因不明的疑難雜症嗎？你莫名其妙地亂弄一通，怎麼可能輕易治好？」

御手洗心滿意足地笑了起來。

「你在由利井家客廳的那套咒術到底是怎麼回事？真的是靠那個方法治好了源達老先生的舞蹈症嗎？」

「既可以說對，也可以說不對。」

御手洗回答。

「什麼意思？」

「當時我做的事，其實有好幾個目的。首先，確認了源達老先生的跳舞病不是假裝的，另一個目的，是為了拿到這個。」

御手洗從因為和遊民長時間相處，已經沾滿污垢的夾克中拿出一張泛黃的報紙。

「蘭櫻遭竊珠寶中，『蘇美的女王』下落不明……這是？」

「這是裝在由利井家客廳的相框內，大正十一年的報紙剪報。宣孝為了讓源達老先生想起鑽石的事，把相關剪報都裝在相框內，這一張觸及了事件的核心。我假裝揉成一團，塞進源達老先生的嘴裡，但其實塞進他嘴裡的是面紙。我仔細看了報導的內容，終於瞭解事件背後的真相，所以才會知道鑑、小日向和鈴木這幾個當年偷珠寶的竊賊名字。」

「原來是這樣！你這個人還真不能小看啊……」

「由利井以前曾經當過色情雜誌的撰稿人，在採訪某起事件中，得知了蘭櫻的珠寶遭竊事件，以及有一顆最昂貴的鑽石還沒有找到，他還查到了住在切止老人安養院的源達老先生。」

「所以，你當時的舉動並不是治療他的舞蹈症，那位老先生突然不再跳舞只是偶然嗎？」

「我只是順便治好了他的病。」

「醫生也治不好的罕見病，你居然治好了？開什麼玩笑！」

「我是認真的。」

「你用了什麼藥嗎？」

「對，我用了藥。」

「你給他吃了什麼藥？」

「這個嘛……」

說著，御手洗又從夾克口袋裡拿出一把包在透明袋子裡的膠囊，放在桌上。他的口袋裡什麼都有。

「這些膠囊是什麼？」

「名叫舒復寧。」

「這是舞蹈症的特效藥嗎？」

「石岡，完全正確！只要持續幾年早、中、晚都吃這種藥，就會開始跳舞。」

「什麼？」

我越聽越糊塗。

「我以前曾經注意到這個問題，發現有些人過度服用這種藥物會產生危險。你瞭解嗎？所以，不是我給他服用了這種藥，而是我偷偷地把這種藥從海苔罐裡拿走了。一旦被我拿走，他就不會再服用。只要不服用，他的舞蹈症就不藥而癒了。」

「真的嗎？難以置信！那些藥不是醫院處方嗎？」

聽到我的問題，御手洗點點頭。

「既然這些藥會導致舞蹈症，簡直就是在說醫生讓病人服毒。」

「石岡，藥物本來就是雙刃劍。這種名叫舒復寧的藥物當初是開發作為消化道潰瘍的治療藥，後來試用於智能不足的兒童和老人癡呆症，發現效果很理想，所以目前作為老人癡呆症的治療藥，也的確發揮了治療效果。

「但每個人的體質都不同，年紀越大，這種個人差異就越明顯。至於是什麼差異，就是人體將藥物排出體外的速度有很大的不同。我們通常每隔六個小時服用一次藥物，是因為人體在六個小時後就會將藥物排出體外，所以必須再度補充以持續藥效。老年人將藥物排出體外的速度原本就比年輕人慢，而且有些老人的體質更是特別慢。當之前服用的藥物還殘留在體內，若再度服用下一次藥物，這些藥物就會在體內不斷累積。持續數年後，不發生可怕的現象才奇怪。雖然會產生各種副作用，但源達老先生會發生肌肉不自覺地膨脹鬆弛的症狀，於是會不自覺地手舞足蹈、露出奇怪的表情。這就是現代罕見病舞蹈症的真相。」

「喔……原來是藥物攝取過量……」

我忍不住嘆了一口氣。

「這和遺傳沒有關係。我以前就對這種藥物存疑，這一次終於找到了答案。我想你早晚會寫這起事件，所以再稍微詳細說明一下舞蹈症的問題，不要讓人誤以為所有的舞蹈症都是藥害引起的。

「在這次事件中，一旦進入法律程序，辯方一定會提出否認舒復寧和不隨意運動之間因果關係的意見。但從客觀的角度來看，顯然是藥物誘導所致，所以把舞蹈症的人當成像傳染病人般避之不及是很愚蠢的偏見。

「但舞蹈症並不是只有這一種而已，而是所有會造成非隨意運動的病理障礙的總稱，除此以外，還有其他的情況。

「目前最常見的就是亨丁頓舞蹈症，較常出現在西歐，是很罕見的遺傳性疾病。

「一旦罹患這種疾病，成年後就會發生類似舞蹈症現象和智能衰退，逐漸惡化。發病後，漸漸變成廢人，幾乎都在十年至十五年後死亡，現在還缺乏有效的治療方法。雖然是遺傳性疾病，但還不曾出現父母超過六十歲都沒有發病，兒女發病的案例報告。

「還有另外一種小舞蹈症。好發於十歲左右的兒童，同樣會有舞蹈運動，書寫凌亂，和非主動性皺眉、手指突然抽搐，以及態度心神不寧等症狀。

「罹患這些疾病的病患中，有超過百分之五十的人曾經罹患過風濕熱，一般認為有相關的關係，但因為是小孩子，所以很大程度上也受到精神性因素、壓力和外在刺激影響。

「總之事出必有因，從這次的事件中瞭解到，藥物也是原因之一。因為這種疾病的症狀讓人覺得可怕，所以大家都會避之不及，或是毫無意義地隔離病人，甚至加以歧視，都是不科學的無知行為。」

「嗯……」

我再度嘆著氣，還是覺得這個問題沒那麼簡單。

「但是，這不是醫院的處方藥嗎？」

「石岡，目前日本的醫療制度存在很多矛盾，日本人表面上很尊敬醫生，其實並不信任他們的處方和針劑。比方說，病人對醫生的語言治療絕不買帳，也不願意付錢。所以，日本的醫療機構長期以來，都靠處方藥物謀取利潤。日本人不願意把錢花在醫生的個人能力或是才華這種肉眼看不到的商品上。照理說，為老人開立處方前，必須先檢測每個病人的藥物排出速度，這才是正當的治療。但一旦這麼做，醫生就賺不了錢，所以就以固定模式處理病人的病症，胡亂處方藥物。雖然大部分病人都靠這種方法治好了病，但還有很多老人深受副作用之苦，只是沒有人會注意癡呆老人的吶喊。

「每次想到這種事，我就特別難過。很多人來到生命的最後一程，發出了無人明白的求救聲，然而我們卻無能為力。」

「但是，醫生……」

「醫生當然也察覺到了。但很遺憾的，大部分醫生都缺乏信念，只是上班族而已。只要厚生省沒有列為禁藥，他們就繼續處方大量藥物給有癡呆症的老人。其實醫生也是軟弱的羔羊，只是收入稍微比普通人高的上班族，並不是通過國家考試，就變成了英雄。」

御手洗頓了一下，他越說越氣憤。

「這個國家的醫療制度已經到了危險的地步，先進的科技每年都持續生產不計其數的化學藥品。在我們說話的這段時間，就有很多新藥裝在冰箱裡，等待厚生省的認可。一旦獲得認可，就會有很多人像源達老先生一樣，連續好幾年，每天早、中、晚都把裝在海苔罐裡的藥送進體內，一直持續到死。

「石岡，我有時候在想，這個國家的教育體系雖然很適合培養企業戰士，卻不適合栽培醫生。靠整天死背、死背、死背才能克服考試戰爭的學生生涯，根本無法培養醫生的職業道德。

「在每天緊張的生活中，他們的自信被連根拔除，變成好像齒輪般漠無表情的士兵。他們信奉的不是職業道德和信念，而是銀行的存款餘額和月收入的數字。」

「你應該當醫生。」

我有點沮喪，御手洗笑了笑。

「好主意。如果我當醫生，就會把處方的藥物控制在最低限度。然後你和其他正常人就會說我是腦筋有問題的醫生，就像現在一樣。」

即使這種時候，御手洗仍不改諷刺幽默。

「不過這也不錯，我很樂於為結出有價值的果實犧牲。」

「這次真順利，最後還揭露了日本醫療制度的缺陷。」

「但正是拜這種缺陷所賜，揭露了由利井宣孝的惡行。如果源達老先生沒有因為過量攝取舒復寧的副作用跳舞，我們也不會來這裡。」

「喔，也對喔。」

「這個世界上充滿了上帝的諷刺，如果可以輕鬆地把這個世界上所有的現象和行為分類，分別放在『善』或『惡』的籃子裡，不知道該有多輕鬆。」

陣內巖端著新的啤酒來到御手洗身旁，御手洗看著半空繼續說：

「上天的啟示隨時都會從天而降，以複雜糾結的暗號出現。我活在世上，就是每天破解這些暗號。」

說完，御手洗把啤酒一飲而盡。陣內巖目不轉睛地看著御手洗指向的天花板。

近況報告

1

轉眼間，我向世人介紹御手洗這個我行我素、與眾不同的離奇古怪人物，已經有將近十年的歲月了。

這十年間我們出版過的書籍，即使包括本書在內，也只有區區數本而已。但不知道為什麼，日本各地居然出現了御手洗的粉絲俱樂部，而且都是女粉絲。最近我對這些事已經習以為常，也不會再感到驚訝，只是深深地覺得，女人太不可思議了。這個世界上還有很多男人關心女人，對女人有興趣，而且願意為女人奉獻，何必為御手洗這種怪胎成立什麼粉絲俱樂部？

御手洗每年情人節收到的巧克力堆得像小山一樣高，甚至有人送了一整年份的心形巧克力裝在鐵罐裡。冬去春來，御手洗對這些巧克力完全失去興趣後，又經過了春去夏來、秋去冬來，直到翌年的情人節來臨，都由我一個人默默負責吃完，總算沒有暴殄天物。

橫濱博覽會舉辦期間，每到週末，陽台下的馬車道上就聚集了一群年輕女生，還跟著口令「一、二、三」地齊聲大叫：「御手洗先生——」星期天早晨經常被這種叫聲吵醒，她們通常都未滿二十歲，聊天後發現這些女生都很可愛。但那一陣子每到星期天，御手洗都一大早就不知道神隱到哪裡去了。

御手洗的女粉絲中，一些比較有勇氣的人會直接打電話到我們的事務所，或是直接上門要求簽名和握手。其中有一個人帶了兩本薄薄的書給我們，問我們有沒有看過？我翻開一看，驚訝地發現那是關於御手洗和我的書，用漫畫和插圖的方式，描寫了御手洗和我在他們想像中的生活。

其中一本叫《BEWITH》，另一本叫《人馬宮時代》，其中《BEWITH》是季刊，已經出到第三號了。

我只知道這兩本而已，但市面上似乎流傳著不少諸如此類用影印機複印的袖珍本。我當然很樂意看到自己的朋友這麼受世人的喜愛，但御手洗潔這個怪胎居然會成為女人的偶像，實在是始料未及，我當初甚至認定這種事絕對不可能發生。

雖然御手洗原本對這些鎖定他大寫特寫的同人誌興趣缺缺，但我常看得捧腹大笑。其中有一項「檢查你的御手洗大師度」的量表令我很感興趣，我曾試著讓御手洗做做看。若我只是把書交給他，他當然不會照辦。所以我就在吃完飯後，把每一題唸給他聽，逼他回答「是」或「不是」，再由我評分，結果當然是三十分滿分。我把三十分的評語唸了出來，上面寫著：

「你就是御手洗大師吧？下次要幫我簽名。」

其實這是根據事實，把御手洗的回答做了若干修正後的結果。如果完全按照御手洗回答的內容畫圈叉，結果應該會變成——

「〇～七分，你該不會是石岡？」

御手洗對自己的性格徹底缺乏自覺。比方說，他聽到「你很擅長吐朋友的槽嗎？」，或是「別人是否曾經覺得你是瘋子？」，以及「經常說謊」和「表達個人意見時向來想說就說，完全不顧時間和場合」這些項目時，都一臉嚴肅地回答：「NO。」記得以前我曾經在哪裡寫過，人往往不瞭解自己。

那兩本同人誌中還有許多很有趣的內容，但現在提筆想要寫下來，卻忘得一乾二淨了。對了，我想起一件事，那兩本書中有許多她們那個世界的專有名詞，即使認得每一個字，也不知道這些文字組合起來是什麼意思。因為這一陣子經常收到年輕女孩的來信，所以我對字裡行間充斥的汗珠和心形符號已經免疫了。不過，像是「對不起，我居然有這麼邪門的想法」，或是「啊，我快爆炸了」之類的表達方式，依舊百思不得其解。我問了御手洗，他說他也搞不懂。雖然這些書上有這些令人費解的要素，但我還是樂在其中，也很喜歡她們把我和御手洗描述成好像十幾歲的青少年。收到最新一期的《BEWITH 4》時，就連一開始興趣缺缺的御手洗也忍不住好奇地拿起書，皺起眉頭，一臉好像在看拉丁文的痛苦表情看了起來。

除了這些同人誌以外，最近一些隱姓埋名的讀者寫給我和御手洗的信，或是直接打電話到這裡的勇敢女粉絲，都提出了相同的要求，希望我可以詳細介紹御手洗的日常生活和近況。

他們想瞭解御手洗潔這個怪傑除了破案以外，日常生活中在想些什麼？對我這個同居人說什麼？看什麼書？他有沒有父母、兄弟？如果有的話，他的家人住在哪裡？御手洗以前過著怎樣的人生？他似乎討厭女人，為什麼會這麼病態？甚至有勇敢的女人在信中說，願意用自己的女性魅力治療他。

就像托馬斯・愛德華・勞倫斯和柴可夫斯基一樣，討厭女人通常都是戀母情結發展而來的，有人寫信問御手洗有沒有這種傾向，而且還附上數十個詳細的問題。由此可知，有不少讀者來信把御手洗當成了病人，這種時候，御手洗都毫無例外地滿臉不悅，生氣地出門去了。

至於他去了哪裡？且聽我細說。以前，由四十多歲的家庭主婦組成的社團在閒暇時，會舉辦讀書會，或是打網球或軟式棒球，但她們似乎厭倦了這些活動，於是就邀請御手洗去演講。當時御手洗嚇得臉色發白，彬彬有禮地在電話中委婉拒絕，我在一旁看著，都覺得他有點可憐。但對方似乎不願放棄，接下來的十多天，御手洗每天過得戰戰兢兢，只要一看到我，就口無遮攔地怪我，說是因為我寫這些無聊的書，才會惹出這種麻煩事。他還大聲宣告，他想要的只是其他人無法破解的難題罷了。主婦社團卻揚言，既然御手洗不願去演講，她們就來這裡找他。

當那群人手一台相機的胖女人不請自來地湧進事務所時，御手洗從浴室的窗戶沿著落水管逃了出去，但不小心失手，扭到了左腳踝。他在沙發和床上整整躺了兩天動彈不得，所以我千方百計探他的口風，問了他不少往事。

也有人希望我用圖解的方式詳細說明我和御手洗住處的房間格局，甚至有人擔心浴室、廁所、玄關的位置和方位是否正確？所以這次我打算公佈我們房間的格局圖。

也有料理研究家希望我詳細介紹御手洗的飲食生活，她想瞭解御手洗飲食的熱量計算是否正確？營養是否均衡？總而言之，她不希望御手洗發胖。還特地留下了工作地點和家中電話，要我一發現御手洗腰圍稍微增加，或是有雙下巴的徵兆，立刻打電話通知她。

想要瞭解御手洗喜歡的料理、愛喝的酒和點心的信件更是不計其數，想到這個世界上有那麼多人關心御手洗的身體和健康，我不禁深受感動。御手洗是一個幸運的人，他受世人喜愛的程度是他自己所認為的一千倍。

然而御手洗對這些信件不感興趣，甚至覺得造成了他的困擾，除非是委託辦案的信，否則他都不屑一顧。

我對這位朋友的不上道深感歉意，所以打算回應廣大讀者的熱切要求，用好像對讀者回信的感覺，提筆向各位報告這位同居人的近況。在寫這一篇時，我沒有像平時一樣參考御手洗的事件記錄簿。

其實仔細想一下，就會發現這個主意並不壞。因為御手洗在離奇事件上所運用的思考力，只是他大腦能力的一小部分而已。有時候我覺得，御手洗在破案以外的日常生活更值得向世人介紹，而且對日本人更具有教育意義。

他隨時都熱中思考某個問題，大腦從來沒有放空休息的時候，就連睡覺時也不例外。他經常醒來第一句話就說：

「啊，累死人了。」

犯罪問題只是他的好奇心關注的眾多對象之一。這麼說或許有點奇怪，但身為同居人，我反而常覺得他在辦案時更孩子氣。從某種意義上來說，他覺得辦案是散心，平時的他儼然就是一位學者，比他為了破案廢寢忘食、四處奔波時更讓人受益無窮。事實上，他在二十多歲時曾經在美國的某所大學執教鞭。我曾經問他教的是哪一門課？他回答說日本的大學還沒有開過，是什麼基因相關的學問，只記得他用英文說是「bio-」什麼的，我早就忘了。

對了，說到他曾經在美國任教的事，我想起他以前曾經說過，他擁有美國國籍。因為是在開玩笑時順便提到的，所以我至今仍然搞不清是真是假。為了他的廣大粉絲，我打算找一天明確問清楚。如果他拿美國護照，恐怕會讓不少女粉絲感到震驚。

總之，雖然我和他共同生活多年，但他向來不願意談自己的事，很多讀者想知道的事情，我也沒有答案。要從他的口中問出他的過去和家世背景簡直讓我傷透了腦筋。

仔細觀察後，發現他的外文比日文好，尤其擅長英文，比起日本國內，他更瞭解國外的事。不，他向來把日本視為世界地圖的一部分來觀察和掌握。他只是目前剛好人在日本，但內心並不認為自己是日本人。

有一次他列出詳細的數據資料向我說明，日本的醫科大學都不教急救外科醫療，而且法律還禁止醫師上救護車，這簡直就是犯罪，必須立刻加以改善。但有時候又突然說，日本大學建築系的學生也會學習土木工程系中的結構力學，這是日本的優點。據我的觀察，御手洗對教育和醫療問題知之甚詳，都是和外國的各種例子比較後才指出問題癥結，可見他也很瞭解外國的情況。

有人打聽御手洗的書架上都有哪些書？其實大部分都是進口書，也有很多從歐美定期寄來的雜誌。他的書籍雜誌大部分都是英文，也有德文、法文、西班牙文、義大利文、中文和韓文等各種不同的語言，雖然我不知道他能夠說幾種語言，但他可以自由運用這些語言閱讀。

御手洗以前曾經告訴我，他喜歡學外文，拉丁語系、西班牙語系的語言，他只要一個星期就學會了。對於連英文都一竅不通的我來說簡直就是魔法，然而他說，只要掌握了訣竅，這並不是什麼困難的事。

有一天，他拿出一張老舊的世界地圖攤在桌上，小心翼翼地把十圓硬幣放在上面。我忍不住問他，你為什麼留在日本？

「真是一個好問題。石岡，你認為這是什麼？」

他的態度就像是大學教授。

「這是十圓硬幣啊。」

我回答。

「沒錯，誰看了都知道是硬幣，但是，世界上有一個人發現這完全是另一種東西。」

「另一種東西？」

「對，是具有不同意義的另一種東西。」

說完，御手洗從零錢包裡拿出硬幣，繼續排在地圖上。

「地球是球狀的棋盤，上面畫了很多奇妙的黑線，這些線稱為國境。整個歐洲比中國一個國家還小，而歐洲地區的黑線是在第一次世界大戰，那個少有飛機和坦克，也沒有導彈和電腦，只靠舞刀揮槍進行戰爭的時代所決定的，並一直留到現在。雖然大國可以憑著一己之私，稍微加以更動。

「有不少人從常識的角度理解國境，認為是海洋、山川等自然地形，宗教、思想和語言，或是某種疾病形成了這些線。」

「疾病？」

「對，疾病。若真是如此，在那個時候也根本沒有這些線，因為當時沒有地圖。但在地圖出現之後，人們馬上開始到處畫線。不，就是因為要畫線，地圖才會出現。『畫線』這件事才是真正的主角。」

御手洗指著地圖上放得滿滿的硬幣。

「有經濟能力的國家可以得到軍事性的腕力，並以這種腕力相互較量，決定所有的線。就好像希特勒和史達林擅自決定了波蘭的國境一樣。

「所以當俄羅斯變窮之後，柏林圍牆就倒塌了，東歐開始自由化。因為巴黎統籌委員會❽的規定而失去經濟實力的美國，隨即和管制對象在馬爾他握手言和，鐵幕隨之消失，結束了冷戰。世界就像巨大的腔腸動物的咀嚼般蠕動，歷史不斷向前邁進。事後可以用意識形態、軍事行動之類的理由加以解釋，但實質就是金錢的較量，馬克思主義也是和金錢力學緊密結合而產生的理論。所以，這種思想只是允許組織性暴力存在的擋箭牌。所有的宗教最終都容忍肉食，容許戰爭的存在。任何宗教都無法有效反駁金錢力學的自私，就好像藥局賣腸胃藥，容許暴飲暴食的存在一樣。」

御手洗說話時，默默地排著十圓硬幣。這種時候，他的臉上總是帶著充滿惡意的諷刺表情。

「暴飲暴食，這才是一切的根源。平步青雲的人毫無例外地變成了美食家，而鍛鍊出來的肌肉，一旦不使用就會逐漸衰退，這就是戰爭的理由。這種無聊事和那些平步青雲者想要耀武揚威的願望臭味相投，結果就變成了這些十圓硬幣。」

我看著御手洗的手，十圓硬幣放滿了世界地圖上所有的陸地。

「這些十圓硬幣證明了人類的愚蠢。一九四五年，第二次世界大戰終結之後，有全國上下投入戰爭經驗的國家，就是被這些十圓硬幣擊垮的。」

❽COCOM，簡稱巴統組織。對社會主義國家和部分民族主義國家實行禁運和貿易限制的國際組織，總部設於巴黎，故通稱巴黎統籌委員會。

我站了起來，再度俯視著桌上的地圖。十圓硬幣放滿地圖，只剩下海洋而已。

「只剩下海洋了。」

「這四十五年來，地球上幾乎所有國家不是大張旗鼓地打仗，就是暗中發動戰爭。無論歐洲各國、非洲、美洲的國家，還是歐亞大陸的國家都一樣。」

「世界各地有發生過那麼多戰爭嗎？」

我驚訝地問。

「只有日本人還被蒙在鼓裡。這個國家的國民都認為戰爭的危險遠在冰河期的彼岸，日本人認為戰前和戰後是相差百萬光年的不同時代。但現實並非如此，其他國家的情況和第二次世界大戰前完全沒有改變，不，從某種意義上來說，甚至比那時候更糟。人類的行為始終沒有改變，從歷史出現之前，經過漫長的歲月來到今天依舊。雖然不該讓那種人類擁有核武和電腦的武器技術，但諷刺的是，正因進入和足以讓自己死十幾次的核子武器為伍的時代，世界大戰的可能性反而大幅降低了。」

「是嗎？」

「是啊，只是不知道這到底是幸或不幸。根據我所掌握的資訊，和各種事物進行綜合判斷後，發現在一九九〇年的現在，人類為發動全面核武戰爭的危險性幾乎已經消除，而且國家和國家之間以普通武器進行戰爭的可能性也大幅降低了。」

「所以，這個世界上不會再有戰爭了嗎？」

「這種天真的可能性等於零。只要人類這種病態的存在沒有從地球上滅絕，這種機率就是零。即使喜歡欺侮人的搗蛋鬼全都死光，世界上只剩下虛弱的孩子，這些虛弱的孩子也會開始相互廝殺，這就是所謂的病人。」

「病人？」

「據我的觀察，世界將逐漸進入低強度衝突的時代。」

「低強度衝突？」

「對，這個世界已經政治化，被拉向千百個不同方向的線五花大綁而取得平衡。即使覺得是憑自我意志行動，也只是錯覺而已。事實上是被數十條看似綁得很鬆的線，一點一點地拉扯、慢慢移動罷了。國際政治就是最典型的例子。只要某一個國家的國力衰退，就會成就另一個國家的利益，每個國家都息息相關。所以，有些國家為了削弱其他國家的國力，就會偷偷資助或是提供武器給對手國內的叛亂分子，這比國家和國家之間發動戰爭更省錢，等於花小錢就可以打大仗。」

「這就是低強度衝突嗎？」

「對，發生在極小地區範圍的戰爭，背後卻牽涉到大國的利益。」

「需要做到這種程度嗎？」

「石岡，政治就是這麼一回事，大家都相信是為了本國國民的利益。鍛鍊的腕力全是為了自己，這就是鍛鍊肌肉的本質，也因此軍事參謀從不休假。」

「嗯……」

我努力試著瞭解御手洗的話，對他點著頭。

「這種努力總是要求回報。不想輸給任何人的熱情和努力、不求回報的心，以及不變成美食家的人類才算是終極的理想啊。不飛的鳥、不游泳的魚、不是紅色的郵筒將成為日後世界上最重要的東西。

「仔細看這張地圖，你會發現沒有放十圓的地區絕無僅有。只有斯堪地那維亞半島的少數國家，和亞洲的一個國家，也就是我們生活的日本，沒有被十圓硬幣佔據。」

「是喔。」

「但是，認為人類的戰爭時代已經結束原本只是日本人的輕率誤會，不過到了一九九〇年的現在，這不再是誤會，只是武器變成了金錢。日本人只是因為這種輕率的誤會，搶先一步踏入了經濟戰爭的時代，眼前的狀況正好追上了日本人的誤會。但是，如果日本沒有妥善使用這些賺來的錢，將十分危險。」

「嗯。」

「誰決定金錢的用途？」

「企業的老闆，不是嗎？」

「不是，他們只考慮企業利益的效率。那些身穿軍服的人沒有思想，決定金錢用途的是操弄日本稅法的人，企業的錢透過納稅體制回流到國內或是流出國外。

「但是，就算是行政機關，也會漸漸變成靠怪獸企業釋出的餌食維生，為了避免這種情況發生，又會有一場痛苦的戰爭。日後的時代將是，以電腦徹底模擬稅法，並因一字之差而產生全然不同的將來。

「如果將日本氾濫的資金用於低強度衝突，後果不堪設想。我認為近鄰的北韓將會是最有可能發生低強度衝突的戰場，所以日本今後必須特別注意這個鄰居。東京將成為情報戰的戰場，今後會發生的事件，可能是那些只會用侷限於這個小島的價值觀來思考問題的人無法解決、也無法解釋的。當然，只有當全世界首屈一指的金頭腦也不小心失敗，才會發生這種情況。」

「是喔……這就是你留在東京的理由嗎？」

「這當然是理由之一。」

「啊……」

我大感驚訝。

「還有其他理由嗎？」

「這張戰爭地圖還象徵了另一種意義，這些十圓硬幣代表了其他的意義。」

「什麼意義？」

「毒品。」

「毒品？」

「對，就是毒品，這張地圖同時是毒品污染的地圖。」

「啊！是喔？」

「有戰爭的地方就有毒品，日本目前還算防範得宜，只有極少量進入國內。也有意見認為，應該向國外宣傳我們的做法，我個人大力贊成。日本用憲法宣佈放棄戰爭，停止戰爭正是最理想的特效藥。」

「為什麼戰爭和毒品之間有……」

「有無數的理由，其中一個理由，當然是如果沒有毒品，根本無法持續戰爭這種愚蠢的行為。最近的阿富汗就是很好的例子，十幾個蘇聯士兵在狹小的水泥碉堡內，一守就是好幾個星期，碉堡周圍燈火通明，只要有人靠近，就會立刻被發現。

「蘇聯軍撤退後，在碉堡中發現了毒品蹤跡。如今，蘇聯國內也迅速遭到毒品的污染。

「美國受毒品的污染當然和越戰有密切的關係，藥頭在戰爭期間，同時將毒品賣給雙方的軍隊。那些因為戰爭導致大腦出問題的軍人，即使回到美國後，也無法繼續當文具店的老爹了。縱使他們在戰火中劫後餘生，如今卻在警察的眼皮底下，在各地販賣毒品。

「日本在太平洋戰爭後，曾經持續了一段類似的情況。因為軍隊中曾經使用興奮劑，所以戰後仍然留下了製造的機器。這些機器製造的毒品就在一般藥局流通販賣，這種情況一直持續到昭和二十年代的前半期（一九五〇年之前）。

「除此以外，如果想把強權國家變成殖民地，並加以支配的方法之一，就是讓那個國家準備大量毒品。

「日本在統治滿洲時代，向滿洲的國民撒下大把銀子，購買大量毒品。法國在殖民越南和寮國期間，肆無忌憚地在西貢成立了毒品公賣局，直到一九五五年左右才結束營業。

「什麼意思？」

「但這只是表象而已，只是就現象面而談。事實上，人腦沒有大家所想像的那麼簡單。」

「當面對戰爭或是大規模殺人時，人腦會逐漸變得樂在其中。」

「什麼？真的嗎？是你幻想的吧？」

「不，過去學界各方面不斷有類似的推論，但學界也逐漸進步，已經確認大腦內會自行製造一種類麻醉物質。」

「什麼？」

「石岡，現在已經是這樣的時代了，因為太危險了，所以這種意見還沒有公諸於世，在學界也只是如亡靈般時隱時現。麻醉劑和毒品都有麻痺神經的作用，本質上卻有很大的不同，我認為市面上被稱為毒品的物質，都是這種腦內麻醉物質的替代品，人們只是追求這種偽麻醉物質所發揮的功效。

「柬埔寨在革命後的數個月內，殺害了四百萬人的狀況，代表了他們的大腦已經變質，這絕對是腦內麻醉物質的作用。

「人體純正的成分中，並不存在從植物中提煉的毒品，如海洛因、古柯鹼、大麻等生物鹼，但為什麼這些生物鹼能夠讓人腦興奮？因為人類大腦中，原本就有和這些物質相似的純正物質，或者是在進入興奮狀態時，腦內部會產生這種物質，這是根據高度的蓋然性所導出的推理。曾經在戰爭中體會過大量殺人這種不道德的興奮，回到正常世界後，就會本能地追求能夠帶來相似興奮的偽麻醉物質。

「這種腦內麻醉物質，也就是純正的麻醉物質，在一九七五年左右被命名為腦啡呔（enkephalin），最後被統稱為腦內啡（endorphin）。

「最近是探索腦內麻醉物的時代，一九七九年，宮崎醫科大學和群馬大學發現了α－新內啡肽（α-Neoendorphin），效力是嗎啡的二十五倍。同年十一月，史丹福大學又發現了代諾啡

（dynorphin），這種物質的麻醉活性是嗎啡的兩百倍。毒品的存在理由也逐漸公諸於世。自古以來，學術研究和近代科學總是和道德、宗教有不同的見解。

「但是，也有意見一致的宗教，印加的神像就雙手拿著古柯葉。我並不支持毒品，只是認為人類的進化一定和腦內麻醉物質有關，我正在思考如何證明。

「從很原始的動物身上也發現了腦內啡，可見在動物極其初期的階段，體內已經存在這種物質。腦內啡抑制疼痛的效果超越嗎啡，又能創造快感。中國的針灸麻醉就是藉由針灸的刺激，促進腦內啡的分泌。

「但腦內啡和快感並沒有直接的關係，它的功能是抑制名為γ－胺基丁酸（γ-aminobutyric acid）的神經傳導物質。γ－胺基丁酸會抑制多巴胺的活動。因此腦內啡只是活化了多巴胺的功能，這種多巴胺關係到人類生存的根源……」

御手洗繼續滔滔不絕，但我完全聽不懂，就寫到這裡為止，讀者也應該覺得很無趣。御手洗經常喋喋不休地和我聊這些事，他的推理能力平時都發揮在這種地方。

當時，御手洗還提到犯罪研究方面很重要的事，在此記錄一下。他說，殺人有兩種，一種是因為腦內啡的作用所致，另一種是被生活逼迫而殺人。日本記錄犯罪的書籍中，被稱為社會派的小說都屬於後者。

2

再來寫一下御手洗的嗜好。

御手洗的興趣十分廣泛，根據我的觀察，他在自己有興趣的各個領域中，都擁有頂尖的能力。我記得以前曾經介紹過他對吉他的興趣，即使我這個門外漢也知道他吉他彈得很好，聽說以前曾經灌過唱片。御手洗房間的床邊總是放著一把吉普森三三五的電吉他，旁邊還有一個小型音箱。

他還有另一把古典吉他，以前的吉他更多，但不是被偷了就是送了人。

那把古典吉他聽說是吉普森J－二〇〇，從當年在綱島認識他時，這把吉他就一直跟著他。御手洗情緒激動時會摔東西，但這兩把吉他總是可以躲過一劫。以前曾經聽他提起，這兩把吉他是紀念品，無論發生任何事他都不會放手，但我仍然沒有問出這兩把吉他到底有什麼故事。改天從他口中套出話之後，再向大家介紹。

以前他躲在房間內想事情時，經常聽到他彈吉他，但最近很少彈。奇怪的是，即使他疏於練習，彈奏技巧也沒有變差。

御手洗一旦對某件事產生興趣，就會整天做這件事，幾乎到了廢寢忘食的程度。然而一旦厭倦，就把這件事完全拋在腦後。以占星術為例，我剛認識他時，他對占星術的興趣濃厚，看遍了從古至今、國內國外的原文書，現在再問他占星術的事，他可能會反問你：「占星術是什麼？」

他並不是喜新厭舊，而是做任何事都很投入的同時，健忘的程度也異於常人。忘記五分鐘前見面的人叫什麼名字根本就是家常便飯，他甚至常忘記曾經和別人見過面這件事。

遇到這種情況時，我不禁有點不安。有時候，他拿著蘋果在房間內走來走去，然後把蘋果放在冰箱上，隔了一會兒居然問我，誰把蘋果放在這裡？

當他全神貫注地思考某件事（一天中，他大半的時間都在專心思考），這種事司空見慣。有時候太專心，甚至會完全忘記自己是誰、是做什麼工作的。他曾經在床上思考像我這種凡夫俗子難以理解的基因學問題到深夜，甚至一個人走出家門，穿著睡衣在月光下的馬車道上走來走去，結果差一點從山下公園掉進海裡。每次遇到這種情況，都很懷疑在遇到我之前，他到底是怎麼生存的。

說到生存這件事，我從來沒有見過像他那麼不在乎吃這件事的人。有錢進帳時，即使邀他去吃我喜愛的法國大餐，他都不感興趣。那家餐廳的老闆也很欣賞御手洗，當我們因為工作關係陪客戶前往那家餐廳時（這種時候，御手洗總是勉為其難地一起去，但絕對不願意和我單獨去）老闆都特別高興，每次都使用最頂級的食材，為我們做出美味佳餚，御手洗臉上的表情卻和在難吃的中餐館的炒飯時沒什麼兩樣。

御手洗並不是味蕾遲鈍，他發自內心地輕視那些三不五時去女性雜誌經常介紹的熱門餐廳朝聖，和那些餐廳的老闆混熟後四處炫耀的人，他甚至討厭和這種人同桌吃飯。

御手洗討厭這種裝模作樣的場合，喜歡在沒什麼人的廉價餐館用餐、在空曠的地方散步、獨自窩在房間內思考。和別人相處時，他表現得很開朗，但其實他並不喜歡和別人見面。

他很樂意為他人做事，卻最討厭因為助人受到感謝。因此總是俐落行動，在對方想要感激之前，就已經離開現場。

比方最近就發生過這樣一件事。御手洗和我都愛吃甜食，住家附近有一家名為ＬＤ的蛋糕店，這一陣子我們很愛吃店家獨創的雞蛋慕斯蛋糕。當初發現時，這款蛋糕尚未走紅，但最近越來越受歡迎，下午四點左右就賣完了。我們經常在散步途中，趕在四點以前去那家店買蛋糕一飽口福。

怪胎御手洗不擅長買東西，即使想要買什麼東西，也絕對不會自己行動。當我們一起走進店裡，也總是要求我去買，他不是等在店門口，就是在寬敞的店內走來走去地等著。那一次，他也在店裡閒逛等我。

我從皮包裡拿出紙鈔時，玻璃門開了，一個五、六歲的小女孩走了進來。她的小臉紅通通的，費力地叫店員：「呃，不好意思。」

原本在招呼我的女店員應了一聲：「妳好。」轉頭看著她。小女孩用恭敬的口吻問：

「請問，一塊乳酪蛋糕要多少錢？」

店員可能覺得小女孩費力的樣子很可愛，笑著回答說：「四百三十圓。」

小女孩打開漫畫圖案的零錢包，拿錢的同時，數著「兩百圓、三百圓……」

「啊，沒有了。」

她難過地叫了一聲，哭喪著臉說：

「謝謝妳。」

她來不及把零錢包關好，就向店員鞠了一躬，衝向玻璃門。小女孩這一天可能走衰運，她在門前被別人撞了一下，零錢包裡的錢都撒落在地上。

怎麼會有人這麼不小心撞到小孩子？我抬頭看了那個人，竟然是我的朋友。

御手洗似乎也覺得不好意思，趕緊蹲了下來。

「啊，對不起。」

說著，他和小女孩一起撿掉在地上的零錢。

「兩百圓、三百圓、四百圓……咦？不是有四百八十圓嗎？足夠買乳酪蛋糕了。」

我的朋友把撿起來的零錢交到小女孩手中說。

「咦？真的耶。」

小女孩說。

「不行喔，怎麼連算錢都會算錯呢？」

御手洗笑著說。小女孩開心地握著硬幣走回我的旁邊，總算可以買乳酪蛋糕了。

我把裝了三個雞蛋慕斯的小蛋糕盒交給御手洗，一起走在伊勢佐木町的馬路上時，突然瞭解了剛才目擊的事件中的玄機，一種難以言喻的溫暖感動油然而生。

小女孩沒有數錯錢，是御手洗故意撞到她讓錢包掉在地上，在撿錢的時候偷偷加了一百圓，讓她可以買四百三十圓的蛋糕。那一刻，我由衷地感謝自己能夠和這個有點瘋狂的人當好朋友。

「御手洗，你人挺不錯的嘛！」

我說。御手洗驚訝地看著我，裝糊塗問：

「什麼啊？」

他默默地走了一陣子，發現瞞不過去後，惱羞成怒地說：

「搞不好那個小女孩想用這塊乳酪蛋糕賄賂她媽媽，要求買電動玩具。」

御手洗最討厭別人感謝他所表現的真誠。像我這種心存感恩的人實在難以想像，為什麼他的意識可以永遠都保持清晰冷靜，總是預料到最糟糕的情況。我認為這是他一流的紳士風度，隨時避免陶醉在自己的善行中。

雖然御手洗是一個大怪胎，總是特立獨行，但無論做任何事，都可以感受到他的本性善良。日本已經漸漸難以找到這種真誠，因為沒有人能夠理解他的心理，才會覺得他古怪，把他當成瘋子。

回家後，我們泡了紅茶配蛋糕。

御手洗對食物並不挑剔，這和他的廚藝差到極點有很大的關係，但他對紅茶特別講究，常令我心浮氣躁。

其實他向來不崇尚名牌，即使給他喝「馥頌」（Fauchon）或是「福楠・梅森」（Fortnum & Mason）等享譽世界的高級紅茶，他不至於說不好喝，卻也不會有特別的感動，似乎覺得和「錫蘭」、「唐寧」（Twinings）紅茶的茶包沒有太大的差別。

以下是御手洗喜愛的紅茶。

他喜歡將「布洛克・邦德」（Brooke Bond）的「大吉嶺」和「阿薩姆」泡成奶茶喝。附近咖啡店的老闆是御手洗的女粉絲，所以我們家的「布洛克・邦德」是她送的業務用金色大鐵罐包裝，也許和零售的「布洛克・邦德」紅茶的味道稍有不同。

他常說「布洛克．邦德」的祁門紅茶直接喝比較好喝。喝「唐寧」的格雷伯爵紅茶時，他喜歡把這種紅茶加入牛奶和水各半後煮來喝。夏天時，他也喜歡喝冰伯爵紅茶。

我記得他曾經說，「馥頌」的蘋果茶口感很棒。

御手洗熱愛紅茶，一天要好喝幾次，印著藍色標籤的金色大鐵罐內的紅茶很快就喝完了，當然一方面也是因為我們也用來招待客人。

除了紅茶以外，御手洗也喜歡日本茶和牛奶，咖啡卻一滴都不沾。當我們去拜訪客人時，對方問他要不要喝咖啡？他每次都毫不猶豫地回答，不喝。如果別人沒問就直接端上來，他從頭到尾一口都不碰，完全不捧場。很在意別人的看法的我，沒辦法像他做得那麼徹底。

說到徹底，御手洗在二手菸的問題上也完全不通融。他不僅自己從來不抽菸，還強勢逼迫偶爾抽幾口的我戒菸，對我進行嚴密監視。甚至撂下狠話，只要看到我抽菸，就要和我絕交。被御手洗惹火的時候，我經常希望自己像個老菸槍，在他面前一口接一口猛抽。

御手洗在思考重要問題時，絕對不會走進有菸味的酒館或是咖啡店。他會走在街上，或在山下公園內找一張面向大海的長椅，像遊民一樣坐在那裡半天，一個人靜靜地思考。下雨時不能去公園，就獨自去附近的縣立博物館閒逛。

御手洗特別喜愛這個博物館，尤其喜歡其中一間展覽室，裡面有好幾個放了假深海魚的水族箱，他經常一個人去那裡參觀。

除此以外，御手洗還經常去住家附近的「線鋸和鋸齒」，以及馬車道十號館二樓的「英國酒場」酒吧。這兩家酒吧他都很喜歡，但他並不是每天都跑去喝酒，據我的觀察，他一個星期最多去那種地方一次。比起酒吧，他更常去博物館和圖書館。

御手洗不抽菸只喝酒，卻絕對不會喝得爛醉。他經常告誡我，連日酗酒和抽菸一樣有損大腦，他應該也時時這麼提醒自己。御手洗愛喝洋酒，尤其愛喝白蘭地，但基於這種想法，所以每次都是小酌而已。話說回來，即使他不喝酒時，也和別人爛醉如泥時差不多，如果他再把自己灌醉，我怎麼受得了他？

以下是御手洗曾經說好喝的酒。比起波本酒，他更喜歡蘇格蘭酒，我記得在麥芽威士忌中，他曾經稱讚波摩（Bowmore）和家豪（Cardhu）這兩種。

記得他的臥室內還有調和威士忌「萬王之王」（King of Kings）、「麥肯雷二十年威士忌皇家伍斯特陶瓷版」（Mackinlay Royal Worcester）的酒瓶。

而白蘭地中，他喜歡馬爹利的凱旋，但喝軒尼詩時，他不愛 Extra，而愛喝 XO，但除非是特別的日子，否則他不會喝這些酒。

御手洗平時只喝啤酒，他很愛喝啤酒。我不曾聽過他提起喜歡哪一個牌子的啤酒，但他不時向我提起，很想喝之前在英國的酒吧時喝過的一種名叫「Dark Bitter」的黑啤酒。據他說，日本的瓶裝黑啤酒像墨汁一樣黑，口感也不夠柔順。可能是因為他覺得倫敦和柏林的生啤酒比任何知名品牌的瓶裝啤酒更好喝。

不過他在日本時，不太去可以喝到生啤酒的店。天黑之後，經常一個人在房間內喝瓶裝啤酒。他說喝鋁罐裝的對身體不好，但啤酒中含有維他命和蛋白質，適量喝啤酒，並不會對大腦和身體產生不良影響。

雖然御手洗愛喝啤酒，但他絕對不會走進小姐作陪的酒吧和酒店，我猜想他這輩子都不會去。御手洗的行動經常異於常人，其實他是根據他自己的原則行動。他很有品味，只是他的原則和一般人大不相同而已。

御手洗愛狗這件事也值得一提，因為這是女性讀者最關心的話題。

目前有三隻狗是御手洗的好朋友。一隻是名叫「三黑」的馬爾濟斯，當牠的主人夫婦外出旅行或是去聽音樂會時，就會把三黑寄放在我們家。御手洗很喜歡牠上門，所以星期天有時候，牠也會來我們家住一晚。牠白色臉上的眼睛和鼻子看起來好像有三個黑點，於是牠的主人就替牠取名為三黑。

不知道為什麼，三黑和御手洗比較親近，當御手洗對牠說：「伸手」、「換手」時，牠總是不亦樂乎地表演，但我對牠發出指令時，每次都意興闌珊。

御手洗也很喜歡這隻狗，他很認真地向牠說明房間的格局和食物，三黑也乖乖地坐著，微微偏著頭，聽得很認真。

當御手洗對牠說：「好，我們去睡覺吧。」牠就會噠噠地衝進御手洗的房間跳上他的床。這隻狗似乎很愛睡覺。

當御手洗說：「好，睡覺前先去尿尿。」一走進廁所時，三黑也匆匆地跟進浴室，蹲在那裡上廁所，但牠不會抬起一條腿。因為三黑是母狗。

雖然都是我為牠準備食物，但牠根本不把我放在眼裡。不管御手洗去哪裡，牠都緊跟不放。牠睡在御手洗的床上，不是把下巴放在御手洗的手臂上，就是躺在他身旁，被子蓋到牠的下巴。早上打開御手洗的房門時，總是看到他們相親相愛地睡得很香甜。

這隻馬爾濟斯的脾氣很古怪，平時很少吠叫，但只要御手洗一靠近我，把手放在我的肩上，牠就會輕輕發出「嗚」的呻吟。當御手洗拍我兩次，牠就會「嗚、嗚」地叫兩次。御手洗覺得很有趣，乾脆抱著我，牠就「汪！」地大叫。當御手洗緊緊抱著我時，牠就扯著嗓子「汪！汪！汪！汪！」叫，直到御手洗和我分開。這隻狗不知道在想什麼，牠的人生觀很扭曲。

除此以外，還有一對分別叫海蒂和約瑟夫的母子狗也是御手洗的朋友。牠們是黃金獵犬，個頭很大，我以前沒聽過這種狗。牠們的毛乍看是淺棕色，但仔細一看，帶有一點金色。約瑟夫的毛幾乎接近白色，雖然長相不太討人喜歡，但很聰明個性也很好。海蒂是約瑟夫的媽媽，約瑟夫是牠在日本生的兒子。住在附近的一對英國夫妻來日本做生意時，也把海蒂從英國帶來日本。

這對英國夫妻很中意御手洗，御手洗提出要借他們的狗來玩時，他們立刻把兩隻狗都借給他。御手洗最討厭買東西，但和這兩隻狗在一起，他願意主動去肉店或是超市。因為這種狗很喜歡幫人類做事，像是幫人類拿購物籃。當然，牠不是用手拿，而是用嘴巴叼著。御手洗覺得很有趣，所以喜歡帶牠們去買菜。御手洗通常都不搭電梯，而是走樓梯，當我聽到敲門聲去開門，就看到他帶著咬著菜籃的約瑟夫站在門口。這種時候，我總是留在家裡。

這種狗最喜歡吃牛肉乾。當我丟一塊給牠們時，牠們一口就吃完了，因為牠們的體型很大。如果是三黑，就要苦戰好一陣子。這對黃金獵犬母子體重都超過四十公斤，約瑟夫早上會來叫我起床，當牠踩在我身上時，我的骨頭都快斷了。

這對母子即使看到御手洗碰我的身體，也不會亂吠亂叫。但傷腦筋的是海蒂完全聽不懂日文，甚至似乎認為不會說英文的人類也是動物，總是用狗眼看人低的態度對我。

託牠的福，我學了不少英文。但光會說還不行，發音不標準，牠仍然對我不理不睬。當我在吃乳酪時，因為牠也想吃，就會主動走過來，即使我用御手洗教我的英文要求牠站在原地。可能是發音不夠標準，牠還是大步走過來，大口吃掉我的乳酪。我雖然想阻止牠，說這是我的、牠不能吃，但一下子不知道要怎麼用英語說，只能任由牠胡作非為。

御手洗說，海蒂聽到英國腔的英語時，會充滿敬意地聽從命令。如果對牠說美式英文，牠就會不怎麼當一回事。沒想到世界上居然有這麼麻煩的狗，簡直就像是嚴格的英文老師。因為海蒂的關係我學了幾句英文，但我只對牠說，從來沒有在別人面前說過。萬一我對別人說，恐怕會引起國際紛爭吧，因為我學的都是「伸手」、「換一隻手」或是「坐下」之類的詞。

約瑟夫在日本出生，和牠用日文溝通完全沒問題。在御手洗的三位狗朋友中，約瑟夫和我交情最好。

那對英國夫妻即將回國，英國有健康檢疫，把狗從國外帶回英國時要在機場留置六個月。所以他們打算把狗送給日本的朋友，御手洗也認真打算養牠們。我雖不反對和約瑟夫同住，但問題是我們住的不是有院子的獨棟房子而是公寓，根本沒辦法養這種大型狗，所以極力表示反對。

御手洗經常把這對母子帶回家裡，睡在他的臥室，似乎想要當作既定事實。由於這兩隻狗很大，沒辦法擠上御手洗的床，通常都睡在床邊的地上，但有時候也會鑽到床上，把身體縮成一團擠在御手洗的腳下。

海蒂和約瑟夫這對母子很安靜，但牠們和三黑在一起時，我們二房二廳的住家就變成了大運動場，被牠們鬧得天翻地覆。三隻狗經常扭著打著，從臥室衝到浴室。三黑的個性很奇怪，明明自己是小狗，一看到大狗，就會衝過去用身體衝撞。

約瑟夫一開始被三黑嚇到了，當牠們漸漸混熟之後，家裡就開始吵翻天。想要阻止牠們，必須用日文喝止約瑟夫和三黑，再用英式英文警告海蒂，可不是一件輕鬆事。

順便介紹一下我們住處的房間格局。如二九七頁的圖示，御手洗霸佔了靠陽台那一側，可以俯視馬車道的好房間，我的房間在一進門後的右側。

走進玄關就是客廳，放著沙發和茶几。客人遇到離奇的麻煩而造訪我們家時，就會坐在沙發上向我的朋友說明。

這套沙發是我和御手洗在散步途中，在元町的二手店發現的，我也很喜歡這套英國風格的古董沙發。以前住在綱島時的破沙發送給了日山町的遊民。

客廳後方是廚房的流理台和瓦斯爐。當客人上門時，一眼就看到廚房似乎不太妥，於是就用在中華街買的黑色螺鈿鑲嵌折疊式屏風隔在中間。我很想把那裡改造成放著高腳椅的吧檯，但因為沒有足夠的資金，至今仍然無法實現。

旁邊是喝下午茶和吃早餐時坐的圓桌。

陽台旁有一張更大的桌子，旁邊放了椅子，這是御手洗和我的餐桌兼書桌。雖然我們各自的房間內都有書桌，但我的房間照不到陽光，我也不想大白天就窩在房間裡，所以通常都在這張大桌子上工作。此刻就坐在這裡寫稿。御手洗有一台ＮＥＣ的電腦，不知道用於什麼研究，我不會用電子產品，至今仍然沒有使用文字處理機。御手洗沒有工作時，通常都把腳蹺在這張桌上看書。

大桌子旁邊是御手洗的音響。這些音響很佔地方，從客廳走到陽台都很困難。後方是黯淡的枯葉色調花卉窗簾。

御手洗以前就對音響情有獨鍾，家裡放的這套音響似乎所費不貲。我不懂電子產品，所以不知道這套音響到底多了不起，但可以把御手洗告訴我的品牌名字介紹給讀者。播放器是Micro的絲帶傳動唱盤、Mark Levinson的擴大器、Yamaha的調音器，喇叭是ＪＢＬ的四三三一、卡帶和ＣＤ是Nakamichi的。這組音響的音質真是無話可說，我經常和御手洗去橫濱知名的爵士咖啡店，但從來不覺得那種地方的音響效果比家裡的更棒。

擴大器除了Mark Levinson的以外，還有御手洗以前自己做的真空管擴大器，看起來髒髒的。聽唱片時，他通常會改用這個真空管擴大器。家裡的電視是二十七吋的Sony Profeel。

晚上的時候，我們經常喝著茶，聽馬勒或是華格納的音樂。最近，御手洗經常在自己的房間躺在床上，一個人戴著耳機聽ＣＤ。他說要回房間想事情，但去他房間張望時，發現他都戴著耳機聽音樂。他非常喜歡音樂，也許他熱愛音樂勝於看書。

他聽的音樂範圍十分廣泛，從古典音樂到民族音樂都有，所以我無法清楚地向女粉絲們說出他喜歡的音樂類型。但他常聽吉他音樂，堆在他床頭的那一堆ＣＤ中，應該有一大半都是吉他

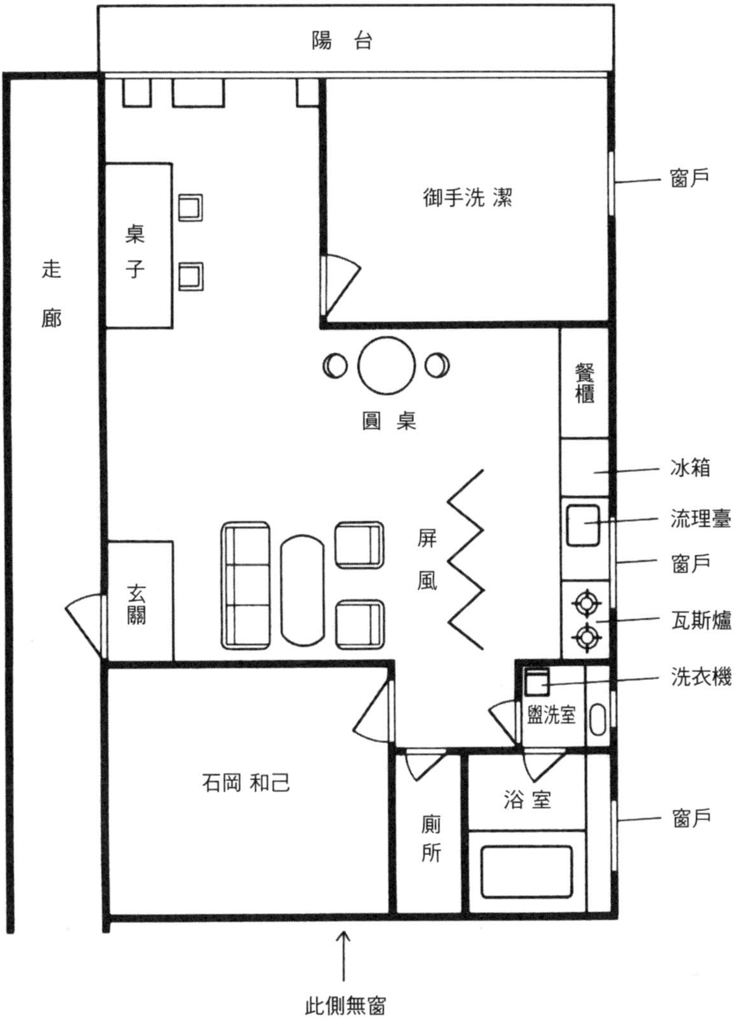
陽台
窗戶
御手洗 潔
桌子
走廊
餐櫃
圓桌
冰箱
流理臺
屏風
窗戶
玄關
瓦斯爐
洗衣機
盥洗室
石岡 和己
浴室
窗戶
廁所
此側無窗

音樂。

我記得以前曾經聽御手洗提過吉米．罕醉克斯（Jimi Hendrix），他說自己的手指可能比吉米更靈活，但吉米的演奏技巧令他望塵莫及。

要談論御手洗的音樂愛好，可能列舉他不聽哪些音樂比較簡單，日本的演歌、偶像的流行歌曲、夏威夷民謠和鄉村歌曲無法進入他的興趣範圍。

我喜歡聽日文歌，以前經常用客廳的音響放來聽，卻老是被御手洗數落，所以我現在只好回自己房間，用我的簡易ＣＤ播放器聽。

以前住在綱島時，御手洗的藏書和唱片量多得驚人，搬家的時候幾乎可以裝滿一卡車。搬來馬車道時，我擔心房東又來投訴說地板被壓壞，便處理掉大量書籍和ＣＤ，所以現在整理得很乾淨，房間也顯得很寬敞。

當時我堅持處理掉那些書本和唱片，事後不知道被御手洗數落了多少次，說我不知道其中有多少重要的作品。但如果不那麼做，這裡也會淪為書本和唱片的倉庫。

我事先叮嚀他，如果真的有需要可以拷貝在錄音帶上，但御手洗拖拖拉拉，所以我就按自己的進度整理，結果他又抱怨我的錄音技術不佳。

回想起來，那時候御手洗剛和我開始共同生活，對他來說，應該是經歷了一場革命的洗禮。那些曾經讓他陶醉不已的垃圾都被我丟掉了，所以他沮喪了好一陣子。

但是，我當時沒有立刻把西荻窪的公寓退租，並不時暗示御手洗，如果他堅持不讓步，我就要搬回西荻窪的住處，這場重大變革才得以順利推動。御手洗為這件事很不開心，但幸虧經歷了當時的革命，我們現在才能過著像人一樣的生活。

現在正坐在我旁邊的御手洗突然闔上看到一半的書，開口對我說：

「現在的確是幻想的黑影逐漸遭到驅逐的時代，無論亡靈、鬼怪、惡魔，甚至神明都被科學的光明照亮，失去了藏身之處。中世紀的秋天已經逝去，那些每逢週日就上教堂的人中，到底還有幾個人相信摩西的奇蹟和瑪利亞帶著處子之身懷孕這種事？果真如此的話，推理和宗教也面臨相同的痛苦。

「但問題是，真的是這樣嗎？幻想的黑影真的完全消滅了嗎？我不這麼認為，每次看這些美國最新的科學資料，就會發現毫不猶豫地說那種話的人，根本不瞭解科學的最新發展。

「如今，科學已經凌駕於宗教。你知道嗎？一個人的一輩子，是在ＤＮＡ的緞帶上，用腺嘌呤(adenine)、胸腺嘧啶(thymine)、胞嘧啶(cytosine)和鳥嘌呤(guanine)這四個字寫出來的劇本嗎？」

「不知道，ＤＮＡ是什麼？」

「是世上所有動物細胞內的基因，也稱為脫氧核糖核酸。這種雙螺旋結構上，密密麻麻地寫滿了這四種化學物質，這些鹼基的排列組合形成了基因密碼。人類這種動物就按照這些密碼寫好的劇本走一輩子，在人類出世的時候，這些基因密碼已經寫好了人生劇本。什麼時候發病、長什麼樣子、高矮胖瘦、體質、髮量和髮色、壽命、是否怕燙、跑得快慢、說話速度的快慢。構成人體的無數細胞內，都有這些寫滿密碼的ＤＮＡ螺旋結構。」

「是喔……」

「所以在理論上，那些命中注定會罹患重病的人，或是體質虛弱的人，可以藉由改寫基因密碼消除未來的疾病。」

「是嗎？」

「所以，目前世界各地的科學家都在解讀這些基因密碼，目前還沒有人能夠完全解讀出來。」

「嗯……」

「因為，想要讀取人類一個細胞中所含有的DNA鹼基的排列，即使每天花十個小時，看得眼睛發花，恐怕也要超過一百年才能讀完。如果用我們平時肉眼看到的文字大小，把鹼基排列寫在紙上，這些紙可以繞地球一周，也就是長達四萬公里。」

「喔，那為什麼不用電腦讀取呢？」

「當然有這麼做，目前加州理工學院在這方面的研究最先進，他們的電腦已經讀取了相當的數量，預計還有十五年就可以讀完了，但恐怕要兩百年後，才能完全解讀這些密碼。」

「喔……」

「但是，目前學界已經認識到，密碼文字排列的錯誤，就是攻擊人類的疾病本質。所以，只要修正這些文字排列，就可以從嬰兒身上消除他未來會得的疾病。既然這樣，那疾病又到底是什麼呢？」

「嗯……」

「不光可以消除疾病，還可以徹底改變人類和動物的形態。如果稱之為進化，不，如果這是至今為止，被稱為進化的事物本質，那麼，就顯示疾病和進化屬於相同的性質。」

御手洗不經意吐露的這番話，令我感到一種本能的害怕，所以默不作聲。我似乎不小心瞥到了上帝的真面目。

「疾病是什麼？戰爭是什麼？毒品是什麼？進化又是什麼？萬能的近代科學雖然以驚人之勢消除了幻想的黑影，但對於這些問題仍然無解。

「之所以說ＤＮＡ的密碼是人生劇本，是因為細胞進行細胞分裂時，都在不斷地自我複製。ＤＮＡ的單體只是基礎，只有形成ＤＮＡ的螺旋結構時，ＲＮＡ這個信訊傳遞者才能對應每一個鹼基讀取，複製這些密碼。然後離開ＤＮＡ，回到自己的崗位，按照密碼排列氨基酸，合成蛋白質，進而製造了人體。近年來，認為ＲＮＡ其實是以病原體的方式後天進入細胞的說法也逐漸出現。」

「喔……」

「也就是說，疾病是由目前的生命體系製造出來的。」

「嗯，我聽不太懂。」

「雖然說起來很奇妙，製造人體，並加以維持的體質和軍隊組織很相像，扮演傳遞角色的ＲＮＡ就像是以前征服的敵軍官兵，如今加以妥善運用。」

「喔……」

我越聽越糊塗了。

「回顧一下人類的歷史。人類學會了農耕，隨著儲蓄型財產的概念出現的同時，也出現了村莊、出現了戰爭，至少至今為止的戰爭都是如此。你不覺得很有意思嗎？人體暗喻了這種包含了儲蓄倉庫的村莊社會。」

「喔……」

「人體，不，應該說是決定了人體生存期限的某種意志，選擇RNA扮演傳遞的角色。

「人體隨時受到不計其數的雜菌和細菌的攻擊，迎擊這些細菌的是巨噬細胞，或是被稱為B細胞的士兵，向這些士兵發出指令的下士T細胞，在位於心臟上方的胸腺這個士官學校，接受過徹底的英才教育。士官候補生從小被骨髓送到胸腺這個斯巴達訓練中心，只有百分之幾的T細胞才能順利畢業，其他的都在訓練中送了命。

「T細胞的外敵攻擊法很徹底。當巨噬細胞破壞敵人後，就立刻把殘骸排出體外，T細胞和巨噬細胞定期結合，正確讀取敵人的情報。在分析後，向巨噬細胞和B細胞發出精確的攻擊命令。在我們的體液中，分分秒秒進行著這種局部戰，那不屬於醫學範疇，而是作家和詩人的領域。

「人體老化後，強大的T細胞因為情報不足或某種混亂，反而開始攻擊主人的身體，摧毀自己生存的世界。

「然而，出現在每個人身上攻擊的時期不同，這也是DNA中的密碼之一，但為什麼會出現這種差異？

「我們根據相對論知道，在宇宙中，時間並不是以維持相同的速度流逝，而是像橡皮圈一樣可以伸縮，光也會因為重力產生折射。

「宇宙中所有物體的運動，都是根據不知道哪裡的神秘空間發出的神奇指令，開始活動。

「如果ＲＮＡ是病態的存在，我認為ＤＮＡ中的密碼才是這個宇宙的絕對力量所下達的密令，我們受到了某種力量的操控。也就是說，我們有可能是在宇宙某種意志下，刻意製造出來的。ＤＮＡ的密碼操作和各種疾病決定了人類製作的方法，我在上個星期發現了這件事的證據。

「全世界還沒有任何學者注意到這個問題。石岡，你要不要加以證明後，寫成論文去拿個諾貝爾獎？」

御手洗說完，搓著手笑了起來。

「總而言之，這個世界上還有很多幻想的黑影可以刺激詩人的感性，我的大腦暫時還不需要沉睡。」

御手洗開心地挺著胸，靠在椅背上伸懶腰，這是他的習慣動作。

「但是，」

他注視我的臉，繼續說道：

「犯罪調查中的謎團和這個問題相比，就顯得微不足道。殺人謎團不像近代科學的這個謎團那麼富有詩意，又充滿刺激。如果以後不再有驚人的謎團出現在我面前，我恐怕很難抗拒回到那個世界的誘惑。」

照此下去，御手洗的偵探工作也可能面臨和占星術相同的命運。我只能祈禱能夠激發御手洗鬥志的超級謎團早日出現。

總之，這是一九九〇年的御手洗。

國家圖書館出版品預行編目資料

御手洗潔的舞蹈／島田莊司作；王蘊潔譯．--
初版．-- 臺北市：皇冠，2012.03
面；公分．--（皇冠叢書；第4201種）(島田莊司推理傑作選;31)

譯自：御手洗潔のダンス
ISBN 978-957-33-2884-1（平裝）

861.57　　　101003295

皇冠叢書第4201種
島田莊司傑作選 31

御手洗潔的舞蹈

御手洗潔のダンス

作　　者—島田莊司
譯　　者—王蘊潔
發 行 人—平雲
出版發行—皇冠文化出版有限公司
台北市敦化北路120巷50號
電話◎02-27168888
郵撥帳號◎18420815號
皇冠出版社（香港）有限公司
香港上環文咸東街50號寶恒商業中心
23樓2301-3室
電話◎2529-1778　傳真◎2527-0904
責任主編—莊靜君
責任編輯—吳怡萱
美術設計—王瓊瑤
著作完成日期—1990年
初版一刷日期—2012年3月

法律顧問—王惠光律師

讀者服務傳真專線◎02-27150507
電腦編號◎432031
ISBN◎978-957-33-2884-1
Printed in Taiwan
本書定價◎新台幣280元／港幣93元